SUMMER ROAD

썸 · 머 · 로 · 드

썸머 로드 1

초판 1쇄 찍은 날 | 2019년 10월 1일
초판 1쇄 펴낸 날 | 2019년 10월 11일

지은이 | 예거
펴낸이 | 예경원

편집 | 박수희 · 주승아

펴낸곳 | 예원북스
등록번호 | 제396-2012-000132호
등록일자 | 2012. 7. 25
YRN | 제1-0256호

주소 | 경기도 고양시 일산동구 호수로 646-24 위너스21-Ⅱ 206A호 (우) 10401
전화 | 031-819-9431 팩스 | 031-817-9432
http://cafe.naver.com/yewonromance
E-mail | yewonbooks@naver.com

ISBN 979-11-365-0383-1 04810
ISBN 979-11-365-0382-4 (세트)

SUMMER ROAD

썸머로드

예거 장편소설

여원

❖ 目次 ❖

1. 무명(無名), 그 이름

"은태영! 너 머리가 왜 그래? 미쳤어?"

올해로 서른한 살이 된 태영은 얼마 전 일부러 기르고 있던 머리카락을 싹둑 잘랐다. 지난여름, 한 달가량 머물렀던 대만에서 돌아오자마자 허리까지 머리를 기르겠다고 선언한 지 딱 일 년 만이었다.

그런 태영의 친구, 예슬이 카페 문을 열고 들어와 아무렇지 않게 착석하는 그녀를 보고 기함한 것은 자연스러웠다. 특히 태영이 이렇게까지 짧게 머리카락을 자른 적은 학창 시절 이후 처음이라 예슬은 더욱 놀란 듯했다. 태영은 입을 쩍 벌리고 있는 예슬을 향해 빙긋 웃었다.

"그냥. 기분 전환."

"뭐?"

"너무 길렀으니까 좀 잘라 볼까 싶어서. 어때. 잘 어울려?"

"……."

"왜?"

"몰라. 난 마음에 안 들어!"

예슬은 입을 삐죽이며 고개를 돌렸다. 태영은 그런 예슬을 향해 픽 웃더니 손을 들어 커피 한 잔을 주문했다. 예슬이 홍 콧방귀를 뀌는 이유는 아마도 지금의 커트 머리가 태영에게 몹시 잘 어울렸던 까닭이리라. 투덜거리는 예슬의 반응을 보고 머쓱한 듯 머리카락을 매만지던 태영은 마침 도착한 커피 잔을 내려다보더니 그것을 집어 들었다.

"은태영. 너 솔직히 말해."

호로록 조용히 커피 향을 음미하는 태영을 한동안 바라보던 예슬은 눈을 가늘게 뜨더니 불쑥 말을 던졌다.

"너 작년 대만에서 무슨 일 있었지?"

'대만'이라는 단어 하나에 가슴이 뜨끔거린다. 멋대로 콩닥거리는 심장 소리를 느끼며 쓰게 웃던 태영은 태연하게 중얼거렸다.

"일은 무슨."

"일은…… 무슨? 무스은?"

"……."

"내가 은태영을 몰라? 너 그때 이후로 완전히 달라졌어!"

내가?

"솔직히 말해 봐. 너 대만에서 무슨 일 있었니? 대만에 도착하고 한동안 연락도 안 됐었잖아. 그 때문에 재영이가 나한테 화냈던 거, 기억 안 나?"

태영은 그때만 생각하면 치가 떨린다며 온몸을 부르르 떠는 예슬을 보고 그저 옅은 미소를 흘렸다. 태영의 반응에 예슬의 의심은 더욱 짙어졌다.

"은태영!"

"예슬아. 미안. 나 이제 가 봐야 할 것 같다."

"뭐?"

"이제 슬슬 출발해야겠어. 아마 한 일주일, 아니 적어도 한 달쯤 연락 안 될 수도 있어. 인터뷰 따려고 그러는 거니까 연락 안 된다고 너무 걱정하지 마. 커피 잘 마셨다."

"야, 자, 잠깐! 잠깐만!"

태영은 제 말만 내뱉고서 황당해하는 예슬을 뒤로한 채, 자리에서 일어났다. 보다 가벼운 마음으로 카페에서 나온 태영은 들고 있던 배낭을 어깨에 짊어진 채 걸음을 옮기기 시작했다.

오늘따라 날씨가 참 좋네.

❖

「무명(無名). 이상한 필명이지?」

예슬과 헤어지자마자 태영은 경주행 고속버스에 몸을 실었다.

그녀는 휙휙 지나가는 창밖의 풍경들을 응시하며 자신의 상사인 남중혁 편집장이 꺼냈던 말을 떠올렸다.

「10년쯤 전이었나? 처음으로 장무명이라는 이름을 쓰는 사람이 나타났어. 그해, 서예 공모전이며, 전국 휘호 대회며 각종 대회란 대회, 공모전이라는 공모전은 모조리 휩쓸었지. 하지만 이 사람이 특이한 게 주는 상은 받겠지만, 상금은 받지 않겠다고 한 거야. 게다가 어찌나 신출귀몰한지. 분명 공개적인 자리에서 붓을 움직인 게 틀림없는데, 얼굴을 본 사람도 드물었어. 그래서 무명이라는 필명으로 처음 모습을 드러내려는 서단의 오랜 숨은 고수가 아닐까, 라는 말도 떠돌았지.」

「…….」

「그런데 웬걸. 이 무명 선생이라는 작자는 딱 그해, 한 해만 활동을 하고 지난 10년 동안 코빼기도 안 비쳤던 거야. 서단에서 난리가 난 건 당연했지. 모처럼 참신한 필체를 자랑하는 서예가가 나타났나 싶었는데 상만 휩쓸고 잠적해 버렸으니, 그럴 만도 하지.」

「그런데…… 10년이 지난 지금, 갑자기 나타났다?」

「그런 거지! 얼마나 놀랐겠어, 다들? 천재가 나타났나 싶었는데 1년
도 아니고, 10년씩이나 모습을 감췄다가 지금에서야 다시 나타났으니.
지난 10년 동안 뭘 했는지 궁금해하는 사람들이 한둘이 아니야.」

「해서, 인터뷰를 하려고 한다고요?」

「당연하지. 은 기자. 이건 우리 잡지사에도 아주 중요한 기회야. 만
약 무명 선생의 인터뷰를 얻어 오면, 우리 잡지가 불티나게 팔릴 거라
고. 서예계에서 독보적인 지위를 얻을 수 있다니까?」

「흐응.」

「왜 그리 못 미더워하는 얼굴이지? 내 말, 못 믿어?」

두 눈을 부라리는 남 편집장에게 태영은 어색하게 웃었다.

「어쨌든 경주야. 경주라고. 내가 얻어 낸 비밀 첩보에 의하면 틀림없
어. 그러니 은 기자. 반드시 인터뷰 따와. 우리 잡지사의 명운이 은 기
자에게 달려 있으니까!」

「저기요, 편집장님. 잡지사의 명운을 왜 일개 기자에게 맡기시는 겁
니까. 저 말고도 다른 훌륭하신 기자님들이 많지 않나요?」

「하하, 은 기자! 내가 은 기자를 얼마나 신뢰하는데? 은 기자는 분명

히 그 인터뷰, 따올 수 있을 거야.」

「……제가요?」

「그래, 확신해!」

거의 떠밀리다시피 해서 맡게 되었던 일이다.

원래 되고 싶었던 신문사의 사회부 기자는 아니었지만, 예술 쪽 잡지사에 취직했다.

무슨 이유였을까.

한 달간 지냈던 대만에서의 꿈같은 생활 이후, 태영의 인생은 변했다.

뭐…… 굳이 연유를 따지자면, 그때의 영향 때문이기도 하겠지.

"으으, 더워."

서울에서 경상북도 경주까지, 4시간 걸려 도착을 했다. 아직도 지지 않은 태양이 여전히 따갑게 빛을 내뿜고 있어서인지, 이마에서 줄줄 땀방울이 흘러내린다.

태영은 손등으로 땀을 닦으며 도통 나타날 생각을 않는 한옥을 찾기 위해 주위를 둘러봤다.

'분명 이 근천데…….'

중혁이 건네주었던 메모지 속의 주소는 틀림없이 이 근처를 가리키고 있었다. 하지만 길고 긴 숲길을 아무리 걷고, 또 걸어도 무명 선생이 살고 있다는 한옥 저택은 나오지 않는다.

'좀 쉬자.'

터미널에서 내리자마자 택시를 탔다. 태영이 말한 주소가 산속에 위치해 있다며, 거기까지는 갈 수 없다고 하던 택시 기사의 말에 하는 수 없이 마을 입구에서부터 여기까지 줄곧 걸어올 수밖에 없었다.

그 때문인지 땀이 마르질 않았다. 입고 있던 티셔츠의 등이 흠딱 젖어 버렸다.

태영은 마침 보이는 나무 그늘을 발견하고선 그곳으로 성큼성큼 걸어갔다. 한동안 그곳에서 쉴 생각이었다.

"……!"

굵은 나무 기둥에 손을 대며 슬며시 고개를 아래로 내린 태영의 눈동자가 동그래졌다. 서서히 산등 너머로 지고 있는 태양 아래, 훤히 드러난 한옥 저택이 그녀의 발아래서 드러났기 때문이다.

쿵쿵.

심장이 벌렁거리는 것을 느끼며 태영은 앉으려던 엉덩이를 다시 일으켰다.

'저기다!'

이곳 언덕 아래에 자리 잡은 저택이라고는 저곳 하나밖에 없었다. 꽤 돈을 들였을 것이 분명한 한옥 저택의 모습이, 저곳이 바로

'무명 선생'의 거처라는 것을 알리고 있는 듯했다. 뛰는 가슴의 박동 소리를 낮추며 태영은 미친 듯이 달려갔다.

"하아."

가쁜 숨소리가 태영의 입술 밖으로 터져 나왔다. 다리가 후들후들 떨렸지만 그녀는 멈추지 않았다. 눈앞에 드러난 저택의 모습은 언덕 위에서 내려다볼 때보다 훨씬 더 규모가 컸다.

대체 어떤 대단한 작자이기에, 산 한가운데 이렇게 커다란 저택을 지을 수 있을까.

저택의 모습에 압도되는 것을 느끼던 태영은 침을 꼴깍 삼켰다.

'괜찮아. 진정해, 은태영.'

그렇지만 그녀는 은태영이었다.

어떤 위기가 닥쳐도 굴하지 않고 오뚝이처럼 일어나 지금까지 살아온, 은태영.

태영은 고즈넉한 한옥 저택의 분위기와는 어울리지 않는, 최신식 초인종의 버튼을 꾸욱 누르며 상대의 답변이 들려오기를 기다렸다. 그러자 얼마 지나지 않아, 인터폰 너머로 음성이 들려왔다.

— 어라? 남자분이시네요? 듣기로는 여자 기자님이 오시기로 했던 것 같은데.

순간 움찔했다. 머리 길이 때문인가.

가끔 남자로 오해받은 적이 있긴 하지만 가까이서 보면 성별을 구분 못 할 정도는 아닌데.

"아, 예. 안녕하십니까. 〈월간 묵향〉의 은태영이라고 합니다! 장무명 선생님을 뵈러 왔습니다!"

잠시 정정할까란 생각이 들기는 했으나, 태영은 일부러 걸걸한 목소리를 냈다. 어차피 인터뷰만 성공적으로 마치면 되는 상황에서 굳이 상대를 당혹시킬 필요는 없다고 여겼기 때문이다.

— ……들어오세요.

태영의 활기찬 답변에 잠시 대답하지 않던 상대가 건조한 목소리를 흘렸다. 태영은 그 말이 끝나기가 무섭게 달칵 열리는 한옥의 문을 발견하고선 크게 숨을 들이마셨다. 그러고는 망설이지 않고 앞으로 걸어 나가기 시작했다.

그리고 그곳에서, 태영은 '그 남자'와 다시 마주쳤다.

다시는 만날 리 없을 거라 생각했던 바로 '그 남자'와.

2. 세 번의 여름, 그리고……

이것은, 무더웠던 당신과 나의 여름날에 관한 이야기다.

태영은 키가 컸다. 그냥 큰 것도 아니라 아주 컸다.

178센티미터.

그녀가 대한민국 남자들의 평균을 훨씬 웃도는 키를 가지게 된 원인은 유전적인 점도 분명히 있었지만 어릴 적부터 해 왔던 배구의 영향이 더 컸다.

태영의 꿈은 배구 선수였다.

단순한 아마추어에 그치지 않고 프로 무대에서 활동하는 배구 선수.

초·중등학교 때부터 예사롭지 않은 키로 주목을 받았기에 그 꿈을 이룰 수 있을 것이라 믿어 의심치 않았다. 배구 선수치고는 작은 키에 속했지만 가지고 있는 기술이 워낙 남달랐기에 태영을 지도해 주던 코치들은 태영이 수월하게 프로로 데뷔할 수 있을 거라 여겼다.

그러나 고등학교 2학년, 국가대표에 발탁되어 참전한 첫 친선 경기에서 태영은 큰 부상을 당했다. 배구 선수로서는 치명적이다 싶은 허리 부상이었다. 덕분에 정식 프로 무대에 진출하지도 못한 채, 태영은 꿈을 접어야 했다.

이후 줄이어 터져 버린 집안 사정은 그녀가 다시 재활 훈련을 할 수 있는 여력을 마련해 주지 못했고, 결국 태영은 아무것도 없는 상태에서 고등학교 3학년을 맞이했다.

오랫동안 소망했던 꿈이 무너진 상황에서 이대로 포기한다면 그녀의 삶은 멈춰 버릴 거다.

이를 악물었다. 끝을 내고 싶지 않았다.

어떻게든 버텨야 했기에, 태영은 밤낮을 가리지 않고 책상 앞에 앉았다.

코피가 줄줄 흘러도 책을 놓지 않으며 눈에 불을 켜는 태영을 향해 친구들은 독하다고 말을 했다. 그러나 결국 태영은 특기생으로 입학하고자 했던 대학교에 자신의 성적으로 당당히 입학했다.

태영은 쉽게 포기하지 않는 성격이었다.

그것이 무엇이든 간에.

그런 태영이 '그 남자'를 처음 본 곳은 작열하는 태양이 기승을 부리던 스물한 살, 여름 방학의 대학 교정에서였다.

"어?"

이제 겨우 두 달 앞으로 다가온 자격증 시험을 공부하기 위해 태영은 매일같이 중앙도서관에 출입하고 있었다. 함께 시험을 준비하던 태영의 대학 동기는 먼저 점심을 먹으러 교내 식당으로 향한 상황인지라, 뒤늦게 도서관을 나오던 태영의 발걸음은 꽤나 조급했다.

혹시나 자신이 원하는 학식이 모두 나갔을까 걱정하며 움직이던 그녀의 발걸음이 뚝 멈춘 것은, 문득 얼굴을 들었을 때였다.

"……!"

태영의 시야로 웬 남자가 들어왔다.

그는 벤치 옆의 한 나무를 가만히 올려다보고 있었다.

마침 불어온 바람에 흩날리는 검은 머리카락이 물결쳤다. 주변에 흩어져 있던 초록색 나뭇잎이 꽃잎처럼 나부끼는 모습은 마치 하늘 위에서 반짝이는 별을 보는 느낌이었다.

태영은 눈을 떼지 못했다.

'……꿈?

그게 아니라면, 현실?

유령이라기엔 실존 인물 같았고, 사람이라기에는 몹시 그림 같았다. 무의식적으로 남자에게 시선을 사로잡힌 태영은 그렇게 한동안 움직이지 못했다.

쿵!

그리고 그런 남자가 서서히 고개를 돌려 태영이 있는 곳을 바라본 순간, 그녀의 심장은 바닥으로 떨어졌다.

그토록 하얗고 맑은 눈을 지닌 사람을 본 적이 없었다. 뾰족한 콧날은 칼처럼 날카로웠고, 굳게 다문 입술은 붉고 탐스러웠다. 검고 깊은 눈동자에 풍덩 빠져 버리고 싶은 욕망을 느끼기까지 했다.

두근두근.

미동하지 않던 그는 후우, 짧게 한숨을 내쉬며 태영을 향해 다가오고 있었다.

두근두근!

그와의 거리가 가까워지면 가까워질수록 눈치 없는 심장이 어찌나 뛰는지. 21년을 살아오면서 가슴이 그토록 제어기 불가능했던 적은 아마도 그날이 처음이었다.

태영은 그간 누군가를 좋아해 본 적이 없었다. 그녀에게 일어났던 여러 가지 사건과 사고들이 이성과는 담을 쌓게 만든 주된 원인이기도 했지만, 놀랍게도 이성을 상대로 가슴이 반응한 적이 없었기 때문이다.

그로 인해 사춘기 시절에는 자신의 성적 취향이 특이한 건 아닌가, 하고 진지한 고민을 하기도 했으나 그렇다고 동성에게 끌리는 것도 아니었다. 그러한 일들이 이어지다 보니 태영은 어느새 저를 이상한 눈으로 바라보는 친구들과는 달리, '뭐 어떻게든 되겠지.'라는 태연한 반응을 보이게 됐다.

그래.

바로 그래왔던 태영이었다.

두근두근!

지금까지 단 한 번도 이성을 보고 흔들린 적이 없었던 은태영.

동요해 본 적도 없었던 은태영.

이성을 좋아해 본 적이 없었던 은태영.

그러한 은태영이 놀랍게도 웬 남자 한 명에게서 눈을 뗄 수가 없었다. 미친 듯이 뛰는 심장의 반응 역시 막지 못했다.

한 걸음, 한 걸음.

그가 발을 뗄 때마다 찰랑거리는 머리카락이 파도처럼 물결치는 모습을 태영은 놓치지 않았다. 그가 제 옆을 지나갈 때 느껴졌던 시트러스 향기에 취해 그녀는 우뚝 서 있을 수밖에 없었다.

세상이 멈춘 것만 같았다.

"······태영, 은태영!"

태영이 정신을 차린 건 누군가 자신의 이름을 부르는 소리를 들은 시점이었다. 도저히 헤어 나올 수 없는 깊은 늪에서 겨우 빠져 나온 그녀는 제 얼굴 앞에서 손을 휘휘 젓고 있는 낯익은 얼굴을 발견했다.

"왜 여기서 이러고 있어?"

제 앞에서 손을 흔들고 있는 사람이 자신을 내버려 둔 채 먼저 학식을 먹으러 갔던 친구라는 것을 깨닫기까지는 그리 오랜 시간이 걸리지 않았다.

태영은 '은태영?' 하고 미간을 찌푸리기까지 하는 친구에게 말했다.

"봤······어?"

"뭘?"

"저, 저기 저 남······!"

어리둥절한 눈으로 저를 쳐다보고 있는 친구에게 조금 전까지 시선을 떼지 못하던 남자를 가리키려고 손을 뻗었던 태영은 소스라치게 놀랐다.

"태영아?"

태영이 가리키고 있는 벤치는 횅할 정도로 비어 있었다. 그녀는 돌처럼 굳었다. 태영의 친구는 창백해지는 태영을 이상한 눈으로 바라봤다. 태영은 무언가에 홀린 사람처럼 '그 남자'가 나무를 보고 서 있던 벤치를 쳐다볼 수밖에 없었다.

몇 분 동안이나.

아무래도 그날은 한여름의 꿈이었던 것이 분명하다.

아니면 자신이 무언가에 홀렸던 것이거나.

8년이 지날 때까지 뇌리에 각인되어 도통 잊히지 않는 그날의 기억을 품에 안고 있던 태영은, 그렇게 생각했다. 너무도 뜨거운 여름날의 태양빛을 견디지 못한 천하의 은태영이 백기를 들어 올리는 바람에 그런 천사를 두 눈으로 목격하게 된 것이라고.

「그렇게 아름다운 남자라면 교내가 들썩일 정도로 유명했겠지. 네 설명만으로도 충분히 특이한 사람인데. 태영이 너, 정말 헛것 본 거 아니야?」

나무를 바라보고 서 있던 그 남자에 대해 열변을 토하는 태영을 향해, 그녀의 대학 동기들은 하나같이 실소를 터트렸다. 아니라고, 분명 그 남자가 살아서 움직이는 것을 보았다며 외쳐 보았으나 소용이 없었다.

그렇게 여름 방학은 끝을 맞이했고, 그 여름 이후 태영은 다시는 그 남자를 볼 수 없었다.

'정말 꿈이었을까.'

자신을 이상한 사람 취급 하는 친구들에게 침을 튀겨 설명해 보아도 소용이 없었다.

그렇게 1년이 흐르고, 2년, 3년, 8년이 지나자 태영 역시 체념해 버렸다. 태영이 대학을 졸업하고, 일하기를 원했던 작은 잡지사에 취직할 때까지, 그 남자를 다시 만나지 못했으니까.

그래.

그날은 더위에 지쳐 자신이 꿈을 꾼 것이 분명하다.

'그것 말고는 답이 없······!'

"잠깐 실례하겠습니다."

두근.

끝내 '이만 포기해.'라는 친구들의 말에 동의할 수밖에 없었던 태영은 놀랍게도 8년이 지난 어느 여름, 실존하지 않을 것이라 결론 내렸던 남자와 다시 마주쳤다.

'그 남자'였다.

쥐꼬리만큼의 월급을 주고 그녀를 있는 대로 부려먹던 잡지사에 사표를 던지고 나와 택한 단기 아르바이트는 무려 장례식장의 일을 돕는 것이었다.

대한대학교 의과대학 캘린즈 병원에서 일을 하고 있는 동기가 급하게 부탁했던 일이기도 해서, 눈코 뜰 새 없이 바쁜 하루를 보내고 있던 태영은 검은 정장의 남자를 마주하고선 심장이 철렁 내려앉는 것을 느꼈다.

천천히, 그리고 아주 느릿하게 제 쪽으로 걸어오는 남자의 움직임이 영화 속의 슬로 모션과도 같아서 태영은 들고 있던 쟁반을 바닥으로 떨어뜨릴 뻔했다.

8년이 지났지만, 그 남자의 모습은 지난 8년 전과 같았다.

아니, 정확히 말하자면 예전보단 눈이 깊어지기는 했다.

태영이 변한 만큼 그 남자 역시 수많은 시간을 보냈을 테니까.

'꿈이…… 아니었어.'

기뻤다.

굳은 얼굴로 걷고 있는 남자가 실존한다는 사실에.

그를 다시 만났다는 사실에.

이름도, 나이도, 뭘 하는지도 모르는 남자지만 그저 그와 마주쳤다는 사실에.

자신이 떡이 담긴 쟁반을 들고 있다는 것도 망각한 채, 성큼성큼 걸어오는 그 남자에게 다가가고 싶어졌다.

말해야 해.

지금이 아니라면, 말할 기회조차 없어 보였다.

잡을 수 없을 것이 분명했다.

이름이라도. 그 남자의 이름이라도, 알아야 했다.

태영은 근처 단상에 들고 있던 쟁반을 내려놓고선 제 곁으로 다가오는 남자에게 말을 걸려 했다. 무슨 용기였는지는 모르겠다. 그냥 그래야 한다는 생각뿐이었다.

"저……."

"이거 들고 가셔야죠!"

그때였을까.

그와의 거리가 불과 세 걸음 정도밖에 남지 않은 시점, 태영은 다음 말을 잇지 못했다. 여름의 장례식장에서는 느낄 수 없는, 상쾌한 바람이 어디서 불어오는 듯했다.

짧은 머리카락을 찰랑거리며 '그 남자'에게로 다가간 단발머리의 여자가 남자에게 말을 걸었다. 태영은 반짝이는 여자의 눈부신 모습에 벌어진 입을 다물지도 못했다.

"고맙습니다."

"뭘요. 도착하시면 연락 주셔야 해요."

"예."

"얼른 가세요. 비행기 시간 얼마 안 남으셨죠? 아, 아니다. 제가 배웅해 드릴게요."

"그러지 않으셔도 됩니다."

"아녜요. 그 사람도 그렇게 말했는걸요. 떠나는 모습, 대신 봐

달라고."

"……."

"어?"

응?

"아시는…… 분이세요?"

여자의 동그랗고 맑은 갈색 눈동자가 저를 향했다. 태영은 여자
가 언급한 존재가 자신이라는 것을 알고 소스라치게 놀랐다.

알 리가.

그가 나를 알 리가, 없지.

왠지 얼굴이 화르륵 붉어지는 것을 느꼈다. 얼른 이 자리를 피
해야 한다고 생각한 순간, 남자의 검고 어두운 동공이 태영에게
박혔다.

발이, 움직여지질 않았다.

쿵쾅쿵쾅.

심장의 박동은 거세졌다. 그 남자가 저를 쳐다보고 있을 뿐이건
만 온몸에 흐르는 피가 차갑게 굳어 가는 것을 느꼈다. 미묘한 감
각. 심장이 바닥으로 추락하는 것을, 그녀는 지켜보고 있을 수밖
에 없었다.

"아뇨."

한참 동안.

정말 한참 동안 태영을 응시하던 남자가 고운 미간을 살짝 좁히
더니 대답했다.

당연한 일이었다. 당연하게도, 그가 저를 알 리는 없었다. 그 말
을 하는 것이 너무도 당연했건만, 왠지 서운해지는 것을 막지 못
했다.

태영은 그 말을 내뱉은 뒤, 제 곁을 스쳐 지나가는 남자를 뒤돌
아보지도 못했다. 태영과 눈이 마주친 단발머리의 여자가 제게 고
개를 살짝 주억일 때까지도 그녀는 그대로 서 있었다. 망부석처
럼. 멍하니.

"은태영 씨! 여기서 뭐 하고 있어요? 내가 아침부터 말했잖아.
오늘 상 치르는 사람들이 많아서, 엄청 바쁜…… 이봐요, 은태영
씨?"

아무리 기다려도 떡을 들고 오지 않는 태영을 향해 성난 발걸음
으로 다가온 중년 여성이 외칠 때까지.

태영은 움직이지 못했다.

"장례식장에서 검은 정장을 입은 남자가 어디 한둘이야?"
원하는 것은 단 하나였다.

이름.

그 남자의, 이름.

이유 따위는 없었다.

그저 이름을 알고 싶었다.

그것 하나면 되었다.

겨우 정신을 차린 태영은 그 남자의 이름을 알아내기 위해 사방 팔방으로 뛰어다녔다. 하지만 돌아오는 답변은 똑같았다.

일개 아르바이트생에게 고객의 정보를 함부로 알릴 수 없다는 것과, 장례식에서 예의를 갖추기 위해 검은 정장을 입은 남자들은 수두룩하다는 것, 그리고…….

"게다가 태영이 네가 그 남자의 이름을 알아서 뭐 하게? 첫눈에 반했다고 쫓아다니기라도 할 거야? 아서라. 멀대 같은 네가 쫓아 다닌다고, 도망 안 가면 다행이야."

태영은 픽 웃으며 고개를 절레절레 젓는 예슬을 빤히 응시했다.

말하는 것이 퍽이나 얄미웠지만 틀린 말은 아니었다. 제 옆에만 서면 미간을 찌푸리는 남자들을 숱하게 보아 왔던지라, 따라 웃을 수 없었다. 돌려 말할 줄 모르는 예슬은 대답하지 않는 태영의 등 을 세게 후려치며 일갈했다.

"잊어. 어차피 다시 만날 사람도 아닌데 뭐. 지나가는 사람한테 그렇게 미련 두는 거 아니야. 그리고 너, 아직 연락 안 왔어? 대체 언제쯤 결과 발표해 준대, 거긴?"

하나같이 맞는 말이었던지라 태영은 흐리게 미소 지어야 했다.

은근슬쩍 화제를 돌려 버리는 예슬에게 다시 그 말을 꺼내지 않은 이유는 간단했다. 가능성이라고는 없었으니까. 그래, 다시 그 남자를 만나더라도 태영이 그와 연이 닿을 가능성은 없었다.

이름도, 나이도 알지 못하는 의문의 그 남자는 태영에게 있어선 뜬구름이나 다름없었다. 알고 있는 것이라고는 그저 얼굴뿐. 그런 얼굴의 기억조차 흐릿해져 갔다.

태영은 인정해야 했다.

아마도 자신의 첫사랑일 것이 틀림없는 그 남자를 떠올리는 행위는 그만두어야 한다고.

❖

쏴아아.

비가 내렸다.

여름의 열기를 살짝이나마 가시게 만드는 반가운 단비였다.

공항에서 내린 이후 즉시 느껴지던 후덥지근한 느낌이 조금은 가시는 것 같았다. 엷은 미소를 그리며 택시에서 내리던 태영은 무심코 고개를 돌린 쓸쓸한 광장에서 누군가를 발견하고선 행동을 멈추었다.

'아.'

그 장면은, 마치 그림과도 같았다.

쏟아지는 비 사이로 보이는 남자의 옆모습에 태영은 어찌 된 셈인지 눈을 떼지 못했다.

대만이 일본에게 항복을 받아 낸 곳으로, 현재는 문화 예술 극장으로 사용되고 있는 중산당의 정면을, 남자는 빤히 바라보고 있었다. 젊고 활기찬 시먼역 근처와는 어딘가 동떨어진 분위기. 비가 와서 그런지 더욱더 을씨년스럽게 느껴지는 주변의 환경에 남자는 동화되어 있었다.

어째서, 였을까.

호텔은 왼쪽이라고 가리키는 택시 운전사의 외침에도 불구하고 태영은 들고 있던 우산을 편 채, 광장 한가운데 서 있는 남자에게 다가갔다. N극이 S극에 끌리는 것처럼 무척이나 자연스럽고 정상적인 일처럼 느껴졌다.

제 눈으로 들어온 그 남자가, 이곳 대만의 사람일지도 모른다는 생각 따위는 없었다.

그저 다가가야 한다는 생각뿐.

물웅덩이를 지나 그에게 다가가는 태영의 발걸음 소리를 들었음에도 불구하고 남자는 그 자리에 그대로 서 있었다.

태영이 들고 있던 우산을 펼쳐 스윽, 그의 머리 위로 그것을 가져다 대자 느릿하게, 아주 천천히 태영에게로 고개가 돌아갔다.

태영은 저도 모르게 현지어가 아닌 한국어를 뱉어 내며 중얼거렸다.

"그러고 있다간 감기 걸려……요."

그리고 남자의 검은 눈동자가 중산당의 정면이 아닌 제게로 꽂히는 것을 확인한 순간, 태영이 뱉어 내던 목소리가 미세하게 떨렸다.

쿵쿵.

무의식적으로 끌려 다가간 남자가, 이름 모를 '그 남자'라는 것을 알게 되기까지는 1초도 걸리지 않았다.

연고라고는 없는 해외에서, 그것도 자신이 알고 있는 사람을 만나는 것은 쉽지 않은 일이다. 재취업을 하기 위해 결과를 기다리는 과정에서 무작정 대만으로 떠나 버렸던 태영에게 있어서는, 더더욱.

특히나 지난 10년 동안 그토록 알고 싶어 했지만 결국은 이름을 알아내지 못한 그 남자와 이런 특별한 곳에서 마주치게 되었다는 것은 꿈과도 같았다.

무언가에 홀린 기분이 비로 그런 것일까.

태영은 꿈에 취한 사람처럼 그저 그의 나른하고 공허한 눈동자에 끌려 멋대로 입술을 움직였다. 얼마나 많이 말했는지 입 속의 침이 다 마를 지경이었다. 태영의 말을 그는 아무 말 없이 들어 주기만 했고, 그것에 신이 나서 할 말, 그리고 하지 말아야 할 말까지 뱉어 내 버렸다.

두근두근.

심장이 크게 울리는 소리가 도무지 멋지 않았지만 즐거웠다.

낯선 타지에서, 첫눈에 반했던 첫사랑과 재회하는 것은 놀라울 만큼 기적적인 일이니까.

밤이 깊어 가는 것도 모른 채, 눈부신 그와 대화를 나눴다. 거의 저 혼자 일방적인 말을 늘어놓는 대화였지만 그가 자신을 바라보고 있다는 것이 좋았다. 그래서인지 어떻게 그에게 우산을 씌워 줬고, 또 어떻게 그와 대화를 나눴는지에 대한 자세한 기억들은 아직도 흐린 구름 너머에 위치했다.

정신을 차렸을 때 태영은, 이미 그의 호텔 방문 앞에서 콩닥거리는 마음을 부여잡고 있었다.

"저, 저기……!"

눈앞이 아찔했다.

분명 그와 함께 맥주를 마셨던 것 같기는 한데 왜 자신이 호텔 룸 앞에 있는 걸까.

무표정한 얼굴로 손을 뻗어 문고리를 잡아 돌리려 하는 그를 보며 태영은 마른 신음을 흘렸다. 당혹감이 서린 태영의 음성에 그가 뒤를 돌아보자 송골송골 식은땀이 맺혔다. 태영은 어색하게 웃으며 말해야만 했다.

"드, 들어……가요?"

"그럼?"

"……!"

"넌. 안 들어올 거야?"

방금 전까지 부드러움을 담고 있던 그의 눈동자가 야수처럼 일렁이는 것 같아서, 태영은 침을 꼴깍 삼켰다. 태영은 건조한 눈빛으로 제 대답을 기다리고 있는 그에게 주저를 담은 대답을 뱉어 냈다.

"저, 저는……."

"원하지 않는다면 억지로 요구할 생각은 없어."

태영의 망설임을 발견한 그는 꽤나 냉정한 음성으로 답한 뒤 몸을 돌렸다. 그가 제게서 다시 눈을 돌려, 룸 안으로 들어가기 위해 문고리를 잡는 모습이 무척이나 느렸다. 아주 짧은 시간이었지만, 심장이 미친 듯이 뛰는 것을 느끼며 태영은 멍하니 그의 뒷모습을 좇았다.

어찌할까.

어떻게 해야 하나.

저곳에 발을 디디면, 나는…… 나는!

서른 생애 그렇게 고민을 한 적은 단 한 번도 없었다고 감히 자부할 수 있다. 갖가지 생각들이 머릿속을 장악해 제대로 숨을 내쉬지 못했다. 대체 이 상황에서 어떻게 해야 하는 걸까—라며, 바짝 말라 가는 입술을 침으로 축이던 태영은 미간을 좁혔다.

그리고…….

"잠깐만요!"

망설이던 태영은 결국 룸 안으로 발을 내디뎠다.

'아…….'

자연스럽게 옷을 벗던 그는 환하게 켜져 있던 불을 끄기 위해 손을 뻗었다. 딸깍 소리와 함께 순식간에 어두워진 주위를 발견한 태영은 두근두근 울리는 가슴 소리를 느끼며 조심스레 물었다.

"불…… 안 켜도 돼요?"

스르륵, 그가 입고 있던 셔츠가 바닥으로 떨어지는 소리가 났지만 그는 홀딱 젖은 태영의 얼굴도 제대로 바라보지 않은 채, 어둠 속에서 대답했다.

"응."

그의 대답 한 번에 심장이 뛰는지, 태영은 입술을 꽉 깨물고 있어야 했다. 후우. 뱉어 내는 그의 숨결 사이로 진한 알코올 냄새가 느껴졌다. 태영은 가슴의 박동을 애써 가라앉히려 노력하고는 칠흑을 밝히는 그의 눈동자를 바라보았다.

"켜지 않았으면 좋겠어."

그가 말했다.

상상 속에서 들었던 것보다 훨씬 달콤하고, 부드러운 목소리로.

긴장했던 태영은 침을 꼴깍 삼켰다. 그는 입고 있던 재킷을 벗어 던진 후, 침대 끝에 서 있던 태영을 응시하며 중얼거렸다.

"어차피 널 다시 볼 일은 없을 테니까."

건조한 그 목소리에 숨이 막혔다. 매정하게 느껴지는 말을 듣던 태영은 주저했다. 미간을 좁힌 채 망설이던 그녀를 향해 그가 손짓했다.

"이리 와."

"으읍!"

아래에서 느껴지는 강한 열기에 태영이 꽉 물고 있던 입술을 열었다. 송골송골 맺힌 땀방울이 턱을 타고 흘러 폭신한 매트리스 안으로 툭 떨어졌다.

고작 손가락 하나가 들어갔을 뿐인데 주변을 덮고 있던 이불을 꽉 움켜쥐게 됐다.

'아!'

태영은 제 소리에 행동을 멈추고 고개를 들어 올린 그의 움직임을 느끼며 눈을 크게 떴다. 이런. 큰일 났어. 벌어진 제 두 다리 사이의 그는 아프냐고 직접적인 물음을 던지진 않았지만 그렇게 묻는 듯한 행동을 취하고 있었다. 불이 켜져 있지 않아 다행이다.

태영은 하아, 길게 숨을 흘린 뒤 얼른 입을 열었다.

"할…… 수 있어요."

"……."

"괜찮아요. 그러니 머, 멈추지 말아 주세요."

태연한 척하며 힘겹게 뱉어 낸 태영의 말은 입구를 벗어나려던 그의 손가락을 다시금 안쪽으로 들어가게 했다. '조금 비좁군.' 하고 그가 나지막하게 중얼거리는 것 같았지만 다리 사이의 통증으로 인해 태영은 더는 말을 이을 수 없었다.

"흣, 흐으……."

처음이었다. 촉촉이 젖은 그녀의 은밀한 곳으로 누군가가 들어오는 것은.

충동적으로 벌어진 일이었기에 그에게 처음이라 말할 시간도 없었다. 스윽 안으로 들어왔다, 다시 나가는 그의 손길은 천천히 빨라지고 있었지만 어떻게 반응해야 할지 태영은 도통 감이 잡히지 않았다.

이제 와 처음이라고 말한다면 그가 당황할까? 옷을 입고 나가라고 하려나. 아니면, 그 반대일까?

'모르……겠어.'

여행지에서 우연히 마주친 사람이었고, 얼떨결에 호텔 방까지 들어오게 되었다. 게다가 불이라고는 없는, 캄캄한 어둠 속에서 그를 받아들이고 있는 상황이었으므로 제가 뱉어 낼 말의 파급력에 대해 생각하고 싶지 않아졌다.

"하아! 핫, 흐읍!"

여성의 상단부, 가장 예민한 부위를 쓸며 안으로 들어오는 그로 인해 저도 모르게 허리를 튕기게 된다. 태영은 벌어진 두 다리로 그의 목을 감싸며, 입술을 짓눌렀다. 온몸이 화끈 달아올라 견딜 수가 없었다.

"……발. 제발……!"

뜨거워진 몸을 주체할 수 없다는 것을 깨달은 태영은, 짙은 어둠 속에서 그를 찾았다. 그러고는 그의 널찍한 등을 발가락 끝으로 긁으며 애원했다.

그를 원했다.

오늘 이후 잊혀도 좋으니, 제발 온전히.

그의 전부를 갖고 싶어졌다.

태영은 얼마 지나지 않아, 제 안을 가득 채우는 그를 느끼며 달아오른 숨결을 내뱉었다.

전날 밤.

틀림없이 그녀에게 다시 보지 않을 사이라 말했던 남자와 함께 아침을 맞았다.

저 역시 충동적으로 행한 일이어서 그런지, 틀림없이 그가 아침이 되자마자 떠날 것이라 여겼었다.

의외로 자신이 마음에 들었던 걸까?

침대 옆이 비어 있을 것이라 생각했는데. 하늘에서 내려온 천사처럼 눈을 감고 자고 있는 그를 보자니 심장이 멋대로 쿵쾅거렸다. 뜨거웠던 밤보다 더 강렬한 태영의 시선을 느낀 건지, 그가 스르륵 눈꺼풀을 들어 올리자 보석 같은 검은 눈동자가 시야로 들어왔다.

"이, 이름!"

그 눈을 보고 홀려 있던 태영은 저도 모르게 툭 말을 던져 버리고 말았다. 그의 미간이 좁아진 것은 당연한 이치였다.

"당신의 이름을 알고 싶어요."

그를 만난 지 수 시간이 흘렀음에도 불구하고, 이름을 알지 못했다. 그도 묻지 않았고, 저도 딱히 물을 생각을 하지 못했다. 그저 이런 낯선 곳에서 재회했다는 사실에 들떠 망각해 버렸던 것이다.

그러나 그의 숨결을 느끼고 함께 아침을 맞으니 돌연 궁금해졌다. 현실의 꿈이 완벽하게 깨어지기 전, 물어야 한다는 생각이 들었다. 큰 키의 태영보다 머리 하나는 더 큰 남자가 그녀를 내려다보며 말했다.

"알고 싶어?"

"네."

스물하나, 그를 교정에서 처음 봤을 때도 그랬고 스물아홉, 장례식장에서도 그랬다. 그리고 서른의 대만에서도 궁금한 것은 단하나.

그의 이름이다.

쓸쓸하게 웃는 그를 올려다보며 태영이 주저 없이 대답하자 잠시 입을 다물던 그가 중얼거렸다.

"장이건."

"장이건?"

장이건.

장이건. 장이건······.

그럴 리는 없겠지만, 행여나 그 이름을 잊어버릴까 싶어 끊임없이 그가 뱉어 낸 이름 석 자를 되뇌었다.

'예쁜 이름.'

들으면 들을수록 귓가를 맴도는 이름인 것 같아, 태영은 배시시 웃었다. 얼굴이랑 매치가 잘 되네. 그의 분위기와 잘 어울리는 이름이어서 기분이 좋아졌다.

"네 이름은?"

쉬지 않고 그의 이름을 속으로 중얼대던 태영이 눈을 번쩍 뜬 건, 제게 묻는 그의 음성을 듣고 나서였다.

"은태영."

"은태영……."

"남자 같은 이름이죠?"

태영은 그 붉은 입술로 제 이름을 나지막하게 뱉어 내는 그를 향해 씩 미소 지었다.

❖

단 하루에 그칠 것이라 생각했던 그와의 정사는 시도 때도 없이 이어졌다.

"하읍!"

그의 어깨 위에 다리 하나를 걸치고 다른 다리 하나는 바닥을 딛고 서 있던 태영은 거친 신음을 입 밖으로 터트렸다. 뜨겁고 붉은 입술이 돌기에 닿자 온몸이 부르르 떨렸다. 처음 그를 받아들일 때보다 훨씬 많은 꿀물이 그녀의 여성에서 넘쳐흐르기 시작했다. 태영은 부드럽지만 빠르게 제 여성을 자극하는 그의 혀끝에 겨우 서 있던 한쪽 다리가 후들거리는 걸 느꼈다.

"서서…… 해도 돼요."

"서서?"

"네. 그러고 싶어요."

통성명을 나눈 이후 며칠이나 같이 낮과 밤을 보냈는지 모르겠다. 이젠 그가 흘리는 숨결과 체취, 그리고 눈길이 익숙해졌다. 처음 밤을 보낼 때는 불을 끄는 것이 좋겠다던 그의 룸은 어느새 환하게 켜져 있었다.

태영은 제 아래에서 혀끝을 돌리던 그가 제 말에 놀랍다는 듯, 이채를 띠는 것을 발견했다. 그녀는 조금 과감하게, 고개를 숙였다. 그러고는 그의 양 볼을 감싼 뒤 이마 위로 입술을 가져다 댔다.

"넣어 주세요."

그를 받아들이기 위한 준비가 되어 있는 그녀의 여성은 이미 애액으로 흘러넘치는 상황. 당장이라도 그를 느끼고 싶어 태영은 간절히 애원했다. 주저하던 그는 천천히 몸을 일으키더니 어느새 그녀보다 높은 눈높이에서 그녀를 바라봤다.

그가 손을 뻗어 그녀의 허리를 잡자, 태영은 얼른 뒤를 돌았다. 벽에 손을 댄 그녀가 다리를 크게 벌리자, 그가 흥분으로 가득한 그녀의 안으로 깊게 들어왔다.

"흡!"

기다란 그의 남성이 태영의 은밀한 곳으로 밀려들어 온다. 태영은 살갗을 찢는 듯한 강한 통증에 가쁜 숨을 내쉬었다.

후, 하아, 후, 하아.

길쭉하고 뜨거운 그것이 내벽을 긁으며 밀려들어 왔다 나가기를 반복했다. 흔들리는 태영의 봉긋한 두 가슴을 강하게 움켜쥔 그로 인해 숨이 막혀 왔다. 벽을 짚고 선 손가락이 이어지는 피스톤질에 파르르 떨렸다.

태영의 이마에서는 진한 땀방울이 쉴 새 없이 흘러내렸고, 그의 움직임이 거칠어질수록 교성은 쉴 새 없이 터졌다.

부디.

부디, 제발…….

자신이 그를 완벽하게 받아들이기를 원하는 것처럼, 그 역시 제 안을 가득 채워 줬으면 했다. 태영은 그녀의 귓불, 목덜미, 그리고 계속해서 아래로 내려와 등에 입술을 맞추는 그의 흔적을 느끼며 흔들렸다.

"핫, 하아, 하, 흐읏!"

오늘이 며칠인지, 무슨 요일인지, 날씨가 어떤지, 몇 시인지는 중요하지 않았다.

그와 함께 있는 지금 이 시간이 중요했고, 그를 받아들이고 있다는 사실만이 중요할 뿐이었다.

더⋯⋯.

'제발 더⋯⋯.'

제 안에서 더욱 부풀어 오른 그가 한계에 다다르기를 간절히 원하며 태영은 허리를 앞뒤로 움직였다. 그리고 곧, 제 허리를 붙잡고 있던 그의 손이 부르르 떨리더니 다리 사이가 뜨끈해졌다. 태영은 하아, 길게 숨을 내뱉으며 주르륵 주저앉았다.

"예. 접니다."

밤새 살을 섞고 난 뒤, 피곤에 지쳐 바로 침대 위로 쓰러졌다. 한없이 몰려드는 잠을 견디지 못했던 태영은 창가에서 들리는 목소리에 스르륵 눈꺼풀을 올렸다. 분명 태영이 눈을 감기 전까지만 하더라도 실오라기 하나 걸치지 않고 있었던 그는, 어느새 일상복 차림으로 돌아간 뒤였다.

아침 햇살을 받으며 창을 바라보고 서 있던 남자의 뒷모습이 반짝반짝 빛이 났다. 몰래 엿듣고 싶은 마음은 없었지만, 그렇다고 해서 깨어 있는 척을 할 수도 없었다. 태영은 이불을 미리끝까지 올렸다.

"걱정하지 않으셔도 됩니다. 저는⋯⋯ 잘 지내고 있습니다. 거긴 어떻습니까? 잘, 해결되고 있나요?"

누구와 이야기를 하는 걸까.

모르는 척하고 싶었지만, 청신경의 세포들이 활동하는 것을 막을 수는 없었다.

어쩌면 그때 그 여자일까?

대만으로 오기 직전, 태영의 기억 속에 남아 있던 바로 그 장례식장에서의 모습이 불현듯 떠올랐다.

어두운 얼굴의 그가 억지로 미소를 그리며 답을 해 주었던 단발머리의 여자.

심장이 멋대로 뛰었다.

「어째서 대만이었어요?」

그 남자와 보내는 네 번째 날 밤, 태영은 그의 검은 눈을 응시하며 물었었다.

왜 하필 다른 곳도 아닌 대만이었을까.

저야, 비행기값이 싸고 예전부터 한 번쯤은 가야 한다 생각했던 곳이어서 선택한 여행지지만 그는 어떤 이유일까.

기대에 찬 표정을 지으며 대답을 기다리는 태영을 가만히 쳐다보던 그는 한참의 시간이 흐른 뒤에야 붉은 입술을 움직였다.

「……시차가 많이 나지 않아서.」

무언가 중요한 이유가 있을 거라 여겼던 태영의 눈이 동그래졌다. 그는 나지막하게 중얼거렸다.

「여러 선택지가 있었어. 유럽도 있었고, 미국도 있었지. 아예 아프리카나 남미 쪽도 생각해 보지 않은 건 아니었지만…… 너무 멀리 가기에는 걸리는 게 많더군.」

「아.」

「사실 정말 가고 싶은 곳은 중국이었는데, 거긴 아무래도 상황이 좋지 않으니까. 그래서 여기로 왔어.」

「…….」

「비가, 많이 내리기도 하고.」

「비?」

「응. 비를 좋아하거든.」

처음이었다.

그와 통성명을 하고, 숨결을 느끼는 밤을 보낸 이후 며칠 동안 단 한 번도 보지 못했던 웃음을 마주한 것은.

아주 작게 서리는 미소였지만 심장에 각인되기에는 충분했다.

태영은 떨리는 마음을 감추지 못했다.

'그럼 한국은 왜 떠난 거예요?'

그러나 그 말을 뱉어 내는 것은, 어려웠다.

한국에 대한 이야기를 하면 왠지 모르게 음울한 표정을 지었던 그였으니까.

때문인지 묻고 싶은 것이 한두 가지가 아니었음에도 불구하고 정작 가장 중요한 말을 꺼내지 못했다.

장례식장의 그 여자는 누구죠?

제가 당신을 오래전부터 알았다는 것을 알고 있나요?

저, 기억 못 해요?

저…… 당신한테 반했었어요.

당신을, 좋아해요.

꿈같은 30일을 보낸 후, 저를 붙잡지 않는 그를 내버려 둔 뒤 호텔을 나설 때까지.

수도 없이 많은 말이 입안을 맴돌았으나 결국은 다시 목구멍 아래로 삼켜졌다. 지쳐 있는 그 눈동자는 제가 그 말을 내뱉는 즉시 와르르 무너질 것 같았다. 톡 건드리면 금세 주저앉아 버릴 듯 위태로웠으니까.

한여름의 꿈이라고 생각하는 것이 편했다.

'그 여자에게 차이기라도 한 건가.'

전화를 받는 그의 목소리가 어쩐지 자장가처럼 들려와 태영은 노곤함을 견디지 못하고 다시금 눈을 내리감았다.

❖

"이쪽으로 오시지요."

대문을 열어 준 사람은 무명 선생의 한옥 저택에서 전반적인 일을 담당하고 있다는 강 실장이라는 여자였다. 태영은 튀지 않는 옥색 빛깔의 한복을 입고선 제게 묵례하는 강 실장을 보고 왠지 모를 위압감을 느꼈다.

'기묘한 곳이네.'

어딘가로 저를 안내하는 강 실장의 뒤를 따르며 태영은 주변을 흘긋거렸다.

한 걸음, 한 걸음을 내디딜 때마다 저택 안에서 느껴지는 묘한 분위기에 가슴이 울렁인다.

튼튼한 소나무 목조 위에 황토로 된 벽돌을 쌓아 올린 내부 구조에서는 자연의 냄새가 물씬 풍겼다. 천장은 굵은 니무 기둥으로 되어 있으며, 밖으로 나가는 문이나 창은 안쪽은 유리창, 바깥쪽은 한지창의 이중 구조로 이루어져 있다.

바닥은 황토로 된 대리석이었으며, 벽의 곳곳에는 딱 보아도 비싸 보이는 그림들과 글씨들이 액자에 담겨 제 모습을 드러내는 중이다.

저택의 외양과 골격은 고풍스러운 한옥의 분위기가 났으나, 저택의 내부는 현대인들이 살아가기 적합한 구조로 변형된 곳, 무명 선생의 저택.

그의 나이가 많은 건지, 아니면 적은 건지 도통 짐작이 되지 않는다.

'풍경(風磬). 예뻤지.'

관찰하듯 저택 내부를 살펴보던 태영은 안으로 들어오기 직전, 잠시 스치듯 보았던 추녀 끝의 풍경이 잊히질 않아 속으로 생각했다.

"기자님."

"네!"

태영이 잠시 넋을 놓고 있을 때. 응접실로 보이는 방문 앞에서 강 실장이 빙긋 웃었다. 눈을 동그랗게 뜨는 태영을 보며 강 실장은 응접실 안을 가리켰다.

"일단 여기서 기다리시죠."

"예?"

"선생님께서 잠시 출타하신지라 당장 뵙기는 어려울 겁니다."

"그, 그렇습니까?"

"나가신 지 1시간 정도 흘렀으니, 30분 내로 곧 돌아오실 겁니다. 이곳에서 대기하고 계시면 선생님께서 오시는 대로 바로 안내해 드리겠습니다."

정중한 말투였지만 반드시 따라 주었으면, 하는 의도를 가득 담고 있다.

'뭐, 나는 철저히 인터뷰를 따러 온 입장이니까.'

어떤 일이 있어도 인터뷰를 마치고 돌아가야 하는 상황이었던지라, 상대가 하라는 대로 할 수밖에 없다. 태영은 유연하게 웃으며 고개를 끄덕인 후, 차를 내어오겠다며 등을 돌리려는 강 실장에게서 눈을 돌리려 했다.

"참."

저택 내부와 잘 어울리는 좌식 테이블 앞에 앉기 위해 엉덩이를 내리려 할 즈음이었다.

태영은 문지방을 넘으려던 강 실장이 멈추어 저를 응시하자 의아한 표정을 지었다. 왜 그러냐는 눈빛을 보내자 옅은 눈웃음을 그리던 강 실장이 말을 이었다.

"명함, 있으십니까?"

"네? 아, 예! 잠깐만요!"

태영은 그녀에게 양해를 구한 뒤, 얼른 매고 있던 배낭을 뒤적였다. 그러고는 배낭 밑바닥에 있던 명함 케이스를 겨우 찾아내 그 속에서 꺼낸 명함 하나를 강 실장에게 건넸다.

"은재영…… 기자님?"

강 실장이 태영이 건넨 명함을 뚫어져라 바라보며 작게 중얼거리자 태영은 눈을 깜빡였다.

'실수로 재영이 명함을 건넸나?'

그러고 보니 저번 달 신입 기자로 태영의 잡지사로 들어온 재영이 신이 난다며 제게 명함을 건넸던 것이 떠올랐다. 그 녀석의 명함을 케이스에 아무렇지 않게 집어넣었던 것이 잘못이었다. 태영은 하하, 웃으며 얼른 그녀에게 명함을 다시 돌려받으려 했다.

"아, 죄송합니다. 제가 잘못 건……."

"실례합니다, 기자님. 제가 이 전화는 꼭 받아야 해서요. 그럼."

강 실장은 손에 쥐고 있던 핸드폰의 통화 버튼을 누르기 전, 태영에게 말을 한 뒤 조금의 망설임도 없이 등을 돌렸다.

'뭐…… 돌아올 때 제대로 주면 되겠지.'

재영의 명함을 대신 건넨 것이 괜히 마음에 걸리지만 급할 것은 없다고 생각했다.

폭신한 방석 위에 엉덩이를 붙이고 앉아, 주변을 두리번거렸다. 코끝으로 스며드는 황토의 내음에 눈을 내리감던 태영은 이번엔 배낭 속에서 핸드폰을 찾았다. 제 보고를 기다리고 있을 남중혁 편집장에게 경과를 알리기 위해서다.

— 은 기자니?

아니나 다를까, 전화를 걸기가 무섭게 굵은 음성을 들려주는 남 편집장은 태영을 반겼다. 태영은 퉁명스러운 목소리를 흘렸다.

"저 도착했어요."

— 오! 그래? 고생했어. 선생은. 만났고?

"아뇨. 아직."

— 아직?

"잠깐 출타 중이시래요. 저, 그런데 편집장님."

— 응?

"제가 온다고…… 미리 말해 놓으셨어요?"

「듣기로는 여자 기자님이 오시기로 했던 것 같은데.」

인터폰 너머로 들려오던 강 실장의 목소리가 뇌리를 맴돈다.

궁금한 것은 참지 못하는 성격인지라 곧바로 그녀에게 물어볼 까 하다가, 괜한 이야기를 꺼내나 싶어 계속 망설였다. 차라리 편 한 중혁에게 묻는 것이 더 낫다는 생각이 들었기 때문이다.

중혁은 의아해하는 태영을 향해 머뭇거리지 않고 대답해 주었 다.

— 당연한 말을 하네. 인터뷰를 맡을 상대에 대해서는 알려야

하니까. 하하.

역시나.

태영은 납득했다.

— 물론 그 전에 이미…… 음, 아니다. 아무것도 아니야.

"편집장님?"

— 은 기자. 이왕 도착한 거, 꼭 인터뷰를 따오도록 해. 알았니?
몇 번이나 말했지만 이건 우리 잡지사의 명운이 달린 일이라는 거
잊지 말고.

"대체 몇 번을 말씀하세요? 알겠어요. 그 명운, 제 손에 달려 있
다는 거 확실히 알고 있으니 염려 붙들어 매세요."

— 하하하. 은 기자 서울 올라오면, 내가 거하게 한턱 내지!

흥. 그렇게 속은 게 몇 번인데.

태영은 '퍽이나.' 하고 대답한 후 쿡쿡 웃으며 통화를 종료했
다.

"으으."

30분 이내에 도착한다던 '무명' 선생은 무려 50분을 향해 달려
가는 이 시점에서, 코빼기도 보이지 않고 있다. 기다리는 시간이
따분하게만 느껴져 하품을 하던 태영은 결국 스트레칭이라도 할
까 싶어 몸을 일으키려 했다.

"윽!"

그러나 그녀가 자리에서 일어나 다리를 쭉 뻗으려는 순간 찌릿한 전율이 전신을 감돌았다.

양반 다리로 꽤 오랜 시간을 앉아 있었던 터라, 기다란 다리를 뻗기가 무섭게 쥐가 난 것이다. 마비가 되는 듯, 불 위의 오징어처럼 오그라드는 발가락에 이를 악물던 태영은 헉헉 가쁜 숨을 몰아쉬며 인상을 썼다.

제길!

도통 멈추지 않는 저림을 끝내기 위해 태영은 검지를 들어 올려 혀끝에 댔다.

그 후, 코 위로 콕콕 세 번을 찍으며 고양이 울음소리를 내자 겨우 안정이 된다.

'죽는 줄 알았네.'

아무도 없는 응접실에서 소리 없는 난동을 부리던 태영은 다리의 전율이 약해지자 안도의 한숨을 내쉬었다.

무명(無名) 선생.

개인적인 사정으로 이름을 밝히길 꺼려 하여, 필명 역시 그렇게 사용하고 있는 서예가는 베일에 꽁꽁 싸인 인물이다. 좁은 서예계의 특수한 상황에도 불구하고 그렇게 제 정체를 숨길 수 있는 사람이 있다는 것에 신기할 정도다.

그러나 아마도 이번, 태영이 소속된 잡지사 〈월간 묵향〉 창간 20주년을 기념하여 이루어질 인터뷰를 통해 무명 선생의 이름 석 자는 세상에 드러나게 될 것이다. 중혁의 당부가 있었지만 저 역시 이번 일을 잘 해내고 싶은 욕망이 있었다. 주먹을 불끈 쥐며 의지를 다지던 태영은 응접실 안 책장에 놓여 있는 무언가를 발견했다.

"흐응."

그것은 누군가의 사진이 들어 있는 액자였다.

태영은 호기심 어린 표정으로 책장 앞에 서서 작게 중얼거렸다.

"기혼자구나."

시야로 들어온 작은 액자 속에는 두 명의 갓난아기들이 손을 꼭 붙잡고 누워 있다. 틀림없이 이 집 주인과 연관이 있는 것이 분명하다. 그러지 않고서야, 고서들 말고는 존재하지 않는 이 따분한 책장을 채울 리 없으니까.

한 명은 하늘색, 다른 한 명은 분홍색 옷을 입고 있는 두 명의 갓난아기들은 갓 돌이 지난 건지 탱탱한 볼을 자랑하고 있다. 마치 어릴 적의 저와 재영을 보는 듯해서 저절로 미소가 지어졌다.

'자라면서 무지 애먹일 것 같네.'

태영 남매처럼 한 날, 한 시에 태어났으나 성별이 다른 이란성 쌍둥이겠지.

아마도 이들은 어릴 적엔 꽤 많이 닮은 외모로 주면 사람들을 놀라게 하겠지만, 자라나면서 점점 달라질 거다. 물론 저와 재영처럼 크게 달라지지 않는 경우도 있겠지만.

'그로 인해 엄마와 아빠가 많이 고생을 했었지.'

태영의 큰 키와 짧은 머리카락으로 인해, 가끔 저를 재영으로 착각하던 한혜수 여사를 떠올리며 그녀는 쓴웃음을 흘렸다.

"기자님."

"아, 옙!"

"선생님께서 오셨습니다."

한참이나 액자 속 사진을 들여다보고 있던 태영의 귓가로, 강 실장의 목소리가 들려왔다. 태영은 힘껏 고개를 끄덕인 후, 강 실장이 안내하는 곳으로 발걸음을 옮겼다.

쿵쿵.

'왜 이렇게 떨리냐.'

이상하게 심장이 주체를 못 한다.

주제를 모르고 날뛰는 강가의 물고기 같다. 아무렇지 않게 걸어가는 강 실장은 저보다 훨씬 작은 체격이었건만, 왜인시 모르게 그녀가 커다래 보였다. 이곳에서 저와는 달리 너무도 태연한 인상이기 때문일까.

'진정해, 은태영.'

태영은 속으로 쉴 없이 숨을 고르며 중얼거렸다. 마침 강 실장이 그런 태영을 흘긋거리더니 서재로 보이는 곳에서 걸음을 멈추었다. 태영은 긴장한 얼굴로 '저곳에 계십니다.' 하고 속삭이는 강 실장에게 어색하게 웃었다.

어디 보자.

'옷차림은 단정, 머리카락도…….'

단정!

'좋아!'

태영은 영업용 미소를 지으며 닫혀 있는 서재의 문을 벌컥 열어젖혔다.

"안녕하세요, 장무명 선생님! 〈월간 묵향〉의 은……!"

그리고 막 발을 내디뎌, 고개를 들던 태영의 심장이 뚝 떨어졌다.

「그만할래요.」

「그만?」

「네. 그만. 이제 그만해야 할 것 같아요.」

「…….」

「전 내일 돌아가요.」

「그렇군.」

「당신도…… 더는 방황하지 않기를 바라요.」

어렵게 꺼낸 그 말에 가만히 저를 쳐다보던 그의 검은 눈동자는 도통 흔들리지 않는다. 아마 조금이라도 미동했더라면, 내내 입안에서만 맴돌던 말을 뱉어 내 버렸을지도 모르겠다.

그는 잡지 않았다.

한국으로 돌아오는 비행기에서 더욱 인지해 버렸다. 예상했던 대로, 그에게 있어 자신은 고작 그런 존재였다.

그 사람에게는 있어도 그만, 없어도 그만인 존재.

'대체 무엇을 바랐던 거야.'

타이베이 공항을 떠나는 중화항공 비행기 안에서 태영은 쓰게 웃었다.

한 달.

고작 한 달을 함께 보냈을 뿐이지만, 그에게 깊은 상처가 있다는 것을 알아차리기는 어렵지 않았다.

애석하게도 깊고 쓰린 그의 상처는 태영이 채우기에는 역부족이었다. 이태로운 남자는 태영에게 있어서는 쥐약과도 같았으니까. 그는 마치 불 속으로 뛰어들기 직전의 나비와도 같아서 태영은 그의 뒤를 멍하니 좇을 수밖에 없었다.

아무리 생각해도 그는 위험했고, 그래서 빠져들지 않기로 했다.

예슬에게는 그저 '기분 전환'이라고 말했지만, 한국으로 돌아오고 난 후 길었던 머리카락을 싹둑 잘라 버린 것은 이상할 정도로 뇌리에 남았던 기나긴 미련을, 끝내는 일이기도 했다.

그러나……

두근두근!

눈앞이 하얗게 물들었다.

파리하게 질리는 낯빛을 그에게 들키지 않았으면 싶었다.

태영은 흔들리는 동공을 감추기 위해 눈에 힘을 주어야 했다.

쿵쿵쿵쿵.

심장은 거침없이 뛰었고, 그녀의 정면, 책상 앞에 앉아 있는 남색 셔츠의 남자는 아무 말 없이 손에 쥔 무언가를 묵묵히 내려다보고 있었다.

"월간 묵향……"

그리고 그런 그의 입술이 열린 것은, 가슴의 뜀박질 소리가 크게 울려 그의 귀에까지 닿기 직전의 일.

태영은 여전히 달콤한 그 목소리에 홀리는 것을 느끼며 침을 꼴깍 삼켰다. 남자가, 느릿하게 고개를 들어 태영을 응시했다.

"은, 재영?"

살짝 좁아지는 그의 미간이 결국 태영의 심장을 터져 버리게 만들었다.

키가 커서 다행이라는 생각은 배구를 하기로 마음먹었던 초등학교 4학년 이후 처음이었다.

저를 '야.' 혹은 '인마.'로 불러 대는 친구이자 동생, 재영은 저보다 얼굴 하나 정도는 더 크고, 어깨는 훨씬 넓었으며 다부진 골격을 지닌 남자였다. 이란성 쌍둥이였지만 어릴 적에는 생김새나 외형 등이 꽤나 비슷해서 주변인들을 헷갈리게 만들기도 했다.

그러나 태영이 허리 부상을 당했던 고등학교 2학년 이후, 두 사람의 체격 차는 급격하게 나기 시작했다. 태영 못잖은 성장기였던 재영이 부상으로 인해 멈추어 버린 태영의 키를 훌쩍 넘긴 것이다.

그 뒤, 배구를 그만둔 태영이 짧은 머리에서 긴 머리로 헤어스타일의 변화를 감행한 이후로는 두 사람을 구분하지 못하는 사람은 없었다.

하지만 얼마 전.

태영이 머리카락을 짧게 잘라 버리게 되면서 두 사람의 오래된 친구 예슬은 우스갯소리로 말했었다.

「멀리서 보면 너희 둘, 조금 헷갈리겠어. 너는 이렇게 머리카락을 잘 랐고, 재영이도 요즘 머리 기르고 있지 않아?」

두근두근.

가슴이 뛴다. 태영은 재영의 이름을 읊조리고 있는 남자를 보고 숨을 깊게 들이마셨다.

호랑이 굴에 들어가도 정신만 바짝 차리면 산다는 말도 있지 않 은가.

그날, 이 남자를 떠나기로 결심한 이후 태영은 그를 다시 마주 해도 흔들리지 않기로 다짐했었다. 미친 듯이 뛰는 가슴의 박동은 둘째 치고서라도, 입술이 바짝 말라 와 긴장이 됐지만 태영은 겉 으로 내색하지는 않았다.

'침착해, 은태영.'

일이 이렇게까지 된 이상 일단은 재영처럼 행동하고 뒷일은 나 중에 생각하는 거다.

태영은 속을 알 수 없는 눈으로 저와 그리고 손에 들린 명함을 번갈아 쳐다보는 남자를 향해 씩, 웃었다.

"예! 안녕하십니까, 선생님! 인사드립니다! 〈월간 묵향〉의 은재 영입니다! 뵙게 되어, 정말 정말 영광입니다!"

재영이 처음으로 그녀가 소속된 잡지사에 면접을 보러 왔을 때.

하필 저 녀석이 왔냐며 얼굴을 찌푸렸던 태영은 당시, 재영이 패기 넘치게 자신의 동료들을 향해 인사를 하던 모습과 흡사하게 소리쳤다.

30년이 넘도록 줄곧 함께해 온 녀석이다. 그의 일거수일투족이 눈에 훤한데, 말투 정도야 따라 하지 못할 리 없다.

태영은 저를 말없이 쳐다보고 있는 남자를 향해 성큼성큼 다가가 손을 번쩍 내밀었다. 그러자 그녀를 응시하고 있던 그가 제게로 눈을 맞추었다. 태영은 넉살 좋은 웃음을 흘리며 걸걸한 목소리를 꺼냈다.

"솔직히 말씀드려 너무너무 뵙고 싶었습니다! 다른 분도 아니고, 장무명 선생님의 첫 인터뷰를 제가 하게 되다니……. 이건 제 가문의 영광이나 다름없습니다! 다시 한 번, 만나 주셔서 감사……."

"여자 기자님이 오시기로 하지 않았습니까?"

하하 웃던 태영의 눈동자가 미세하게 흔들렸다.

거봐. 뭔가 좀 이상하다니까.

태영은 등이 오싹해지는 것을 느끼며 잠시 멈칫했지만 이내 머쓱한 웃음을 흘리며 뒷머리를 긁었다. 무명이라는 이름을 사용하고 있는 남자는, 그런 태영을 빤히 응시하더니 붉은 입술을 달싹였다.

"그러고 보니 이름이 비슷하긴 하군요."

"……."

"원래 오시기로 했던 여자 기자님의 이름이 은태……."

"어라? 호, 혹시 저희 누나를 아시는 겁니까?"

하는 수 없지.

태영은 철가면을 쓰기로 했다. 어차피 이 난처한 상황을 타개하기 위해 연극을 해야 한다면 뻔뻔해질 수밖에 없었다. 과장된 어조로 외치는 태영의 모습에, 그의 눈동자가 차분해졌다.

태영은 짙은 미소를 그리며 말을 이어 나갔다.

"사실 저희 쌍둥이 누나도 같은 잡지사에서 일하고 있기는 합니다!"

"……은태영 기자님이 기자님의 쌍둥이 누나입니까?"

젠장.

이름까지 정확히 기억하는 것을 보면, 어쩌면 이번 인터뷰가 보통의 인터뷰처럼 느껴지지는 않는다. 심장이 널뛰기처럼 아래위를 오갔지만 태영은 밖으로 드러내지 않으려 노력했다.

"예! 그런데 선생님께선 저희 누나를 어떻게 아십니까?"

"……."

"선생님?"

어, 어?

일부러 고개를 갸웃거리며 의아한 표정을 짓자 그가 자리에서 일어났다. 남색 셔츠의 남자는 놀란 그녀가 뭐라고 하기도 전에 긴 다리를 쭉쭉 뻗으며 제게 다가왔다.

'……!'

살갗이 스칠 때마다 정신을 아득하게 만들었던 그의 아찔한 체취가 코끝으로 느껴졌다. 태영은 성큼성큼 제게로 걸어오는 그에게서 눈을 떼지 못했다.

"은재영 기자님."

"아, 예, 예!"

"시간이 늦은 것 같습니다."

"……네?"

"내일 오전에 다시 뵙도록 하죠."

당황한 태영이 뭐라 대꾸하기도 전에, 묵향(墨香)을 풍기는 남자는 서재 밖으로 나가 버렸다.

― 그게 무슨 소리야? 은 기자가, 작은 은 기자라니?

황당에 물든 목소리가 귓가로 들어왔다. 태영은 깊은 한숨을 내쉬었다. 나도 뭐가 뭔지 모르겠는데, 편집장님이라고 알 수 있겠는가.

'자세히 좀 얘기해 봐.' 하고 저를 닦달하는 중혁을 향해 태영은 당부했다.

"그렇게 됐어요. 그러니까 편집장님도 지금 경주에 내려와 있는 '은 기자'가 은태영이 아니라 은재영이라고 말을 맞추셔야 해요."

— 왜? 굳이 그래야 할 필요가…….

"그래야 할 필요, 있어요! 그러니까 협조 좀 부탁드릴게요. 지금 은태영은 한국에 없고, 해서 은재영이 대신 경주에 내려온 거라고요. 아셨죠?"

— ……은 기자.

"그나저나 작은 은 기자는 왜 이렇게 전화를 안 받아요? 그 녀석, 지금 회사에 없어요?"

자신이 재영인 척해야 한다는 것을 알리기 위해 서재를 나서자마자 핸드폰을 들어 올렸다. 그러나 어찌 된 셈인지, 그녀의 동생이자 동료는 도통 전화를 받지 않는다.

이러다가 그 남자가 잡지사에 전화를 걸기라도 한다면 그녀의 거짓말이 탄로 나는 상황.

그것만은 막기 위해 발을 동동 구르며 핸드폰을 붙들고 있던 태영은 인상을 찌푸리며 상대의 답을 기다렸다.

— 못 들었어?

"뭘요?"

— ……말 안 해 줬나 보군. 하여간 그 녀석도 참.

"편집장님?"

— 작은 은 기자는 2시쯤에 일본으로 출국했어. 지금 후쿠오카에 있을 거야.

"예?"

— 일본에서 활동하시는 선생님 한 분을 뵙기로 했거든.

「야. 은태. 나 한동안 집에 없을 거다. 밥 잘 챙겨 먹고 있어.」

……그게 그 말이었어?

태영은 예슬을 만나러 나가기 전, 다부지게 나갈 준비를 하고 있던 제게 툭 말을 던진 재영을 떠올렸다. 덤덤하게 말한 뒤 사라지는 재영에게 잘 가라는 인사도 하지 않았건만.

특히나 태영과 재영, 둘만 살고 있는 투 룸이 비는 것은 두 사람이 잡지사에 나란히 취직하게 된 이후 늘 있어 왔던 일인지라 그리 대수롭게 여기지 않았었다.

태영은 중혁의 말을 듣고 헛웃음을 삼켰다.

"그, 그럼 그 후쿠오카로 갔다는 '은 기자'가 '은태영'인 걸로, 무명 선생 쪽이 물어보면 그리 답해 주세요."

— …….

"편집장님!"

— ……알겠어. 그렇게 하지.

중혁은 무언가 걸리는 것이 있는지, 떨떠름한 말투로 대답했지만 태영은 크게 신경 쓰지 않았다.

— 그런데 은 기자.

"예."

— 인터뷰는 어디까지 진행됐어? 무명 선생, 본명이 뭐야? 그것부터 알았으면 하는데. 응?

왜 이 말이 안 나오나 했다.

태영은 마침 눈으로 들어온 창문 밖으로 시선을 돌렸다. 활짝 열린 창밖의 색은, 칠흑보다 새카맣다. 검은 하늘 아래 존재하는 빛이라고는 지붕 위의 달이나, 별들이 뿜어내는 미세한 빛들뿐.

날이 밝을 때까지 불빛이 끊이질 않는 서울의 밤 풍경과는 지극히 대조적인 모습이다. 왠지 무섭기도 하고, 진짜 자연 속에 들어온 것 같기도 해서 가만히 창밖을 주시하던 태영은 천천히 입을 열었다.

"인터뷰는…… 내일로 미뤄졌어요."

— 뭐? 또 왜?

그러게요.

「시간이 늦은 것 같습니다. 내일 오전에 다시 뵙도록 하죠.」

건조한 목소리로 제게 말한 뒤, 몸을 돌려 사라지는 그를 붙잡
지 못했다.

'기다려요!' 하고 외친다면 1년 전의 제 모습을 드러낼 것만 같
아서.

태영은 '사정이 있나 보죠.' 하고 대답한 후, 긴 통화를 마무리
했다.

「오늘 머무르실 사랑채까지 안내해 드리겠습니다.」

그가 사라지고 난 뒤 홀로 남게 된 그의 서재에서 움직이지 못
했다. 발이 떨어지지 않은 것이 첫 번째 이유였지만, 그것보다 더
움직일 수 없었던 건, 이번 여름이 무려 네 번째라는 것이 실감 났
기 때문이다.

스물하나, 여름에 그를 보았다.

스물아홉, 여름에 다시 마주쳤다.

작년. 서른 여름에, 그와 드디어 통성명을 했다. 그것으로도 모
자라 놀랍게도 잠자리까지 가졌다.

그리고 올해, 서른하나의 여름.

'지독하네.'

하필이면 이 여름, 다시 그를 만나게 되다니.

이쯤 되면 하늘이 장난을 치는 것이 분명하다.

태영은 쓴웃음을 흘렸다.

3. 무엇이든 합니다!

경주의 아침이 밝았다.

'하루 만에 끝내는 거야. 그 뒤의 일은 재영이 녀석한테 맡겨 버리는 거지.'

여름 아니랄까 봐, 뜨겁게 내리쬐는 햇살을 견디지 못해 태영은 번쩍 눈을 떠 버렸다. 그리고 눈을 뜨자마자 생각했다.

「일이 그렇게 됐으니까 무명 서생 인터뷰 딸 사람은 은 기지밖에 없어. 몇 번이나 말했지만 이번 일은 정말 중요해. 대체 무슨 일인지는 모르겠지만 일단 은 기자 말에 협조는 해 줄게. 하지만 그렇게까지 했는데 은 기자가 인터뷰를 못 따온다면, 나도 협조를 계속할 수 있을지는 장담 못 해.」

눈앞에 있었다면 고개를 절레절레 저었을 중혁이 협조를 빌미로 꺼낸 말은 거의 협박에 가까웠다. 제게 닥친 위기를 극복하는 것이 우선이었던지라 어쩔 수 없이 그러겠다고 대답했던 태영은 의지를 다졌다.

인터뷰는 하루 정도면 되겠지.

보통 작가와의 인터뷰 소요 시간은 짧게는 서너 시간, 길게는 대여섯 시간이 걸리지만 어떻게든 빠르게 마치고 이곳을 떠나고 싶어졌다. 지체하다가는 다시금 그에게 홀려 버릴 것이 틀림없었으니까.

그녀는 무슨 수를 써서라도 인터뷰를 얻어 낸 뒤 서울로 올라가야 했다.

인터뷰를 다음 날로 미루면서까지 제게 사랑채를 내어 준 남자 덕분에 태영은 나름 꿀 같은 휴식을 얻었다.

이른 아침부터 서울 집에서 나와 예슬을 만나고, 그 뒤 바로 경주까지 내려왔으므로 꽤 고단한 상황이었다. 그 와중 그라는 거대한 장벽을 마주하고 나니 다리의 힘이 쭉 풀렸다. 그래서 사랑채로 들어오자마자 이불 위에 털썩 쓰러졌고 순식간에 잠에 빠져 버린 거겠지.

'더워.'

조급해졌다.

그가 바보가 아닌 이상, 태영과 하루 이상을 보낸다면 그녀가 누구인지 알아차릴 가능성이 있었다. 아무리 머리카락이 남자처럼 짧아졌다고 한들, 셔츠 속의 가슴이 여자의 것인지 아니면 남자의 것인지 구분하지 못할 리는 없었으니까.

하얀 티셔츠 위에 굳이 빨간 조끼 하나를 더 걸친 태영은 인터뷰를 할 때 사용하곤 했던 노트와 펜, 그리고 녹음기를 든 채 사랑채를 나섰다.

일단은 무명 선생의 매니저와 같은 역할을 하는 강 실장을 만나 인터뷰 시간을 조정할 생각이었다. 덕분에 쭉쭉, 앞으로 뻗어 나가는 발걸음이 바빠졌다. 그렇게 정신없이 본채 쪽으로 이어진 복도를 성큼성큼 걸어가던 태영은 어디선가 느껴지는 묵향에 행동을 멈추었다.

'응?'

어젯밤, 강 실장에게 안내되어 사랑채로 건너가는 동안엔 보지 못했던 작은 방이 시야로 들어왔다. 본채아 사랑채 시이에 존재하는 예의 방문은 반쯤 열려 있었는데, 그곳 앞에서 저도 모르게 멈춰 선 태영은 방 안에서 보이는 수많은 화선지들을 발견하고선 입을 벌렸다.

가슴이 쿵쿵 뛴다는 것은 아마도 지금 이 순간 사용해야 할 표현이겠지.

그 남자가…… 작업하는 공간일까.

짙은 먹의 향기가 가득한 바로 그 방 안에 태영은 이끌리듯 걸어갔다.

'아…….'

「보통 서단에는 천재가 없다고 하지. 서예라는 건, 천재성보다는 얼마나 갈고 닦느냐 하는 인내가 더 중요하니까. 하루아침에 만들어지는 서예가는 없다 이거야. 그런데 그 틀을 깬 사람이 바로 무명 선생이지. 한국 서단이 난리가 난 건 그런 이유 때문이고. 은 기자. 혹시 서예 오체(五體)에 대해 알고 있어?」

「당연하죠. 일하는 곳이 서예 전문 잡지사잖아요. 저를 뭘로 보시고. 전서, 예서, 행서, 해서, 초서잖아요.」

「알고 있다니 다행이군. 하여간 우리나라 서예가 중에서도 오체 모두에 능한 대가들은 많지 않아. 알다시피, 한문 서예가 꽤 까다롭잖아. 그런데 10년 전 갑자기 나타났던 무명 선생은 각 공모전이며, 휘호 대회에 각기 다른 서체로 출품해서 수상을 했다는 게 아나? 게다가, 한문 서예뿐이겠어? 그해 열린 한글 서예 부문에서도 고체며, 궁체며 할 거없이 두각을 나타냈다는 거지. 그래서 더 대단한 거야. 사람들이 그 정체를 궁금해하는 거고.」

　이름도 밝히지 않고, 아호도 존재하지 않는, 그저 '무명(無名)'으로 자신을 칭한 선생.

　혜성같이 나타나 대한민국 서단을 홀려 버리고는 10년 넘게 종적을 감춘 서예가에 대해 서단 내의 사람들이 들끓은 것은 당연했다.

　10년 전, 무명 선생이 출품했다던 바로 그 작품들을 들여다보기만 했던 태영의 가슴이 정신없이 들썩였다.

　점과 선의 예술, 서예(書藝).

　지금 태영의 눈앞에는 하나의 단순한 점으로, 획으로, 그리고 그 사이에 느껴지는 정갈한 정기로, 글을 쓰는 사람의 인품을 엿볼 수 있는 바로 그 세계가, 펼쳐져 있었다.

　心正則筆正(심정즉필정).

　당나라의 서법가인 유공권이 했던 말이 불현듯 떠오른다.

　마음이 바르면 글씨도 바르다는 바로 그 말이 실감 날 정도로 화선지에 담겨 있는 운필에는 주저라고는 보이지 않았다.

　'……하아.'

　인정하고 싶지 않았지만 인정할 수밖에 없다. 그가 채워 간 필획에서 눈을 뗄 수가 없는 제 모습을 보며 태영은 미간을 좁혔다.

반했다.

매료됐다.

다시, 홀려 버렸다.

눈앞을 아득히 채우는 아찔함에, 태영은 비틀거렸다.

"어디 계시나 했더니 이곳에 계셨군요."

멋대로 흘러들어와 멋대로 홀려 버린 자신을 막지 못한다. 그 남자가 써 내려간 글씨들을 내려다보며 파르르 눈꺼풀만 떨고 있던 태영은 뒤에서 들려오는 다정한 목소리에 고개를 돌렸다.

태영이 열고 들어온 문 앞에서 빙긋 웃고 있는 강 실장이 보였다.

"아, 죄, 죄송합니다! 여, 열려 있길래 그만……."

작업실에 함부로 들어가는 것이 예의가 아니라는 것을 알고 있음에도 무의식적으로 발이 옮겨졌다. 얼른 머리를 조아리며 사과를 하자 강 실장이 부드럽게 미소를 그렸다.

"아니에요. 선생님께선 기자님께는 뭐든 허락하셨는걸요."

"……네?"

"이쪽입니다. 선생님께서 기다리고 계세요."

무슨 말을 들었나 싶어 번쩍 고개를 들자 강 실장이 제 말만 뱉어 내고선 등을 돌렸다.

태영은 멍한 눈동자로 그녀의 뒤를 따라야 했다.

❖

"저기. 한 가지 궁금한 게 있어요."

"뭔가요?"

"실장님께서 선생님을 모신 지는…… 얼마나 되셨죠?"

"……혹시 저도 인터뷰의 대상인가요?"

"아뇨! 다름이 아니라, 그저 궁금해서…… 하하."

짓궂은 미소로 되묻는 강 실장의 말에 화들짝 놀랐다. 얼른 손을 내저으며 고개를 가로젓자, 뜻 모를 웃음을 흘리던 그녀가 입술을 달싹였다.

"귀국하신 후, 얼마 되지 않아서 저를 불러 주셨어요. 해야 할 것이 있다고 하셨거든요."

귀국이라고 한다면, 대만에서 귀국을 했을 때가 분명하다.

그래 봤자 1년도 되지 않은 일일 텐데.

태영은 미간을 좁혔다.

"은재영 기자님."

그 남자가 오기로 했다는 곳에 먼저 도착하여 곰곰이 강 실장과 나누었던 대화를 상기하던 태영은 저를 부르는 소리에 고개를 돌렸다. 그러자 '그'가 시야로 들어왔다.

"아, 안녕히 주무셨어요! 좋은 아침입니다, 선생님!"

무조건적인 반응. 본심을 숨기기 위해 영업용 미소로 얼굴을 채운 그녀가 활짝 웃으며 머리를 숙이자 이번엔 잿빛 티셔츠를 입고 있던 그의 눈동자가 일렁였다.

'실수라도 한 건가?'

재영처럼 허울 좋게 실실 웃으며 아침 인사에 대한 답변을 기다렸지만 상대는 그저 자신을 응시하고 있기만 할 뿐이다. 태영은 내렸던 얼굴을 차마 들지도 못한 채, 인상을 썼다.

"예. 좋은 아침입니다."

몇 초간 침묵이 오간 뒤에야 그가 답을 들려줬다. 안심한 그녀는 후우, 안도의 한숨을 내쉰 뒤 고개를 들어 하얀 이를 드러냈다.

"식사는 맛있게 하셨나요?"

"예. 뭐. 은 기자님은 드셨습니까?"

"아! 저는 아침은 거르는 편이라서요."

"……."

"저기…… 제가 오늘 밤 버스로 올라가 봐야 해서 그러는데 인터뷰, 지금 바로 시작해도 되겠습니까?"

태영은 제 앞의 소파에 착석하는 그를 따라 맞은편 소파에 엉덩이를 붙이며 물음을 던졌다. 강 실장이 저를 이곳으로 안내할 때 했던 말을 빌리자면, 무명 선생 역시 오전 중으로 인터뷰를 끝낼 생각이라 했다. 하여 건넨 말이었다.

길게 머물렀다간 큰일이 난다. 아무래도 위험한 신호가 계속 울려 대는 걸로 보아서는, 보통의 큰일이 아닐 거다. 자신이 누구인지 그에게 들켜 버리기 전에 태영은 이 모든 일을 끝낼 생각이었다.

"은 기자님."

그리고 태영이 준비해 온 노트를 막 펼치려고 할 때였다.

"네?"

태영은 저를 부르는 그의 목소리에 아래로 내렸던 시선을 들어 올렸다. 무슨 생각을 하는 건지 읽을 수 없는 검은 눈동자로, 태영을 주시하던 남자가 붉은 입술을 움직인 것은 그 순간이다.

"마음이 바뀌었습니다."

"……예?"

"인터뷰, 하고 싶지 않아졌어요."

뭐?

"먼 길을 오셨는데, 죄송합니다. 이만 돌아가 주시죠."

무, 무슨 소리를 들은 거지?

태영은 제 귀를 의심했다.

'지금 내가 제대로 들은 거, 맞는 거지?'

그녀는 황당한 표정을 지으며 멍하니 눈만 깜빡였다.

원래라면 어제 끝났어야 했을 인터뷰가 아니었나. 그런데 내일로 미루자고 하여 내키지는 않지만 하룻밤을 여기서 보냈다. 다른 동료를 내려 보내 달라고 졸라도 소용이 없었던지라, 울며 겨자 먹기로 이번 인터뷰만 마무리 지으려 했건만.

그녀는 대화는 끝났다는 듯, 자리에서 일어나 밖으로 나가려 하는 남자의 뒷모습을 보며 황당한 숨을 흘렸다.

「반드시 인터뷰 따와. 우리 잡지사의 명운이 은 기자에게 달려 있어! 무슨 일이 있어도 따오는 거야. 알았지?」

제 어깨에 손까지 얹어 가며 침을 튀겨 대던 중혁의 말이 뇌리에서 사라지지 않는다. 다른 것도 아니고, 창간 20주년을 맞은 잡지의 명예로운 인터뷰다. 그와의 관계로 인해 제 이름을 걸고 나올 수는 없겠지만, 그 어디에도 알려지지 않았던 그와 인터뷰를 했다는 사실 하나만으로도 잡지의 퀄리티가 올라갈 것은, 불 보듯 뻔한 이야기.

……젠장.

"저, 서, 선생님! 잠깐만요!"

태영은 이미 저만큼 멀어진 그를 향해 서둘러 달려가서는 크게 소리쳤다.

"제가 뭔가 실수를 한 건가요?"

황급히 그의 뒤로 쫓아간 태영이 큰 눈을 부라렸다. 그녀의 부름에 멈춰 선 그가 고개를 돌렸다.

"제가 무례를 저질렀다면, 사과드립니다. 의도한 것은 아니었어요! 정말 죄송합니다!"

"……."

"하지만 인터뷰 거절은 다시 한 번 재고해 주십시오! 선생님께서 인터뷰를 해 주신다고 해서, 편집장님은 물론이거니와 사장님께서도 몹시 기대하고 계십니다. 제가 뭔가…… 마음을 상하게 해 드렸다면 지금 당장이라도 서울에서 다른 기자를 내려 보내 달라고 하겠습니다!"

"……."

쿵.

"이, 이렇게 부탁드립니다, 선생님!"

"……."

"저, 무엇이든 할게요! 인터뷰만 해 주신다면, 무엇이든 하겠습니다!"

가슴이 터져 버릴 것 같다.

누군가에게 무릎을 꿇는 것이 쉽지는 않은 일이지만, 하지 못할 것은 또 아니었으니까.

태영은 간절하기 그지없는 눈동자로 그의 앞에 고개를 숙였다.

"이번 인터뷰, 저한테도 그렇지만 저희 잡지사에서는 정말이지 중요한 인터뷰입니다. 그러니 부디 단 한 번만 더 재고해 주십시오. 예?"

"……."

"선생님!"

"은 기자님."

심장이 철렁거려 제가 지금 무슨 소리를 하는 건지 알 수가 없어졌다. 자존심이고 뭐고, 일단은 싹싹 비는 것이 먼저다, 라고 생각하던 태영은 애절하게 소리치는 저를 부르는 그를 올려다봤다.

두근.

허공에서 조우한 그의 검은 눈동자가 매섭게 일렁였다.

"무엇이든……이라고 하셨습니까?"

멋대로 침이 넘어가 긴장하던 태영은 말을 잇는 그를 향해 소리쳤다.

"예. 무엇이든요!"

"……."

"선생……님?"

그러자 흐리게 웃던 그가, 어리둥절해하는 태영을 내려다보며 말했다.

"상대를 대함에 있어, 자신을 속이는 것은 옳지 않다고 생각합니다."

"……네?"

"가면을 쓰고 만나는 기분인지라, 그리 좋지 않습니다. 물론 무명이라는 필명을 사용하는 제가 할 말은 아니지만."

머리가 지끈거렸다.

가면?

이 남자가 대체 무슨 소리를 하는 거야?

태영은 내뱉는 숨결이 떨리는 것을 막지 못했다. 그런 그녀를 지그시 내려다보던 그가, 장이건이 말을 이었다.

"무엇이든 하겠다고 하셨습니까, 은 기자님? 그럼, 이름부터 제대로 말씀해 주시죠."

"무슨 소린지 모르……."

설마.

하하, 어색하게 웃으며 대답하려던 태영의 눈동자가 동그래졌다. 창백해지는 그녀를 향해 그의 목소리가 들려왔다.

"숨기는 거, 의외로 쉽지 않지?"

이건이 옅게 웃었다.

부드럽게 휘어지는 미소를 마주하니 눈앞이 어지러웠다. 태영은 움직이지 못했다. 그 자리에 굳어 버린 돌처럼 그저 무릎을 꿇고 앉아 있을 뿐이었으니까.

'그러니까 지금……'

어렵게 사고회로를 굴렸다.

기이익, 이상한 소리를 내며 돌아가는 톱니바퀴가 맞물려 저도 모르게 인상을 쓰게 됐다.

'내게 반말을 한 거, 맞지?'

태영은 흔들림 없는 그의 동공에 제 눈을 맞추었다. 그의 앞에서 무슨 짓이든 하겠다고 한 그녀였지만 남자가 꺼낸 말을 쉽게 이해하지 못했던 것이다. 곰곰이 되짚어 봐도 의문이 쉽게 가시는 것이 아니어서인지, 그녀는 요동치는 눈동자의 흐름을 막지 못했다.

"계속 그러고 있으면 무릎이 아플 텐데."

그때 그가 작게 속삭였다.

"이제 일어나는 게 좋지 않나?"

햇살보다 더 눈부신 미소를 지으며 달싹이는 붉은 입술에서 눈을 뗄 수 없었다.

꿈인가.

그와 함께 있기만 하면 항상 홀려 버렸던 태영은, 저도 모르게 고개를 끄덕였다.

"......!"

바닥에 무릎을 댄 시간은 무척이나 짧았지만 이상하게 다리가 저렸다. 온몸의 신경이 눈으로 향해서였을까. 비틀거리는 태영을, 그가 기다란 손을 뻗어 부축하자 코끝으로 숨결이 흘러들어 왔다.

두근두근.

아련한 그 체취에 가슴 한구석이 몹시 쓰렸다. 태영은 그의 손을 뿌리치지도 못한 채, 저를 원래 앉아 있던 소파에 앉히는 그를 멍하니 바라봤다. 그는 그녀의 엉덩이가 폭신한 소파에 닿는 것을 확인하고서야 그녀의 맞은편에 다시 착석했다.

그러고는 장이건은 여유로운 미소로 눈을 깜빡이고 있는 태영에게 입꼬리를 올렸다.

"그럼, 은태영 기자님."

은재영이 아닌, 은태영.

그가 정확하게 제 이름을 뱉어냈다. 웽웽, 귀가 울려 태영은 입술을 떼지 못했다. 반으로 휘어지는 그의 눈꼬리가 예뻤다. 가슴이 두근거릴 만큼.

이 빌어먹을 심장은 그렇게 미련을 버리라 했음에도 불구하고, 다시금 멋대로 뜀박질을 한다.

'제길.'

태영은 이를 꽉 악물었다.

"뭐부터 시작할까?"

"예?"

"인터뷰는 해야 하지 않겠습니까?"

아…….

그것도 잊고 있었냐는 표정을 짓는 그의 말에 태영은 얼른 녹음기를 켰다. 기자로서 취할 수 있는 순전히 반사적인 행동이었다. 먼저 인터뷰를 하지 않겠다고 했던 것은 그라는 것도, 그만 잊어버렸다.

머릿속이 텅 비어 버린 상태에서 불의의 습격을 가한 그의 행동에 그만 생각이라는 것을 이어 나갈 수 없었다. 그런 상황에서도 태영은 직업 정신을 놓지 못했다. 하하, 어색하게 웃는 태영을 직시하던 남자는 붉고 탐스러운 입술을 중얼거렸다.

"인터뷰의 전형적인 레퍼토리가 있죠. 은 기자님. 인터뷰가 시작되면 나한테 서예, 언제부터 시작했냐고 물으려 했지?"

너무도 정확한 말이었던지라, 태영은 멍하니 고개를 끄덕였다. 이건은 차분하게 눈을 내리깔며 소리를 흘렸다.

"대체 다들 그걸 왜 궁금해하는 건지는 모르겠지만, 알려 주는 게 어려운 것은 아니야. 내가 처음으로 붓을 든 건, 순전히 어머니의 등쌀에 못 이겨서 한 행동이었어."

어머니?

그 단어를 뱉어 내는 이건의 눈동자에 슬픔이 서렸다. 입술이 파르르 떨렸지만, 태영은 말할 수 없었다.

"어머니는 내가 그 누구한테도 뒤지지 않았으면 했거든. 그래서 할 수 있는 건 다 했지. 서예며, 다도, 승마, 골프…… 그걸 모두 하던 나이가 네 살쯤이었나. 사실 제대로 된 기억은 여섯 살쯤부터 있어. 어머니가 네 살 때부터 조기 교육을 했다고 하니까, 어렴풋이 그쯤부터 하지 않았을까, 라고 생각했던 거고."

이렇게까지 말이 많은 사람이 아니었다.

이상했다.

태영은 지금 제 앞에 있는 사람이 자신이 알고 있던 그 남자가 맞는 건가라는 의심을 해 버렸다. 관계를 맺은 후에도 고작해야 몇 마디의 대화가 끝이었던 그 남자의 입에서, 터져 버린 봇물처럼 말들이 춤추듯 흘러나오고 있었다.

태영은 프로의 자세를 취하지 못한 채, 그를 응시했다.

"대체 돈이 어디서 나는 걸까. 그런 생각을 한 건 딱 아홉 살이 된 봄이었어. 어디서 돈이 나길래, 18평 아파트에서 월세로 근근이 살아가던 어머니가 나와 동생에게 그렇게 비싼 조기 교육을 시켰던 걸까. 그리고 머지않아 알게 됐지. 바로 그해. 내가 어떻게

85

그렇게 비싼 교육을 받을 수 있었는지."

제 마음대로 인터뷰를 시작하여, 묻지도 않은 말을 늘어놓는 남자에게서 시선을 떼지 못했다. 그러나 가슴이 저릴 정도로 쓰게 웃는 그의 얼굴을 보자니 정신이 확 들었다.

그는 단순한 인터뷰에서 필요로 하는 멘트 그 이상을 뱉어 내고 있었다. 지금 그의 도톰한 입술 사이로 흘러나오는 모든 말을 지면에 옮기기는 힘들 거다. 앞으로 그가 무슨 말을 꺼낼지는 모르겠지만, 태영의 본능이 그렇게 말을 하고 있었다.

"그 이유는……."

"다……."

그리고 숨을 고른 그가 다시 말하려고 할 때, 태영이 그의 말을 끊어 냈다. 처음엔 얼떨떨한 얼굴로, 그러다 눈썹을 꿈틀거리고, 그 후엔 미간을 좁힌 태영이 그를 똑바로 응시하며 물었다.

목소리가 떨렸지만 개의치 않았다.

"다 알고…… 있었어요?"

주어를 생략한 말이지만 그는, 장이건은 무슨 뜻인지 바로 파악한 듯했다. 이건의 벌어진 입술이 다물어졌다. 태영은 대답하지 않는 그를 바라봤다. 침묵은 곧 긍정이라는 이야기가 있다.

태영의 얼굴이 화르륵 달아올랐다.

그럼 이 남자는 전부 알고 있었다는 거야?

「솔직히 말씀드려 너무너무 뵙고 싶었습니다! 다른 분도 아니고, 장무명 선생님의 첫 인터뷰를 제가 하게 되다니. 이건 제 가문의 영광이나 다름없습니다!」

라는 말이라든가,

「혹시 저희 누나를 아시는 겁니까?」

라든가,

「그런데 선생님께선 저희 누나를 어떻게 아십니까?」

라는 말이, 모두 거짓이라는 걸 이미 알고 있었다고?

태영의 얼굴이 사색으로 물들었다. 덜덜, 윗니와 아랫니가 부딪쳐 기괴한 소리를 냈다. 그는 큰 충격을 받은 태영의 행동에 풋 웃어 버렸다.

그 웃음소리를 듣고서야 겨우 현실로 돌아온 태영은 소리를 내뱉었다.

"제가 남자가 아니라는 것도, 은재영이 아니라는 것도 다……

알고 있었단 말이죠?"

"모르는 게 이상하지 않을까."

이건이 오히려 되물었다.

"무려 한 달이나 몸을 섞은 여잔데."

쿵.

심장이 내려앉았다. 놀라 말을 잊어버린 태영을 향해 그는 나른하게 말을 이었다.

"난 은태영 기자님의 목 뒤에 하트 모양의 점이 있다는 것, 그리고 왼쪽 허벅지에 작은 상처가 있다는 것, 그리고 배꼽 위에 이니셜이 새겨진 것도 기억해."

대수롭지 않게 뱉어 내는 그의 말에 숨이 막혀 온다. 목 뒤의 점이야 머리카락이 짧아졌으니 누가 봐도 보였다. 허벅지의 상처는 짧은 바지를 입는 여름이라면 얼핏 보일 수도 있다.

그러나 배꼽 위에 타투로 새겨진 E, T, Y 세 이니셜은 다른 사람들이 쉽게는 볼 수 없었다. 팔이나 다리를 드러내는 것은 배구 선수 시절부터 줄곧 있어 왔던 일이지만, 배꼽을 비롯한 상체 부분을 드러내는 것을, 극히 꺼려 왔던 태영이었으니까.

대꾸하지 못하고 있던 그녀를 향해 그가 말을 덧붙였다.

"키가 크다 해서 다 남자 같아 보이는 건 아니야. 아니, 모르지. 다른 사람은 혹시 그런 착각을 할지도. 하지만 적어도 내 눈에 태영이 넌……."

"다 알고 있었다는 겁니까?"

태영은 눈에 힘을 주며 그를 노려봤다.

"그럼 저를 여기로 불러들인 것도 당신인가요?"

그는 다시 입을 다물었다. 쿵쿵, 심장이 들썩였다.

"다른 곳도 아니고 콕 집어 우리 잡지사를 선택한 것도……!"

설마…… 나 때문이라고?

태영은 그를 쳐다봤다. 이건이 후우 길게 한숨을 내쉬는 것이 보였다. 그는 대답을 기다리는 그녀에게 말했다.

"굳이 거짓말을 하고 싶진 않네."

조용한 그의 목소리가 귓전을 두드린다. 1년 전엔 그렇게 듣고 싶었던 그 목소리가, 지금은 왜 이렇게 아프게만 들리는 건지. 태영은 그에게로 눈을 고정시켰다. 이건은 멈추지 않고 소리를 내뱉었다.

"마침 인터뷰가 필요했던 시점이고, 그게 하필 〈월간 묵향〉이었던 건 네 영향이 없다고 할 수는 없겠지."

"날…… 대체 날, 어떻게 찾은 거예요?"

"……."

"아니!"

그 전에 먼저, 근본적인 질문.

태영은 성난 눈으로 그를 응시하며 외쳤다.

"대체 왜 찾은 거예요?"

우린 이제 아무 사이도 아니잖아.

❖

이해가 되지 않는다.

한 번이라도 잡아 주길 바랐던 그때는 그저 자신이 떠나는 것을 지켜보기만 하더니. 이제 와서 다시 찾는다고?

아무리 이해하려 해도 상식적으로는 납득이 가지 않아 태영이 물었다. 그러자 아무 말 없이 미소 짓던 남자는 대답했다.

「네가 보고 싶었어.」

말도 안 되는 소리!

그렇게 흘려 버리고, 또다시 무너지려 하다니.

태영은 이를 악물며 인상을 썼다.

"은 기자님!"

갑자기 모든 것을 챙기고 밖으로 나서는 태영의 태도에 놀란 강 실장이 그녀를 붙잡으려 했다.

아무리 걷고, 또 걸어도 도통 나올 기미가 보이지 않는 대문을 찾느라 예민해져 있던 태영은 뚝 걸음을 멈추었다.

"강 실장님."

"지, 진짜 가시는 거예요?"

그녀는 대체 무슨 일이 있었는지 도통 모르겠다는 표정을 짓고 있었다.

무명 선생과의 인터뷰를 하기 위해 들어갔던 기자가 화를 내며 밖으로 나와, 짐을 챙겨 저택을 떠나려 하니 그럴 만도 하지. 당혹의 기색이 역력한 강 실장의 얼굴을 마주한 태영은 고개를 숙였다.

"죄송합니다, 강 실장님. 제가 급한 일이 생겨서요."

"……예?"

"저를 대체할 다른 기자를 내려 보내 달라고 할 테니, 조금만 양해 부탁드립니다."

"저, 저기!"

그 말을 뱉어 낸 후 홱 몸을 돌려 버리는 태영을 강 실장이 불렀지만, 그녀는 뒤도 돌아보지 않고 다리를 뻗었다. 강 실장이 긴 다리를 쭉쭉 뻗는 태영을 쫓아오기에는 무리가 있었다. 태영은 곧 저택을 벗어나 위로 이어진 언덕길을 오르기 시작했다.

'빌어먹을!'

빌어먹을, 빌어먹을!

성큼성큼 앞으로 나아가는 다리에 힘이 느껴지지 않는다.

분명 조금 전 겪은 일이지만 무슨 일이 벌어졌는지 모르겠다.
태영은 이를 악물며 씩씩거렸다.

'말도 안 돼. 말도 안 된다고!'

이토록 부정하는 이유는 간단하다.

정말로, 말이 되지 않았으니까.

「방금…… 뭐라고 했어요?」

「뭐가?」

「그, 그러니까 보고 싶었다는…….」

「아. 보고 싶었어.」

「누가요?」

「누구긴. 은태영이지.」

너무도 태연하게 대꾸하는 그의 말에 자리에서 벌떡 일어날 수
밖에 없었다. 태영은 소파 앞에 선 자신을 빤히 올려다보고 있는
이건을 바라보며 아무 말도 뱉어 내지 못했다. 그 자리에 선 채 한
참을 생각하고, 또 생각해 보아도 이해할 수 없었다.

보고 싶었다고?

내가?

'왜?'

「뭐 하는 거지, 은태영?」

돌아가던 녹음기를 끄고, 들고 있던 펜과 메모지를 주섬주섬 챙
기기 시작한 건 그때였다. 갑작스러운 태영의 반응에 그가 미간을
좁혔지만 답하진 않았다.

「은태영!」

「죄송합니다, 선생님. 다른 기자님이 다시 오실 겁니다.」

「뭐?」

「뵙게 되어 영광이었습니다. 그럼.」

태영은 황당해하는 그에게 묵례한 뒤 몸을 돌렸다. 그가 쫓아
나오기 전, 얼른 사랑채로 달려가 자신의 배낭을 집어 들었다. 그
후, 마침 차를 내오던 강 실장과 마주쳤고 어리둥절해하는 그녀에
게 인사를 하고선 이렇게 저택을 벗어나게 된 것이다.

헉헉.

무거운 배낭을 메고선 달리고 또 달렸다. 하필이면 무더운 여름

에, 가슴을 가리겠답시고 조끼까지 입고 있던 상태여서 땀이 뻘뻘 흘러내렸다.

그럼에도 불구하고 뛰는 것을 멈추지 않은 것은 이 말도 안 되는 상황에서 벗어나기 위해서였다.

'위험해.'

이대로 있다가는 자신이 감당하기 힘든 상황이 닥칠 것이 분명했다.

말도 안 되는 일에 얽혀 들 만큼, 태영은 한가하지 못하다.

「네가 보고 싶었다고, 은태영.」

1년 전, 떠나는 그녀를 바로 쫓아와 그런 말을 해 주었다면 기뻐하며 펑펑 눈물을 흘렸을지도 모르겠다.

하지만 지금은 아니다.

그에 대한 모든 미련을 버리려 노력하던 자신에게, 그래서 머리카락까지 싹둑 잘라 버린 자신에게 아무렇지 않게 다가와 아무렇지 않게 말하는 그를 태연하게 대할 수는 없었다.

그러니까, 설마 몸을 섞다 보니 몸 정이라도 들었다는 거야, 뭐야!

'웃기고 있어.'

내가 자기가 오라면 오고, 꺼지라면 꺼지는 잠자리 베개인 줄 알······.

"악!"

성난 콧김을 내뿜으며 달리고 또 달리던 태영의 몸이 앞으로 고꾸라졌다. 무거운 배낭이 흔들리는 건 둘째 치고서라도, 하필 까슬까슬한 땅바닥과 얼굴, 팔, 그리고 무릎이 차례로 닿았던지라 상처가 나 버렸다.

"으윽······."

너무 깊은 생각에 잠겨 솟아올라 있던 나무뿌리를 발견하지 못한 것이 실수였다. 태영은 이를 악물며 이마에서, 턱 끝에서, 그리고 팔꿈치와 무릎에서 줄줄 흘러내리는 핏물을 인지하며 행동을 멈추었다.

"제기랄······."

길쭉한 다리는 오늘과 같은 날엔 아무런 도움이 되지 않는다. 사시나무 떨리듯 덜덜 후들거리기만 할 뿐. 저런 황당한 장애물도 쉽게 피하지 못하다니.

너 진짜 바보냐?

하긴. 남자인 척 그를 완벽하게 속일 수 있다고 생각한 것 자체부터 어리석었다.

재영과 닮았다고 한들, 머리가 짧아졌다고 한들, 한 번 품에 안

겼던 남자에게 자신을 속일 수 있을 리 만무했다.

'멍청이…….'

그와 재회하고도 눈물 한 방울 돌지 않던 눈가가 흐려졌다. 쿵쿵. 눈치 없는 심장은 그 남자를 다시 만난 것이 즐겁기라도 한지, 멋대로 뛰고 있다. 태영은 이를 악물며 삐어 버린 것이 분명한 발목을 쓰다듬으며 고개를 떨어뜨렸다.

'택시라도…… 불러야 해.'

운이라곤 지지리도 없다. 핸드폰을 꺼내려던 태영은 조금 전의 충격 때문인지, 액정이 완전히 박살 나 버린 핸드폰을 내려다보며 얼굴을 일그러뜨렸다. 얼굴을 찌푸리자 곳곳에 난 상처가 쓰렸다.

"하아."

되는 일이 없네.

아직 마을 초입까지는 한참이나 남아 있었고, 마을로 간다 할지라도 택시가 있으리라는 보장은 없다. 어제만 해도 이곳까지는 못 오겠다며 마을 초입에 저를 던져두고 택시는 떠나가지 않았던가.

맴맴, 시끄러운 매미 소리가 어딘가에서 계속 울려 대고 있는 언덕 위의 한가운데.

다행히 오는 사람은 없는 이곳에서 넋 놓고 앉아 있을 수만은 없다 생각하여 태영은 몸을 일으켰다. 박살 난 핸드폰을 배낭 안에 밀어 놓고, 피가 철철 나든 말든 일단 이곳을 벗어나자 싶어 움직일 생각이었다.

"하는 수 없⋯⋯!"

그러나 아직은 쓰려 오는 상처를 감당하기 힘들어서인지, 아니면 배낭의 무거운 무게 때문인지. 비틀거리며 다시 앞으로 고꾸라지려던 태영은 제 배를 부드럽게 감싸 안는 누군가의 온기를 인지했다.

화들짝 놀라 고개를 들자 보이는 건, 뒤에서 그녀를 지탱하고는 태영이 서는 것을 도와준 그 남자였다. 얼떨떨한 표정을 짓는 태영에게 그는 말했다.

"갈 땐 가더라도, 다친 건 치료하고 가."

태영은 그의 손을 제게서 떼어 낸 후 냉정하게 대답했다.

"괜찮습니다."

"은태영이 괜찮아도, 내가 안 돼."

"⋯⋯!"

그는 비틀거리는 태영을 다시 잡아 주며 말했다.

"내 집을 찾은 누군가가 다쳐서 돌아간다는 거, 그리 좋은 기분은 아니야. 그나저나 아주 제대로 찢었군."

그는 부르르 눈꺼풀을 떨며 서 있는 태영을 아래위로 훑어본 뒤, 고개를 절레절레 저었다. 그 모습에 입술을 악물며 얼굴을 붉히던 태영이 뭐라 말을 하기도 전에.

"……!"

이건은 서 있던 그녀를 안아 들었다.

"뭐, 뭐 하는 거예요!"

"뭐 하기는. 다시 내려가려는 거지."

"저 스스로 갈 겁니다!"

"못 가."

그가 차갑게 일갈했다. 그 목소리에 움찔한 태영이 더는 말을 잇지 않자, 이건은 그녀를 내려다보며 말했다.

"은태영 너 지금 발목 엄청 부었어. 게다가 얼굴이고 팔이고 다리고, 피범벅이야. 그러니 가만히 있어."

"그, 그럼 업으면 되죠!"

이게 뭐야.

만화 속에서나 보던 공주님 안기를 다른 사람도 아니고, 제게 행한 남자가 황당하기만 하다.

'무거울…… 텐데!'

얼굴 가득 서리는 그의 뜨거운 숨결로 인해 현기증이 나던 태영은 제 외침에 피식 웃는 이건을 발견했다.

"이게 편해서 그래."

"……!"

"대신 배낭은 너 내려 주고 다시 찾으러 올 테니 너무 걱정 마.

어차피 이 길은 내 사유지라 허락 없이는 못 들어와."

'저것도 같이 들고 가기는 역부족이라.' 하고 제 귀에 대고 속 삭이는 그의 말에 태영은 입을 다물었다.

쿵쿵.

심장이 결국 고장이 났는지, 그녀의 제어를 벗어나 버렸다.

"많이도 다치셨네. 안 아프셨어요?"

태영이 그의 품에 안겨 저택으로 들어오는 것을 보고 낮은 탄성 을 터뜨리던 강 실장은 대청에 태영과 마주 보고 앉아 상처를 치 료해 주고 있었다.

부드럽게 웃음 짓는 강 실장의 손길에 윽, 윽, 신음 소리만 흘려 대던 태영은 그녀를 빤히 응시했다. 소독약을 태영의 얼굴에 묻혀 주던 강 실장이 고개를 갸웃거렸다.

"왜 그러세요, 기자님?"

"실장님도……."

"예?"

"실장님도 알고 계셨던 겁니까?"

그가 알고 있었던 것처럼 강 실장 역시 알고 있었던 건가.

모두가 알면서도 자신의 황당한 연극에 속아 주는 척을 한 건가?

태영은 의심을 가득 담은 제 말에 방긋 웃는 강 실장을 발견했다. 강 실장은 그녀의 이마와 턱 끝에 반창고까지 완벽하게 붙여 준 뒤 뒤로 물러나며 고개를 가로저었다.

"죄송해요, 기자님. 전 전혀 몰랐어요."

그녀는 머쓱한 표정을 말을 이었다.

"나름 눈썰미가 있다고 생각했는데, 호호. 생각 이상으로 눈썰미가 없었네요. 저는 기자님이 영락없는 남성분이신 줄 알았어요."

「어라? 남자분이시네요? 듣기로는 여자 기자님이 오시기로 했던 것 같은데.」

인터폰 너머로 들려오던 그 말을 떠올리며 굳이 더는 묻지 않았다. 태영은 강 실장에게 전화를 쓸 수 있겠냐고 양해를 구했고, 강 실장이 흔쾌히 고개를 끄덕인 후 무선 전화를 가져다주자 고맙다는 듯 미소 지었다.

태영은 굳은 얼굴로 전화번호를 꾹꾹 누르며 귓속으로 흘러들어 오는 통화 연결음 소리에 신경을 집중시켰다. 곧 중혁의 목소리가 들려왔다.

— 예. 〈월간 묵향〉의 남중……

"편집장님도 한패인 겁니까?"

— 뭐? 누구…… 설마, 은 기자니?

"한패겠네요. 그렇죠?"

— 왜 핸드폰으로 전화를 안 하고 집으로…… 잠깐, 이거 경주 지역 번호인데.

한패 맞네.

경주 지역이라는 단어를 언급할 때 평소 이상으로 상기된 중혁의 어조에서 태영은 해답을 찾았다. 그녀는 쓴웃음을 흘리며 눈을 아래로 내리깔았다. 저를 몰아붙이던 태영이 더는 말하지 않자 중혁이 평소의 태도는 던져두고 발끈했다.

— 인마. 그럼 제 발로 굴러 들어온 복을 차겠어?

역시나.

기다렸다는 듯 태도를 달리하는 중혁의 외침에 태영의 얼굴이 어두워졌다. 전화를 붙든 채 고개를 아래로 떨궈 버리는 태영을 향해 중혁은 말을 이었다.

— 잘 생각해, 은 기자. 이건 날개까지 단 채 눈앞에 떡하니 놓여 있는 복이나 마찬가지야.

복이라…….

'과연 그럴까.'

— 정말 좋은 기회라고. 다른 사람도 아닌 '무명 선생'의 첫 독점 인터뷰를 우리 〈월간 묵향〉이 싣게 되는 건데…… 이 일이 얼마나 큰 파장을 일으킬지 은 기자 네가 더 잘 알고 있지 않나?

물론 알고 있다. 그래서 모든 일도 제쳐 두고 이곳, 경주까지 부리나케 온 것이고.

— 대체 은 기자가 무명 선생이랑 어떻게 아는 사인지는 모르겠지만, 제 발로 온 복을 걷어찬다면 그게 바보지.

"……하아."

— 하아는 무슨. 난 네가 무명 선생 인터뷰를 꼭 따올 거라고 믿어 의심하지 않는다, 태영아.

부드러운 중혁의 다독임에 태영은 미간을 좁혔다.

"편집장님. 그게 그리 간단한 문제가 아니에요."

— 간단한 문제가 왜 아냐.

뭐?

— 아주 간단한 문제야. 은 기자 너는 질문을 하고, 선생은 대답을 하는 거지. 그리고 은 기자가 서울로 돌아오면 우리 두 사람이 인터뷰 내용을 토대로 정리를 하고, 발간하는 거라고.

"……."

— 이번 일, 사장님도 엄청 기대하고 계신다는 거 알고 있지?

그러니 최선을 다해. 만약 은 기자가 훌륭히 일 마치고 돌아오면…… 그래, 좋아. 내가 은 기자를 대리 말고 팀장으로 진급시켜 주지.

"웃기시네. 편집장님이 무슨 권한으로?"

— ……다 방법이 있어, 인마.

태영은 코웃음 쳤다.

중혁이 편집장으로 있는 〈월간 묵향〉의 공식적인 사장은 그의 아내였으니, 확실히 중혁의 말대로 아예 방법이 없는 것도 아니다. 태영은 머리가 지끈거리는 것을 느끼며 대충 알겠다고 답을 한 뒤, 통화를 종료했다.

'인터뷰…….'

인터뷰라.

그의 인터뷰를 하고 싶지 않은 것은 아니었다. 사진 등을 통해 그의 작품을 보았을 땐 그저 그러려니 하고 넘어갔었던 적도 있었지만, 실제로 그의 작업실에서 그것들을 본 뒤로는 머릿속에서 사라지지 않았다.

점과 획의 울림에서 느껴지던 깊은 감동을 태영은 잊지 못했다. 운필할 때의 그가 어떤 모습으로, 어떤 마음으로 임했는지 궁금해질 정도로.

그를, 그 위험한 남자를 가급적이면 피해야 한다고 머리는 외쳐 댔지만, 눈치 없는 심장은 무명 선생이 써내려 가는 운필의 흐름을 알아내야 한다고 소리치고 있었다.

"은태영."

치료가 끝난 태영은 대청에 드러누웠다. 차가운 나무에 등을 기대니 더위가 조금은 가셨다.

맴맴.

끊임없이 울려 대는 매미 소리를 한 귀로 듣고, 다른 한 귀로 흘려대고 있을 때, 어두운 그림자가 드리워졌다. 누워 있는 그녀를 이건이 내려다보고 있었다.

태영은 몹시도 불경스럽게 누워 있는 자세로 입술을 움직였다.

"보시다시피 환자라서요."

"그래서?"

"일어나기는 힘들 것 같네요."

"그럼 누워 있어."

퉁명스러운 태영의 말에 이건이 피식 웃었다. 태영은 후, 한숨을 내쉬며 말했다.

"인터뷰는 할 겁니다. 당신을 위해서가 아니라, 우리 회사를 위해서. 무명 선생 인터뷰 독점으로 내면 우리 잡지, 엄청 팔리긴 팔릴 거니까요."

"좋을 대로. 성실히 임해 줄게."

"하지만 당신의 인터뷰 태도가 불성실하다면, 뒤도 돌아보지 않고 나가겠습니다."

"그럼 이제 갑은 은태영인가?"

"기자님."

"……."

"왜요? 그 말을 붙이는 게 어려우신가요?"

철저하게 거리를 두겠다는 의미로 자신을 기자님으로 불러 주기를 바라자 이건이 잠시 대답을 않는다. 그러다 몇 초 뒤, 이건의 목소리가 들려왔다.

"그렇게 하지, 은태영 기자님."

체념한 태영은 자신이 누운 옆자리에 스윽 앉으며 뜨겁게 작열하는 태양을 응시하는 이건을 힐긋거렸다.

"다 좋아. 그게 무엇이든. 은태영 기자님이 하자는 대로 전부 할 테니, 나도 조건 하나만 걸지."

태영은 미간을 좁혔다.

"이상한 조건이라면 받아들이지 않을 겁니다."

"갑의 심보, 고약하군."

일부러 몸을 부르르 떨며 답지 않은 넉살을 부리는 그의 모습에 태영이 헛웃음을 삼켰다. 이건은 빙긋 웃은 뒤 그녀를 향해 말했다.

"인터뷰, 오늘 말고 내일 해."

"……네?"

태영은 그 말에 벌떡 몸을 일으켰다. 갑자기 왜! 놀라는 그녀를 빤히 주시하던 이건은 차분한 음성을 흘렸다.

"오늘은 할 기분이 아니야."

"하지만……!"

"은태영 기자님."

태영의 말을 끊어 낸 이건의 목소리가 귓가로 흘러 들어왔다.

"예술가한테는 인터뷰도 마음의 준비가 필요하다는 거, 알고 있지?"

윽.

"게다가 그렇게 기를 쓰고 따내려 하는 내 인터뷰를, 고작 하루 만에 얻어 낼 수 있을 거라 여긴 건가?"

"……."

대체…… 무슨 꿍꿍인지 모르겠다. 가늘게 눈을 뜨는 태영의 시선을 이건은 피하지 않았다. 결국 굳은 표정을 지어 보이던 태영이 한숨 섞인 목소리를 내뱉었다.

"장이건 씨."

"응."

"무슨 생각을 하는 거예요?"

1년 전, 그의 품에 안기고 있을 때도 알 수 없었던 그의 머릿속이 읽히질 않는다. 특히나 과거의 그가 이토록 질척거리는 스타일이 아니라는 것을 잘 알고 있었기에, 현재의 모습이 적응되지 않았다.

그는.

장이건이란 남자는, 대만을 떠난다는 제 말에 대꾸도 하지 않고 그저 지켜보기만 하던 사람이 아니었던가.

태영은 얼굴을 찌푸리며 그를 노려봤다.

"글쎄."

그녀의 말을 듣고도 고요히 생각에 잠겨 있던 남자의 검은 눈동자가 느릿하게 태영에게 꽂힌다. 그 섬세한 움직임에 고요하던 심장이 크게 일렁였지만, 태영은 눈에 준 힘을 풀지는 않았다.

'얼버무리겠지.'

그는, 장이건은 절대로 자신이 품고 있는 생각은 말해 주지 않을 거다. 그랬던 사람이니까.

태영은 그에게서 대답을 들을 것이라 기대하지는 않았다.

"너를……."

하지만 그런 태영의 확신과는 달리, 그의 눈매가 부드럽게 휘어졌다. 이윽고 입술이 열렸고, 잔잔한 목소리가 들려왔다. 태영은 맑게 일렁이는 그의 눈동자에 비친 제 모습을 발견하고선 눈을 동그렇게 떴다. 멈칫하는 태영에게 이건은 말했다.

"대체 너를 어떻게 유혹해야 할까, 생각하고 있어."

……뭐?

"어떻게 하면 네가 내게 넘어올까, 은 기자님."

그는 미소와 함께 속삭였다.

"어떻게 해야, 넘어올 수 있을까."

지독할 정도로 달콤하게.

그래서 다음 생각을 이어 나가지 못하게.

"지금 내 머릿속엔 온통 그것뿐이라서. 당장은 공적인 인터뷰를 제대로 할 수 없을 것 같아."

심장이 뛰는 것은 순전히 본능적인 반응이었다.

태영은 이성과의 경험이 적었다. 서른한 살이 될 때까지 딱 한 번 있었던 경험은 눈앞의 남자와 나누었던 짧은 한 달뿐. 그 이후로 지금까지, 공적인 일을 제외하고는 사적으로 누군가를 만나 본 적도 없었다.

'그래서 당황한 거야.'

유혹이라는 그 단어에, 가슴이 멋대로 움직인 것은 바로 그 이유 때문이다. 사실 처음에는 이건이 대체 무슨 소리를 하는 건지 이해하지 못했다. 그러나 몇 초의 시간이 흐르자 대충 이해가 갔다.

괜한 코웃음이 났다. 화가 나기도 했고, 입술을 깨물었다 다시 떼기도 했다.

냉정해야 해.

냉정해져야 해.

태영은 심장의 박동을 무시하려 애썼다. 얼굴이 화끈 달아올랐으나, 태연한 척했다. 반응하고 싶지 않다. 동요한 것을 들키고 싶지 않다. 태영은 이를 악물며 숨을 골랐다. 그런 그녀의 모습을, 이건은 여전히 바라보고 있었다.

'이 남자가 숨 막힐 정도로 아름다운 건 인정해.'

저를 향해 옅게 웃고 있는 그는 여전히 아름다웠다. 제게서 눈을 돌리지 않고 살짝 입꼬리를 올린 모습은, 한때 태영이 너무도 좋아했던 그 얼굴 그대로였다.

'하지만 너는 더 이상 이 남자를 좋아하지 않잖아?'

그러니까 조금이라도 내색해서는 안 돼.

태영은 스스로를 향해 몇 번이고 말하며 호흡을 안정시켰다. 그러고는 다물었던 입을 열었다.

"어이가…… 없네요."

태영은 결국 미간까지 찌푸리며 앉아 있던 몸을 일으켰다.

"도와줄까?"

탁!

"됐어요! 혼자 일어날 수 있……!"

철썩!

제게로 뻗어 오는 그의 손을 내리친 것은 반사적이었다.

'아…….'

냉랭하게 대답한 후 홱 고개를 돌리려던 태영은, 이건이 자신의 오른손을 꽉 붙들고 있는 모습을 발견해 버렸다. 아무리 화가 난 상태라고는 하나 이번 일은 도가 지나쳤다. 태영은 붉어진 손등을 만지작거리는 이건의 모습에 크게 당황했다.

'서예가한테 손은 생명인데!'

욱한 마음으로 그의 손이나, 혹은 손가락에 부상을 입혔다가는 자신이 곤란해진다. 태영은 심장이 철렁거리는 것을 느끼며 굳었던 얼굴을 폈다.

"저기, 괜찮……아요?"

"머리."

"예?"

"잘 어울려."

손등을 만지작거리던 이건이 돌연 툭 말을 던졌다.

"뭐라고요?"

혹 그의 손에 문제가 생겼을까 노심초사하던 태영의 눈동자가 휘둥그레졌다. 이건은 손등을 쳐다보던 눈을 다시 그녀에게 꽂으며 말했다.

"예전의 긴 머리도 잘 어울렸지만, 지금의 짧은 커트 머리도 좋아. 실물이 훨씬 예뻐."

동문서답을 하는 이건의 모습이 황당해서 태영은 입을 벌렸다. 이건의 눈웃음은 짙어졌다.

"그거 알아, 은 기자님? 나는 돈이 많아."

태영은 무슨 택도 없는 소리냐는 눈으로 그를 응시했다. 이건의 붉은 입술은 멈출 줄 몰랐다.

"마음만 먹으면 은태영이 일하는 잡지사를 인수하는 것 정도는, 꿈도 아니지."

"지금…… 자랑하는 건가요?"

태영은 인상을 썼다. 그 모습마저도 마음에 들었는지 이건은 고개를 가로저으며 대답했다.

"서론."

서론?

"앞으로 내가 들려줄 나의 이야기 중, 은태영의 흥미를 일으킬 만한 이야기를 먼저 꺼낸 거야. 난, 이야기에는 타인이 흥미를 일으키게 만드는 서론이 가장 중요하다고 생각하거든. 물론 본론도 그 못지않겠지만 일단은 흥미를 끌어야 할 테니까."

"장이건 씨."

"응."

그의 말을 듣고 있던 태영이 결국 참다못해 성난 음성을 흘렸다.

"대체 저를 어떻게 생각하시는지는 모르겠지만 당신이 돈이 많다고 자랑하셔도 소용없어요. 저, 돈에 흔들리는 여자 아니에요."

그러자 이건이 대꾸했다.

"다행이네. 사실 나도 그 돈이 싫어서 전부 다른 사람한테 넘기고 와 버렸거든."

뭐?

"그러니까 방금 한 말은 과장됐어. 돈이 많다가 아니라, '많았어.'라는 표현이 옳겠네. 뭐, 일단은 네 흥미를 끌었으니, 서론은 성공한 건가."

"……하?"

이건이 고개를 끄덕이자 그녀, 태영의 입술 사이로 숨결이 흘러나왔다. 자신이 원하는 대로 대화가 흘러가지 않자 태영은 얼굴을 구겼다.

'말이…… 통하지 않아.'

꿍꿍이를 알 수 없는 그였기에 더욱 답답하기만 하다. 태영은 결국 쌀쌀맞게 물을 수밖에 없었다.

"방금 그 말이 서론이면, 본론은 뭐죠?"

"본론. 글쎄. 본론이라……."

태영의 직설적인 질문에 이건은 숨을 짧게 들이마셨다. 호흡을 고르는 그의 목젖이 아래위로 흔들리는 모습을 태영은 가만히 주시했다.

그렇게 잠깐 동안의 침묵을 가진 이후, 이건은 다시 그녀를 응시했다. 검고 짙은 그 눈동자로.

"그만큼 돈이 많던 나는 꽤나 나쁘지 않은 생활을 해 왔고, 그로 인해 많은 상처를 받았어. 그래서 도망을 치고자 대만으로 떠났고 그곳에서, 은태영을 만났지."

"정말 시답잖은 얘기군요. 그럼 결론은요?"

싸늘한 태영의 말에 쓴웃음을 짓던 이건이 중얼거렸다.

"너를 안은 건…… 일탈에 가까웠어. 잔잔한 일상 속에서 한 번쯤은 꿈꿔 보는, 그런 일탈. 그리고 현실로 돌아오면 다시는 행하지 않을 일탈."

「어차피 널 다시 볼 일은 없을 테니까.」

'일탈이라.'

그랬었지.

그가 말한 일탈의 말이 무엇을 뜻하는지 이해할 수 있다. 이건은, 그는 언제나 불을 끈 채 자신을 안았으니까.

물론 다시 볼 일이 없다고 한 사람치고는, 한 달이라는 시간 동안 함께 이불을 썼다는 게 아이러니하기는 했으나 그뿐이다. 그에게서 자신은 그의 일상적인 세계에서는 만나지 않을 존재였다.

태영은 그 사실을 받아들였었다. 그저 그와 함께 있는 시간만으로도 행복해서, 모두 수용 가능하다고 생각했다. 그의 마음을 돌릴 수 있을 거라는 희망을 품었고, 그 희망이 헛된 꿈이었다는 것은 한국으로 떠나는 날 처절하게 알게 됐다.

그런데 왜 갑자기 이런 이야기를 하는 걸까.

태영은 원망스러운 눈으로 그를 응시했다. 이건은 흐리게 웃었다.

"하지만 그 일탈이, 어쩐지 그리워."

뱉어 내듯 아주 자연스레 중얼거리는 그의 말이 목을 조여 온다.

"1년 전의 은태영이 잊히질 않아서 힘들어."

동요하면 안 된다 생각했다.

그러나 곧은 눈을 하고 있는 그에게서 눈을 뗄 수가 없다.

"그래서 유혹을 하기로 결심했어."

유혹?

'유혹……이라.'

태영은 실소를 터뜨렸다.

"그러니까 결론은, 장이건 씨는 제 몸이 잊히질 않는다, 뭐 이런 거군요."

"그런 노골적인 표현보다 네게 빠져 버렸다는 표현이면 너무 식상한가."

"믿지도 않아요."

태영의 벽은 실로 단단하고 굳건했다. 이건이 씁쓸한 표정을 짓는 것이 보였지만 그에게 어울려 주고 싶은 마음은 없었다.

「그래. 잘 가.」

마지막으로 들었던 그 말은 여전히 잊히질 않았으니까.

그런 사람을 바로 믿는 게 오히려 바보 아니야?

"기억 나?"

경직된 표정을 짓고 있는 태영에게 이건이 말했다.

"그때는 네 얘기를 듣는 입장이었어. 가만히, 그저 듣기만 했었지."

참으로 수다스러웠던 과거의 저 자신이 원망스럽다. 태영은 차가운 눈으로 이건을 노려봤다. 이건은 쓰디쓴 미소와 함께 다음 말을 내뱉었다.

"그래서 이번엔…… 이번엔 네게 날 알려 주고 싶어."

"……!"

"그때의 네가 알고 싶어 했던 내가 누군지. 뭘 좋아하고 무슨 생각을 하는지. 왜 붓을 쥐게 됐고, 어째서 그렇게 무너져 있었는지. 전부. 그러니 은태영."

"기자님."

"은태영 기자님."

두근두근.

"나랑 내기 하나 할까."

태영은 눈을 크게 떴다. 이건은 달콤하고 부드러운 목소리로 속삭였다.

"일주일. 딱 일주일 동안 이루어지는 내기야. 내기의 내용은 간단하지. 기자님이 나한테 넘어오느냐, 아니면 넘어오지 않느냐."

그의 말을 듣자마자 '하!' 하고 황당한 숨이 입술 밖으로 흘러나왔다. 태영은 성난 표정을 지으며 차갑게 일갈했다.

"고작 일주일 만에 저를 유혹하겠다는 건가요? 당신 눈엔 아직도 제가 쉬워 보이는 겁니까?"

"아니. 쉽지 않아."

그런데 왜!

"엄청 어려워. 너무 어려워서, 사실 유혹할 수 없을까 봐 걱정이 돼."

"……."

"왜 그렇게 봐?"

"이것 보세요, 장이건 씨."

태영은 눈을 가늘게 뜨며 물었다.

"당신, 이렇게 말을 잘하는 사람이었어요?"

낯선 사람 같아.

태영이 알고 있던 이건은 언제나 과묵했고, 자신에 대해 말하지 않는 사람이었다. 그래서 더 궁금했고, 눈길이 갔다. 알고 싶었지만 알지 못했다. 그래서인지 현재의 모습이 이해되지 않는다. 적응도 되지 않고.

의심스러운 눈으로 바라보는 그녀를 향해 이건은 대답했다.

"변하기로 했으니까."

변해?

"원하는 것이 있다면 나 자신도 변해야 한다고, 누군가 알려 줬거든."

입가에 걸리는 그의 미소는 확신에 차 있었다.

'누군가……라.'

그 누군가가 궁금해 미칠 지경이었지만 굳이 묻지 않기로 했다.

태영은 한숨을 푹 내쉬더니 결국 자리에서 몸을 일으켰다.

"됐어요. 당신이 대체 무슨 생각인지는 모르겠지만 저 그렇게 한가한 사람 아니에요."

이건은 서늘한 그녀의 말을 그저 듣고만 있었다. 어느새 벌떡 선 태영이 그를 내려다보며 말했다.

"꿍꿍이도 알 수 없는 그런 황당한 내기 따윈 흥미 없어요. 게다가 이런 외진 곳에서 당신 같은 사람이 작정하고 덤벼들면 아무리 돌이라도 넘어가겠네요. 당신이 내 허락 없이 손을 댈 경우도 있잖아요."

"약속할게. 원하지 않는다면 기자님한텐 손도 안 댈게."

"예?"

"대신, 기자님이 조금이라도 틈을 보인다면……."

말끝을 흐리는 그가 위험하게 웃는다. 그 모습에 움찔하던 태영은 이건을 가늘어진 눈으로 바라보다 입술을 달싹였다.

"장이건 씨."

"응."

"대체 나한테 이러는 이유가 뭐죠?"

"말했잖아. 이번엔 나에 대해 알려 주고 싶다고. 그리고 기자님을 유혹하고 싶다고."

"……."

"왜. 내기에 자신 없어?"

태영은 코웃음을 쳤다.

"애초에 이득이 없는 내기는 하지 않는 것이 좋다고 했어요."

"누가?"

"우리 재영이가."

쌍둥이 남동생 재영을 언급하며 태영은 단호히 거절하려 했다.

더 이상 상대해 줄 가치가 없어.

"그러니 전 이득 없는 내기는 하지 않을 겁니다."

"만약 기자님이 내기에서 이긴다면, 곧 완성될 내 작품, 월간 묵향에서 처음으로 공개하도록 하지."

쿵.

휙 몸을 돌려 대청을 벗어나려 하던 태영의 발걸음이 멈췄다. 쿵, 하고 그녀의 심장 역시 바닥으로 곤두박질친다. 태영이 동요했다는 것을 눈치챘는지, 이건이 얼른 말을 덧붙였다.

"아직 아무 데도 선보인 적이 없는 작품이야."

두근두근!

"그리고 그 이후로 기자님을 사적으로 귀찮게 하지 않을게. 어때?"

두근두근!

「우리 잡지사의 명운이 은 기자에게 달려 있어!」

이 상황에서 왜 하필이면 중혁의 간절한 외침이 떠올랐던 걸까.

태영은 입술을 잘근 깨물었다. 이미 그에게서 등을 돌려 버린 상태였던지라, 만약 고개를 돌린다면 자신을 올려다보고 있을 이건을 마주하게 된다. 하지만. 하지만……!

'제길.'

문을 향해 있던 태영의 시선이 이건이 앉아 있는 쪽으로 돌아갔다.

"장이건 씨."

"응."

"일주일……이랬죠?"

그녀의 질문에 이건은 말없이 미소 지었다. 태영은 여전히 의심을 거두지 못하고 물었다.

"그 일주일 동안, 제가 당신한테 넘어가지 않으면 되는 거죠?"

"응."

"당신은 그 기간에는 저한테 손도 대지 않을 거고요?"

"응. 손 안 대."

"터치는 절대 안 됩니다. 나, 털끝이라도 건드리면 안 돼요."

"약속하지."

"내기에서 이기면…… 진짜로 우리 잡지사에 당신 작품, 독점 공개해 주는 건가요?"

이건은 고개를 끄덕였다.

"작품비도 안 받아. 창립 20주년이랬지? 기증하는 셈 칠게."

기, 기증?

기증이라는 말에 호흡이 가빠 온다. 콩닥콩닥 가슴이 뛰어 태영은 긴장하기까지 했다.

이 유혹에 넘어가면 안 된다고, 지금 역시도 갈등하면 안 된다고 그녀의 이성이 끊임없이 소리치고 있었지만 망설이는 것은 어쩔 수가 없다.

"어떻게 할래요, 은 기자님?"

이건은 답변을 요구하고 있었다.

그녀가 미끼를 물기를.

1초.

2초.

그리고…… 60초.

"장무명 선생님."

태영은 몸을 홱 돌려 이건의 앞에 털썩 앉았다. 그러고는 생긋 웃으며 목구멍까지 차오른 말을 내뱉었다.

"그 내기, 제가 받아들이죠."

이건이 그녀의 답변이 기다렸다는 듯 미소를 짓자 태영이 차갑게 응수했다.

"웃지 마요. 내기에서는 제가 이길 거니까. 인터뷰도, 작품도, 모두 제가 가져갈 거예요."

콧방귀를 뀌는 그녀에게 이건은 어깨를 으쓱였다.

"그건 두고 볼 일이지."

— 뭐라고? 네 왕자님이…… 인터뷰 대상자였다고?

깜짝 놀란 예슬이 전화기 너머로 커다란 목소리를 흘렸다. 태영은 미간을 좁혔다.

"소리 낮춰. 누가 들을 수도 있잖아."

— 뭐 어때? 왕자님이 왕자님인 건 맞지 않아? 그것도 은태영이 10년 이상 마음에 담았던 이상적인…….

"안예슬!"

— 까칠하긴. 알았어. 알았다고.

버럭 소리 지르는 태영의 외침에 예슬이 툴툴거리며 입술을 삐죽이는 것이 눈에 선하다. 이 넓은 공간에 아무도 없다는 것이 그나마 다행이다. 태영은 주위를 두리번거리다 안도의 한숨을 내쉬었다.

'왕자님이라.'

왕자님은 무슨.

한때 그를 그렇게 여긴 적도 있었다. 태영의 눈에 비친 이건은 너무도 반짝거렸으니까.

금방이라도 사라질 별처럼 환하게 빛났고, 같은 공간에 있으면서도 먼 거리에 있는 것처럼 느껴졌다. 손이 닿지 않는 왕자님. 태영이 보고 느꼈던 말을 그대로 듣고 있었던 예슬은 이건을 '은태영의 왕자님'이라 부르곤 했었다.

물론 이건과의 세 번째 만남에서 처음으로 이야기를 나누고, 그라는 사람이 입술을 움직이는 것을 보고 난 이후엔 자신의 왕자님이 생각과는 많이 다른 사람이라는 것을 인정해야만 했다.

흔들림 없이 서 있을 것만 같던 그는, 외줄에서 언제 떨어질지 모르는 위태로운 사람이었다.

그래.

정확히 표현하면, 톡 건드리면 와르르 무너져 버릴 것이 분명한 모래성 같았달까.

'무서웠지.'

당시는 그랬다.

이건과 하루를 보내고 난 후엔, 제 곁에서 눈을 감고 있는 그를 보며 안도했다. 고르게 퍼져 나가는 그의 숨결이 침대 위를 가득 채우고 있는 것을 가만히 느끼면서 태영은 긴 한숨을 내쉬었다.

콩닥콩닥 뛰는 제 마음을, 품고만 있던 본심을 입 밖으로 내뱉을 수는 없었다. 그런 짓을 저지른다면 이 모든 관계가 깨어질 것이라 확신했으니까.

태영은 인내했다. 그와 함께하는 내내 제 마음을 들키지 않으려 애썼다. 대만이라는 낯선 타지에서 그와 우연히 만나기 이전, 이미 오래전부터 그를 알고 있었고 그에게서 눈을 뗄 수 없었다는 사실을 털어놓을 수 없었다.

만일 그렇게 된다면, 이건은 자신을 내버려 둔 채 뒤도 돌아보지 않고 떠나 버릴 것 같았으니까.

당시의 태영은 서늘하고 공허한 이건의 눈동자에 겨우 들어찬 자신이 그의 인생에서 물거품처럼 사라져 버리는 것을 죽도록 꺼려 했다.

이건은 태영에게 아무것도 주지 않았지만, 태영은 그와 함께 시간을 보낸다는 사실 하나만으로도 만족했다. 그저 같은 공간에 있는 것이 좋았고, 숨을 나누는 것이 즐거웠다. 쉴 새 없이 재잘거리는 제게 이건은 아무런 말도 해 주지 않았으나, 그저 제 이야기를 듣고 있다는 건 확실했다.

그것이면 된다고 생각했다.

하지만 놀랍게도, 먼저 지친 쪽은 태영이었다.

감정이라고는 없는 남자에게 끊임없이 속삭여 봤자 되돌아오는 것은 없었다. 그의 공허함은 도통 메워지지 않았고, 태영만으로는 역부족이었다. 돌아오지 않는 메아리에 태영은 결국 백기를 들었고 그를 떠났다.

예상했던 대로 그는 태영을 잡지 않았다. 잡아 주길 바랐지만 냉정하게 떠나는 그녀를 바라보기만 했다. 한국으로 돌아오는 비행기 안에서 태영은 주르륵 흘러내리는 눈물을 소리 없이 삼켜야 했다.

「대체 너를 어떻게 유혹해야 할까, 생각하고 있어.」

그랬기에 당혹스럽다.

1년 후 우연하게도 다시 만나게 된 남자는 1년 전의 모습과는 너무도 다른 모습을 보여 주었다.

아니. 이건의 말과 행동으로 짐작해 보았을 때, 결코 그와의 재회는 '우연'은 아니다.

태영은 '그래서? 왕자…… 그 남자랑 무슨 대화 나눴어?' 하고 묻는 예슬의 질문에 답을 하지 않고 눈을 내리감았다.

「어떻게 하면 네가 내게 넘어올까, 은 기자님.」

일격을 당했다.

나름 말을 잘한다고 자부하며 살았던 태영이었지만, 작정하고 미소 짓는 남자의 언변에 흔들리는 갈대처럼 휩쓸려 버렸다. 그렇게까지 많은 말을 하는 남자가 아니었으므로 태영이 받은 충격은 상당했다. 충동적으로 내기에 임하게 된 것은 아마도 그 영향이 없지는 않은 듯싶다.

— 은태영! 너 내 말 듣고 있어?

아무리 불러도 대답하지 않는 태영이 답답했던 건지 예슬이 소리쳤다. 태영은 입술을 달싹였다.

"······시간이 좀 걸릴 것 같아. 그 남자, 인터뷰에 제대로 응하지 않고 있거든."

— 어?

"그래서 너한테 부탁 좀 하려고. 예슬아. 만약 재영이가 귀국하면 나 경주에서 인터뷰 때문에 며칠 더 머물러야 한다고 전해 줘. 집으로 돌아왔는데 내가 없으면 그 녀석도 걱정할 거 아냐."

— 뭐 재영이 외국 갔어? 아, 아니 그 전에 왜 그걸 내가 전해? 경주가 오지도 아니고 그냥 네가······.

"내 핸드폰, 완전히 박살났어."

— 어?

"지금 당장 고칠 수는 없는 노릇이라 그래. 그러니 부탁 좀 할게. 응?"

— …….

"예슬아."

— 알았어.

"참! 재영이한테는……."

— 알아, 알아. 네 인터뷰 대상이 왕자님이라는 거, 재영이 놈한 텐 밝히면 안 된다는 거잖아.

말을 전부 잇지 않았음에도 제 속내를 알아차린 예슬이 걱정 말라는 듯 외쳤다.

이래서 우리가 친구구나.

태영은 부드러운 미소를 흘리며 고맙다고 작게 속삭인 뒤, 통화를 종료했다.

「원하는 것이 있다면 나 자신도 변해야 한다고, 누군가 알려 줬거든.」

도저히 믿어지지는 않지만 그는 변했다고 한다.

1년 전과 똑같은 얼굴로. 여전히 아찔하기만 한 그 미소를 지으며.

정말, 변한 걸까.

변했다는 그 말은 의심스럽다. 그러나 천하의 장이건이 그렇다니 그런 거겠지.

'그렇지만…… 나도 변했어.'

흔들리던 태영의 눈동자가 제자리를 찾았다. 태영은 크게 심호흡을 한 뒤, 차갑게 눈을 빛냈다.

원하는 것.

어째서 그가 자신을 원하는 건지는 잘 모르겠고, 이해하고 싶지도 않지만 한 가지는 확실하다. 달라졌다는 그처럼, 그녀 역시 1년 전과는 다르다. 맹목적으로 그만을 응시하던 은태영은 사라졌다는 소리.

태영은 갑갑한 마음을 환기시키기 위해 창밖으로 시선을 던졌다.

맴맴.

이미 깊은 밤이 되었음에도 불구하고 한여름의 빌어먹을 매미 소리는 끊이질 않고 있었다.

「약속할게. 원하지 않는다면 기자님한텐 손도 안 댈게.」

무슨 자신감인지 모르겠다.

작정하고 유혹을 하겠다던 사람이 어떻게 손도 안 대고 유혹을 하려는 건지.

'됐어. 내 일도 아닌데.'

신경 쓰지 말자.

그 남자가 아무리 뭐라 해도, 신경 따윈 안 써.

그러나 그렇게 끊임없이 스스로를 향해 되뇌고, 또 되뇌어도 밤새도록 그가 했던 말과 행동, 그리고 눈빛들이 도저히 잊히질 않았다. 잔상처럼 머릿속을 맴도는 그로 인해 결국 태영은 평소보다도 훨씬 더 일찍 잠에서 깨어나고야 말았다.

'으으. 은태영, 너 진짜 바보냐?'

흔들리지 않겠다고 다짐한 것이 불과 몇 시간 전이었거늘, 그걸 못 견디고 그 말에 귀를 기울여?

한심하기 그지없는 제 모습에 인상을 쓰던 태영은 어느새 햇볕이 환하게 내리쬐고 있는 창밖을 발견했다. 올해 경주의 여름은 예년에 비해 훨씬 더 무덥다고 한다.

그의 저택에서 머물게 된 세 번째 날의 아침.

일기예보대로 어제보다 한층 더 더워진 것 같은 날씨에 미간을 좁히던 그녀는 배낭 속을 한참이나 뒤적이다 베이지색 티셔츠를 꺼내 들었다. 이제 그의 앞에서 남자인 척 굴지 않아도 되었기에 굳이 조끼를 입을 필요는 없었다.

세안을 대충 하고, 사랑채 밖을 나서자 언제 왔던 건지 아침을 준비해 놨다는 강 실장의 쪽지가 보였다. 아침 생각은 없다고 말하려 들었지만, 어젯밤도 제대로 먹지 않았던 것이 기억나 하는 수 없이 본채로 건너가기로 결심했다.

오전 7시가 되는 것을 확인하고 나서야 사랑채를 나섰다.

터벅터벅.

어쩐지 떨어지지 않는 발걸음을 옮기던 태영은 반사적으로 걸음을 멈추었다. 일부러 열어 둔 건지, 아니면 원래부터 열려 있었던 건지. 그냥 지나치려 해도 도저히 지나칠 수 없는 장면이 시야로 들어왔다. 분명 어제 두 눈으로 보았을 땐, 벽이며 바닥이며 완성되지 않은 습작들로 채워진 그의 작업실에 불이 켜져 있었다.

"⋯⋯!"

완벽하게 해가 뜨지 않은 오전, 작업실 안을 은은하게 밝히는 것은 촛불이었다. 그 불빛을 그대로 받고 있어서였는지, 눈을 아래로 내리깔고 있는 먹색 생활한복의 남자가 더욱더 비현실적으로 느껴졌다.

칠흑 같은 검은 눈동자로 대조적인 하얀 화선지를 내려다보며 붓을 들고 있는 그의 모습이란. 솔직히 말하자면 그림 속에서나 볼 법한 장면이었다.

무겁게 느껴지는 먹 향이 채워진 공간 속에서 운필을 하고 있는 남자는 아름다웠다. 강하게 힘을 주었다가 다시 자연스럽게 아래로 떨어지는 붓의 움직임을 좇으며 태영은 작업실 앞 복도에 한동안 서 있었다.

'들어갈까.'

아니. 저토록 완벽해 보이는 그의 세계에 끼어들어 방해하고 싶은 생각은 들지 않았다.

태영은 그가 들고 있던 붓 끝의 검은 먹들이 새하얀 화선지 속으로 스며드는 것을 확인하고는 몸을 돌렸다. 기분이 이상했다. 두근거리는 이 마음이 내내 상상만 해 왔던 무명 선생의 운필 모습을 보아서인지, 아니면 장이건의 낯선 모습을 보아서인지 가늠할 수 없었으니까.

"지금이요?"

태영이 강 실장에게시 그 말을 들은 것은 정오를 향해 달려가던 시점이었다.

아침 식사를 끝낸 후에도 저를 부르지 않는 이건을 기다리며 따분한 시간을 보내던 태영은 눈을 동그랗게 떴다. 강 실장은 놀라는 태영에게 미소를 짓더니 고개를 끄덕였다.

"예. 이쪽입니다."

강 실장의 말로는 보통 무명 선생의 작업 시간은 이른 새벽이나, 아니면 늦은 밤이라고 했다. 그가 운필하는 모습을 직접 보기도 했었고, 또 내기에서 이긴다면 얻어 내야 할 것도 있었기에 방해를 하지는 않았던 태영은 드디어 닥친 인터뷰의 시간에 침을 꼴깍 삼켰다.

'침착해, 은태영.'

그와 하게 되는 내기의 첫날이자, 그녀뿐 아니라 쌍둥이 동생도 일하고 있는 잡지사의 명운이 걸린 인터뷰의 첫 시작일. 태영은 이 중요한 시작을 망치고 싶지 않았다. 강 실장의 뒤를 이어 이건의 서재로 걸음을 옮기며 그녀는 수도 없이 마음을 다잡았다.

강 실장이 빙긋 웃으며 문을 대신 두드려 주자 이건이 들어오라는 소리를 했다. 잔뜩 긴장하고 있던 태영에게 '그럼.' 하고 미소를 짓던 그녀는 두 사람만의 시간을 보내라는 듯 순식간에 사라져 버렸다.

태영은 힘껏 호흡을 고른 뒤, 열려 있는 문을 살짝 밀었다.

"안녕하십니까, 선생님. 은태영입니다. 들어가겠습니다."

일부러 제 이름을 외친 뒤, 한 발자국 발을 내디뎠다. 그러자 서재 안에 달려 있던 창문으로 마당을 내려다보던 남자가 뒤를 돌아 봤다.

오전, 태영이 그를 발견했을 때 입었던 생활한복이 아닌 카키색 셔츠로 바꿔 입은 그가 옅게 미소 지었다. 그는 굳어 있는 태영에게 다가오더니 말했다.

"왜 그렇게 정중하게 굴어? 그냥 편하게 대해도 돼."

"지금부터 선생님과 저희 〈월간 묵향〉의 인터뷰를 시작하고자 합니다. 괜찮으십니까?"

녹음기를 꽉 움켜쥔 태영은 그를 올려다보며 물었다. 온몸의 털을 쭈뼛쭈뼛 세운 태영이 눈가에 준 힘을 풀지 않자, 이건이 흐린 웃음을 흘렸다. 그는 이내 의자를 가리키며 듣기 좋은 미성을 흘렸다.

"앉으시죠, 은 기자님."

후우.

잔뜩 날이 서 있던 태영의 얼굴이 누그러졌다. 그의 앞에서 얼어 버린 티를 내지 말아야 한다고 생각했지만, 벌렁거리는 마음은 감출 수가 없다. 습관이란 무섭지. 태영은 이를 악물고선 들고 있던 메모지와 펜, 그리고 녹음기를 테이블 앞에 내려놓았다.

기자로서의 일을 충실히 수행하고자 하는 태영을 지켜보던 이건이 불쑥 말을 던진 것은 몇 초 후였다.

"오늘부터 시작이군."

응?

"일주일 동안 나눠서 대답할 거니까, 질문은 하루 세 개씩만 받을게."

대뜸 들려온 말을 이해하지 못한 태영이 눈을 깜빡이자 이건은 짓궂은 웃음을 그렸다.

"만약 한 번에 다 해 버리면, 은태영 기자님이 인터뷰만 들고 서울로 올라갈 수도 있잖아."

"……!"

"그러니 이렇게 하자. 나는 은 기자님이 묻는 그 어떤 질문에도 하루 꼬박꼬박 세 개씩 답할 테니까, 은 기자님도 내 얘기를 세 개씩 들어 주는 거야."

"하?"

"왜. 얘기를 들어 주는 것 정도는 어렵지 않잖아. 손을 못 대는 대신, 입을 놀리지 말라고 한 적은 없었고."

어이없는 숨을 터뜨리는 태영에게 그는 뻔뻔스러운 표정을 지었다. 완벽한 그 말에 태영은 순간적으로 뭐라고 대답해야 할지 망설였다. 그는 '괜찮지?' 하고 웃으며 그녀의 대답을 기다리고 있었다.

이야기를 들어 주는 것 정도야…….

'별거 아냐.'

태영은 미소 짓는 그를 찌푸린 얼굴로 바라보다 체념한 듯 고개를 주억였다.

"그럼 시작해 보겠습니다."

"얼마든지."

얄미워.

어깨를 으쓱이는 그를 흘긋거리던 태영이 테이블 위에 놓아 둔 녹음기의 전원 버튼을 눌렀다. 흠흠, 목소리를 고른 그녀의 입술 사이로 낭랑한 음성이 흘러나왔다.

"안녕하십니까, 무명 선생님. 저는 〈월간 묵향〉의 창립 20주년 기념 특집 인터뷰의 담당을 맡은 은태영이라고 합니다. 뵙게 되어 영광입니다. 지난 10년 전, 홀연히 나타나 홀연히 사라져 버린 무명 선생님의 위대한 족적은, 당시 대한민국 서단을 뒤흔들 만큼 엄청났습니다. 그저 사진으로만 선생님의 작품을 보았던 저도 그 감동을 잊을 수 없었는데요. 먼저 가장 첫 번째로, 제 눈앞에 계신 선생님이 저희가 알고 있는 '그' 무명 선생님이 맞는 건지 확인해 보고 싶습니다."

"그게 은태영 기자님의 첫 번째 질문입니까?"

태영은 묻는 이건에게 대답하지 않았다. 그가 말없이 저를 쳐다보는 태영을 보고 피식 웃더니 붉고 탐스러운 입술을 달싹여 주었다.

"예, 맞습니다. 장무명이라는 필명으로 수많은 공모전에 작품을 보냈고, 운 좋게 알아봐 주셨던 분들이 계셔서 상도 탔던 그 사람입니다. 당시 받았던 상들은 버리지 않고 보관해 놓았으니, 정의심이 되신다면 나중에 한번 보셔도 될 것 같네요."

정말?

순간 가슴이 두근거려 태영은 얼른 양손을 사용하여 사진을 찍는 시늉을 했다. 이건이 흔쾌히 고개를 끄덕이자 씩 미소 짓던 그녀는 다음 질문을 하기 위해 입을 벌렸다.

"정말 그 무명 선생님이 맞다니, 영광이 아닐 수 없습니다. 본격적인 인터뷰를 진행하기에 앞서 이 질문을 드릴 수밖에 없는데요. 당시 선생님의 출품작들이었던 작품들은 하나같이 '같은 감정'을 담고 있었습니다. 선생님의 출품작들을 모아 세상에 출간했던 출판사가 있는 건 아시죠? 선생님의 허락 없이 수상집을 내서 많은 지탄을 받았었는데, 그 출판사가 붙인 제목이 있습니다. 알고 계십니까?"

이건이 쓰게 웃었다.

"무괴어천(無愧於天)이라는 제목이었던 것 같네요."

정확했다.

무괴어천.

하늘에 부끄러움이 없도록 하라는, 사자성어.

당시 이건이 각 공모전에 출품을 했던 부문은 서예로 작품을 낼 수 있는 거의 모든 부문이라고 봐도 무방했다.

한자 서예부터 시작하여, 한글 서예까지.

'무명'이라는 이름으로 작품을 출품하여, 심사위원들의 성향에 따라 대상의 순서가 바뀐다고 하는 공모전에서 하나같이 최고의 작품으로 꼽히는 경우는 흔치 않다. 아니, 어쩌면 편협하다 싶은 대한민국 서단에 있어 처음 있는 일이라고 해도 무방했다. 그래서 '무명'의 이름은 그의 수상 이후 날이 갈수록 유명해졌다.

그러나 그 정체를 얼마나 꽁꽁 숨겼는지, 주최 측에서도 알아낼 수 없었다. 저명한 정치가일지도, 혹은 정체를 숨길 능력이 되는 돈 많은 부자이거나. 그것도 아니면 정말로 이름이 무명일 수도 있겠네, 등등. 수상 인터뷰도 하지 않는 그를 두고 많은 이야기들이 오갔지만 어느 것 하나 밝혀진 것은 없었다.

그때, 그런 무명 선생의 수상작들을 한데 모아 사전 동의 없이 출간을 해 버린 출판사가 하나 있었다. 멋대로 수상자들을 종합하여 총괄 이름을 붙인 황당한 출판사. 사람들은 그들이 함부로 붙인 그 제목을 무명 선생이 마음에 들어 할지 몹시 궁금해했다.

애석하게도 그들에게 답변을 들려줄 무명 선생이 완벽히 잠적해 버렸기에 당연히 그에 대한 답은 지난 10년 동안 들을 수가 없었다.

「은 기자. 무명 선생을 만나면 뭐부터 물을 건데?」

태영이 경주로 내려가기 직전, 기대에 가득 찬 눈빛으로 중혁이 물었었다. 귀를 웽웽 울리는 중혁의 음성을 겨우 떨쳐 낸 태영은 은은한 표정을 짓는 이건에게 속에 든 말을 뱉어 냈다.

"선생님께서는 그 제목이 마음에 드십니까?"

어쩌면 예민할 수도 있는 질문.

하지만 누군가는 해야 할 질문.

타인이 멋대로 붙인 제목에 대해 원작자가 어떻게 반응할지 감히 상상이 되지 않는다. 태영은 긴장을 하며 이건을 바라봤다.

그의 섬세하고 깊은 눈동자가 떨리는 것이 보였다. 무슨 생각을 하는 건지 알 수 없는 검은 눈동자. 잠시 입을 다물며 태영을 말없이 응시하고만 있던 사내는 대꾸하기 위해 입술 사이로 소리를 흘렸다.

"완벽하게 마음에 들지는 않지만, 적절한 제목이었던 것 같네요."

왠지 모르게 가슴을 욱신거리게 만드는 미소가 그의 입가에 서렸다. 태영은 작은 탄성을 흘리며 그저 가만히 그를 응시했다. 이건은 씁쓸한 표정을 지으며 중얼거렸다.

"은 기자님도 아시겠지만 당시 저의 출품작의 내용들은 하나같이 스스로의 부끄러움을 담고 있었습니다. 특히 예서로 썼던 '자괴(自愧)'라는 작품이나 궁체흘림으로 운필한 윤동주 선생의 '참회록' 같은 것으로 보아도 그러하죠. 그래서 그 출판사에서 붙인 제목이 나쁘지 않게 느껴졌던 것 같군요."

"굳이 본명 대신 무명(無名)이라는 필명을 사용하여 작품을 출품하신 이유가 있을까요?"

이건의 대답이 들려오기가 무섭게 태영이 질문을 뱉어 냈다.

먹물보다 짙은 그의 검은 눈동자가 태영을 향했다. 겨우 진정시킨 심장이 멋대로 뛰려고 해, 태영은 이를 악물었다. 이건은 나지막한 목소리로 대답했다.

"제게 서예라는 세계를 알려 주신 스승님께서는 이렇게 말씀하셨습니다. 동인전에 나가 수상을 하거나 아니면 작품을 출품하게 되면, 초보 서예가로 발돋움하는 거라고. 10년 전보다 훨씬 더 일찍 서단에 모습을 드러낼 수도 있었습니다만, 그 기회를 잃었습니다. 제가 운필을 한다는 것을 알게 된 주변인들이 그것을 막았기 때문이죠. 10년 전엔, 다신 그 기회를 놓치고 싶지 않았습니다. 해서 무명이라는 필명으로 작품들을 내었던 거고요."

한 자, 한 자.

말을 늘어놓는 그가 힘겨워 보인다면 착각일까.

내내 미소를 짓고 있기는 하지만 어쩐지 속이 쓰리다. 태영은 신경을 안 쓰려고 노력하면서도, 저도 모르게 눈길이 가는 것을 막지 못하며 다음 질문을 하려 했다.

"그럼 선생님께선……."

"오늘 인터뷰는 끝이야."

……뭐?

"세 번의 질문 기회, 다 썼어. 은 기자님."

이건이 놀란 태영에게 속삭이듯 말했다. 당황했지만, 얼떨결에 그와 그러기로 소리 없는 약조를 체결한 상태였던지라 태영은 반박할 수 없었다.

"이번엔 내 차례군."

그리고 입을 다물어 버린 태영에게 그가 말했다.

「은 기자님도 내 얘기를 세 개씩 들어 주는 거야.」

세 가지 이야기.

대체 무슨 말을 할지 경계하게 된다. 태영은 얼굴을 굳히며 이건을 응시했다. 그가 너무 날을 세울 필요는 없다는 표정을 지었지만 태영은 한번 집중된 눈의 신경을 분산시킬 생각 따윈 없었다.

흔들리지 않겠어.

그녀는 주먹을 불끈 쥐며, 무엇이든 각오한다는 결의를 선보였다. 옅은 미소를 그리던 이건은 입술을 열었다.

"난 장이건이야."

어떤 말이 흘러나올까.

그가, 어떤 식으로 저를 유혹하려 들까.

쿵쿵 뛰는 심장 박동 소리를 애써 무시하며 이를 악물던 태영은 아무렇지 않게 말하는 이건을 놀란 얼굴로 응시했다. 그는 말을 이었다.

"올해 서른넷."

"……예?"

"소심한 A형."

"……."

"얘기, 벌써 다 해 버렸네."

말을 마친 뒤 빙긋 웃는 이건에게 태영이 헛웃음이 담긴 음성을 내뱉었다.

"정말 그게 다예요?"

이건은 미소 지었다.

"얘기를 하겠다고 했지, 질문을 하겠다고는 안 했으니까."

"……!"

"내일 다시 봐."

태영은 제 말을 마친 뒤 자리에서 일어나 사라지는 이건의 뒤를 멍하니 바라봐야만 했다.

「당시 모든 상을 휩쓸었으면서도 오랜 시간 동안 잠적하신 이유가 있으신가요?」

「선생님께서 붓을 다시 들게 되신 건 무엇 때문인가요?」

「왜 하필 지금 모습을 드러내신 거예요?」

태영이 경주로 도착한 지 나흘째, 그리고 인터뷰가 시작된 지 이틀째.

이건의 조건에 맞추어 질문을 쏟아 냈던 태영에게 그는 눈 한 번 깜빡이지 않고 대답했었다. 그의 대답들이 놀라울 정도로 개인적이었던지라 과연 지면에 실어야 할지까지 고뇌하던 태영은 이윽고 이건의 차례가 돌아오자 저도 모르게 긴장했었다.

그런 그녀의 마음을 아는지 모르는지, 이건은 가슴을 졸이고 있
던 태영에게 태연한 얼굴로 말을 이었다.

「내게는 배다른 형과 감옥에 간 동생이 있어.」
「내가 가진 전 재산은 여기 경주의 이 저택뿐이야.」
「내 어머니는, 상간녀야.」

'도대체⋯⋯.'
무슨 생각인 거지?
손 하나 대지 않고, 자신을 유혹하겠던 이건의 속을 도통 읽
을 수 없었다. 결국 답답해진 쪽은 태영이었다.
'제정신이 아니야.'
태영이 알고 있던 장이건이라는 사람은 자신의 집안 사정을 입
밖으로 내뱉을 만큼 가벼운 인물은 아니었다.
새카만 베일 뒤에 숨어, 제 모습이 밝은 태양 아래 나오는 것을
원하지 않던 사람.
그 누구에게도 제 속내를 드러내지 않는 사람.
하지만 다시 만나게 된 이건은 그가 그토록 숨겨 왔던 비밀을
아무렇지도 않게, 태영에게 밝혔다. 태영이 당황한 것은 당연했
다. 그런 그의 모습이 몹시 낯설게 느껴져 견딜 수 없었다.

「시간 다 됐네.」

태영을 유혹해 보겠다 선언한 남자는, 정말로 자신의 이야기만 들려주고 있었다. 1년 전의 태영은 결코 묻지 못했던 개인적인 이야기들.

내기라는 것을 하게 된 지 하루, 이틀, 사흘이 지나 닷새가 흘렀음에도 이건은 이렇다 할 유혹의 행동은 하지 않고 있다. 정말로 철저하게 손을 대지 않겠다던 그 약속을 지키고 있는 그를 보자니 황당하기도 하고 또 의심스럽기도 해서 태영은 인터뷰만 마친 뒤 일어서는 이건을 멍하게 쳐다보기만 했다.

이건의 의도를 모르겠다. 태영이 당황할 만한 말을 툭툭 던지며, 스스로를 드러내고 있는 그가 무슨 생각인지, 도통.

'동정이라도 해 달라는 건가.'

안타깝게도 태영 역시 그 못잖게 고통스러운 어린 시절을 겪었기에 자신이 올바르지 않게 태어났다는 이건의 말에도 불쌍한 마음은 들지 않았다. 누구나 힘들고, 그만큼 포기하고 싶었던 경험은 있는 거다. 아마도 이건에게는 태생이 그랬겠지.

'됐어. 어차피 내기에서만 이기면 되는 거야.'

앞으로, 이틀.

시간으로 치면 40시간 정도의 기간만 지나면 무명 선생과의 인 터뷰가 완성될 뿐 아니라, 10년 만에 모습을 드러내는 그의 작품을 얻을 수 있었다. 고작 40시간만 견디면 되는데 다시 그 남자라는 늪으로 빠져들 수는 없었다.

태영의 갈색 눈동자는 더욱더 냉혹하게 물들었다.

그렇게 태영이 이건과의 인터뷰를 시작한 지, 또 내기에 동의한 지 엿새째 되는 날 아침이 밝았다.

"작업실이요?"

고요하고 한적한 그의 저택.

그런 곳에서 장장 일주일 넘게 지내며 느낀 것은 급박하게 돌아가는 서울과는 달리, 이곳은 너무도 느긋하고 조용하다는 점이다. 변화를 찾아보기가 힘든 이곳에서 인터뷰 시간을 제외하고는 제 시간을 보냈던 태영은 근래 느끼지 못했던 여유라는 것을 느꼈다.

슬슬 이곳의 분위기에 익숙해져 갈 무렵, 여느 때처럼 인터뷰를 하기 위해 서재로 향하던 태영은 이건의 말을 전하기 위해 나타난 강 실장을 보고 눈을 동그랗게 떴다.

강 실장은 상냥한 목소리로 말했다.

"네. 선생님께선 작업 도중엔 아무리 저라도 작업실을 공유하는 걸 꺼리시는 편인데, 역시 은 기자님이 특별하긴 한가 봐요."

"아······."

놀라는 태영을 띄워 줄 생각이었을까. 강 실장이 호호 웃으며 말을 건넸음에도 불구하고, 그녀의 목소리는 태영의 귓속으로 제대로 흘러 들어오질 않는다.

두근두근.

심장이 멋대로 요동쳤다.

'또 무슨 수작인 거지······.'

왠지 떨떠름하기는 했지만 큰일이야 나겠나 싶어 이상하게 떨어지지 않는 걸음을 옮기며 작업실로 향했다. 마치 무기라도 되는 것처럼, 그간 그와의 인터뷰 내용이 담겨 있는 녹음기를 꼬옥 움켜쥔 채 성큼성큼.

"왔어?"

강 실장의 안내 없이 이제 집안 곳곳을 돌아다닐 수 있게 된 태영이 작업실 앞에 멈춰 섰다. 그녀의 인기척을 느낀 건지, 예의 먹색 한복을 입고선 붓을 들고 있던 남자가 고개를 돌렸다. 그의 검은 눈동자와 허공에서 부딪쳐 움찔하던 태영은 말없이 고개를 끄덕였다.

"안 들어오고 뭐 해?"

"······."

"은태영 기자님?"

제길.

멋대로 그의 작업실에 들어갔을 때는 이건이 존재하지 않았다. 그 후로는 혹시나 그의 작업을 방해할까 싶어 애써 그곳으로 눈길을 보내지 않았다. 그 공간에 발을 내딛는 것은 왠지 모르게 죄스러웠으니까.

"시, 실례합니다."

태영은 제게 미소 짓는 그의 눈동자에 파르르 떨리는 입술을 악물며 작게 소리를 냈다.

에라, 모르겠다. 어째서 인터뷰가 이곳에서 이루어지는 건지는 모르겠지만, 작업실의 주인이 들어오라고 했으니 나는 죄가 없는 거야.

"그럼 오늘의 인터뷰를 진행해도 되겠습니까, 선생님?"

태영이 우물쭈물하다 크게 외치자 이건이 작게 미소 짓는 것이 보였다. 그녀는 홱 고개를 돌리며 그의 시선과 마주치지 않기 위해 노력했다.

"응. 그래. 하지만 은 기자님."

"네?"

"은 기자님이 묻는 동안, 나는 작업을 시작해도 되지?"

"……예?"

"아직 끝내지 못해서. 마치고 싶거든. 질문엔 성실하게 답할게."

책상을 앞에 두고 서 있던 이건이 아무것도 그려지지 않은 화선지를 가리키며 물었다. 반절지에 해당하는 화선지를 길게 아래로 펴 놓은 그를 보고 끄덕끄덕, 답을 하자 그가 빙긋 웃었다.

슥슥.

운필을 시작하기 위해 자세를 잡은 그를 멍하니 지켜보던 태영은 미간을 좁혔다.

'안 돼, 은태영.'

바보처럼 뛰는 가슴을 진정시키며 태영은 이곳으로 오는 내내 준비해 온 질문들을 던졌다. 이제 그에게 질문을 할 기회는 단 여섯 번. 그 여섯 번을 알차게 물어야 창립 기념 인터뷰가 성공적으로 마무리될 수 있었다.

한글 서예와 한자 서예 중 더 좋아하는 분야는 무엇이냐부터 시작하여, 새로운 작품을 운필 중이라는데 살짝 맛보기로라도 작품에 대한 이야기를 들려 달라 등등.

예리한 눈을 빛내며 대답을 기다리던 태영에게 이건은 시선 한 번 주지 않고, 화선지에 모든 신경을 쏟으며 답을 했다.

그가 말했던 것처럼, 성실하게.

"은 기자님."

이제 남은 것은 이건이 들려줄 세 번의 이야기.

지난 며칠처럼, 이번엔 어떤 말로 저를 당혹시킬까 염려하던 태영은 저를 부르는 이건을 바라봤다.

　"기자님도 한번 해 볼래?"

　"……네?"

　쿵덕거리는 심장 소리를 무시하던 태영에게 이건이 들고 있던 붓을 건네려 했다. 태영은 조금 전까지 자신이 사용하던 붓을 그녀 쪽으로 내밀며 미소 짓는 그를 보고 멍하니 눈을 깜빡였다.

　"여기 이곳에, 은 기자님 네 이름을 써 보는 거야."

　"……."

　"약속했던 대로 손끝 하나 건드리지 않고, 어떻게 자세를 잡는지만 조언할게."

　"아……."

　서예 전문 잡지사에서 일하게 되면서, 그들의 마음이 어떨지 헤아리기 위해 붓을 든 적이 있었다. 그러나 항상 몇 분을 지나지 않고 붓을 내려놓았다. 어떻게 잡는지도 모르겠거니와 그들처럼 집중을 할 수가 없었으니까.

　자신이 몸을 담게 된 분야지만 웬일인지 서예라는 것은 그녀에겐 어렵게만 느껴졌다.

　"왜. 싫어?"

뚝.

뚝.

먹물이 찍힌 붓끝에서 검은 방울이 떨어진다. 태영은 자신의 망설임으로 인해 그의 화선지가 검게 물드는 것을 원치 않았다.

쓰게 한숨을 내쉰 그녀는 살며시 자리에서 일어나 그가 서 있던 곳으로 다가갔다. 이건이 빙긋 웃으며 민망해하는 태영에게 물었다.

"앉아서 쓸래, 아니면 서서 쓸래?"

"……서서."

"좋아."

기어들어 가는 음성을 내뱉은 태영에게 붓을 건넨 이건은 옆으로 살짝 물러났다. 따가운 시선이 느껴졌지만 태영은 모르는 척 노력했다. 그러고는 붓을 든 채 자세를 취하려 애썼다.

"두 발은 어깨 넓이 정도로 벌려."

미리 갈아 놓은 먹이 가득 담긴 벼루에 붓을 가져다 대기 전이었다. 붓을 꼭 움켜쥔 채 어찌할 바를 모르는 태영에게 팔짱을 끼고 서 있던 그가 지시했다. 움찔하던 태영은 그를 힐긋거리며 자신의 모든 청신경을 그의 목소리를 듣는 데 집중시켰다.

"이, 이렇게요?"

"음……"

잠시 미묘한 표정을 짓던 그가 말을 이었다.

"어깨에서 팔꿈치, 그리고 손가락에 모든 기운을 모으도록 해."

"아. 이렇……게?"

"……아니."

어?

아무래도 무언가 자세가 바르지 못했던 게 분명하다. 미간까지 찌푸리며 태영을 바라보던 이건이 피식 웃으며 그녀에게 다가왔다.

'……!'

먹이 묻지 않은 또 다른 붓을 들어 올린 이건이 태영의 뒤편으로 다가와 그녀를 안 듯 팔을 뻗었다. 그의 숨결이 목덜미를 적시자 가슴이 콩닥거렸다. 결코 태영에게 스킨십을 가한 것은 아니었고, 그의 모든 눈길은 태영의 손끝을 향해 있었지만 태영은 등 뒤에서 느껴지는 그의 인기척에 저도 모르게 입술을 짓눌렀다.

이건은 긴장한 태영을 향해 낮고 굵은 음성을 흘렸다.

"고개는 자연스럽게 아래로 떨군 후, 붓을 쥔 손가락 끝에 힘을 줘. 기억할 것은 다섯 손가락 모두에 힘을 균등히 분배해야 한다는 점이야."

"……."

"너무 많으면 넘치기 마련이니, 적당히."

"……."

"은 기자님?"

"아…… 네. 네!"

살짝이라도 흔들린다면 제 몸을 겹칠 것이 분명해 보였다. 손끝이 파르르 떨려 와 이를 악물고 있던 태영은 그녀에게 지시를 한 후 천천히 떨어져 나가는 이건을 멍하니 바라보다 얼른 대답했다.

'뭐 하는 거야, 은태영.'

이건이 순식간에 벌게진 자신의 귓불을 발견하지 않으면 한다. 태영은 휘휘, 고개를 저은 후 정신을 차리려 애썼다. 조금 전까지 그가 제게 무슨 마법을 걸었는지 무시하려 노력하고는, 침까지 꼴깍 삼키며 자세를 취했다.

"잘하네."

이건이 심각하게 운필을 하기 위해 애쓰고 있는 태영을 보며 중얼거리는 게 들려온다.

'잘해?'

그간 은태영은 그 누구에게서도 제대로 된 운필법을 배운 적 없었기에, 계속 실패했던 건지도 모른다.

'나한테도 재능이 있으려나?'

이건의 칭찬에 괜히 입꼬리가 올라갔다. 태영은 이건이 일러 줬던 말을 떠올리며 차분하게 호흡을 가다듬었다. 그러고는, 하얀 화선지 위해 자신의 이름을 쓰기 위해 집중했다.

두근두근.

화선지를 내려다보던 눈앞은 또렷해졌고, 들리는 것이라고는 미친 듯이 뛰는 심장의 박동 소리밖에 없다. 이윽고 태영이 은태영의 '은' 자를 쓰기 위해 호흡을 가다듬으려 할 때였다.

"네가 대만에 왔던 날. 너와 잤던 건 충동적이었어. 부정하지 않아."

그런 태영이 스윽, 쥐고 있던 붓을 화선지에 가져다 대는 순간, 적막을 깨 버리는 목소리가 고요한 작업실 안을 울렸다. 곧게 뻗어 나가던 태영의 움직임이 허공에서 멈추었다. 이건은 붓을 든 태영의 손이 요란하게 흔들리는 것을 지켜보면서도 말을 이었다.

"나는 불면증이 있어. 스물세 살 때쯤부터 얻게 된 병이지. 하지만 너와 함께했던 한 달 동안은…… 그에 시달리지 않았어. 그런데 네가 대만을 떠났던 날, 홀로 누웠던 침대에서 잠을 잘 수가 없었어."

무시하려 했다.

반응하지 않으려 했다.

태영은 그의 목소리가 흘러나옴과 동시에 멋대로 후들거리기 시작하는 손끝을 진정시키려 노력했다.

그러나…….

'제길.'

쉽지 않다.

"태영아."

한 귀로 듣고 다른 한 귀로 흘려야 하건만, 크게 반응해 버린 태영을 보며 이건이 그녀의 이름을 불렀다. 붓끝을 적시고 있던 먹이, 그가 새것으로 갈아 주었던 화선지 위를 적신다.

뚝.

뚝.

번져 가는 그 먹물만큼이나 커다란 파동이 일어 태영은 입술을 깨물었다. 대답하지 않는 그녀를 향해 그는, 낮은 음성을 흘렸다.

이 순간만을 기다렸다는 듯.

천천히.

"너를, 사랑해."

툭 하고 들고 있던 붓을 아래로 떨어뜨리지 않은 것은 천만다행이었다. 그러나 멈추지 않고 흘러내리는 검은 방울의 움직임은 막을 수 없다. 태영은 미간을 좁혔다.

'……반칙이야.'

가장 신경을 집중하고 있을 때, 온 정신이 붓끝을 향할 때, 그 남자는 말을 꺼냈다.

지독하게 달콤한 목소리로. 웬만해서는 무시하기 힘든 듣기 좋은 음성을 흘리며.

그가, 밉다.

태영은 자신의 심장이 멋대로 벌렁거리기 직전이라는 것을 인지했다. 아니, 이미 벌렁거리다 못해 심장은 터져 버릴 것처럼 뜀박질한다. 심상찮은 신체의 변화가 느껴졌다. 심장의 움직임과 호흡의 횟수가 평상시 이상으로 급증했다. 결국 백기를 든 태영은 눈을 내리감았다.

'빌어⋯⋯먹을'

처음 의지와는 달리 은태영의 '은' 자도 쓰지 못했다. 지금 이 상태에서 글자를 썼다간 작품이 완성되기는커녕, 그림으로 오해받지 않으면 성공하는 것일 테니까.

"은 기자님?"

붉은 입술 사이로 충격적인 말을 뱉어 낸 남자가 돌연 벼루 위로 붓을 내려놓는 대영을 보고 고개를 갸웃거렸다.

뻔뻔스럽기도 하지.

태영은 입술을 짓누르며 그를 응시했다.

쓴웃음이 흘러나온다. 그가 그런 말을 해 주기를 간절히 바란 적도 있었다. 아니, 사랑까지는 아니더라도 너와 함께 있으면 좋다는 이야기를 해 주기를 바란 적이 있었다. 1년 전, 그때까지만 하더라도.

'하마터면 흔들릴 뻔했네.'

자조 섞인 실소가 밖으로 터져 나왔다. 태영은 가만히 저를 내려다보고 있는 그를 응시했다. 잔잔한 파도처럼 일렁이는 이건의 동공이 시야로 들어온다. 수많은 말이 입안을 감돌았지만 태영은 말없이 그 얼굴을 쳐다보기만 했다.

아름다워.

그의 분위기가 바뀌었다는 것은 인정한다. 지금의 그는 위태롭기보다는 아찔한 느낌으로 그녀의 앞에 서 있었다. 건드리면 바스러질 것처럼 보였던 과거와는 달리, 어쩐지 단단한 자세로 서 있다. 자세히는 모르겠지만, 심경의 변화가 있었던 것이 분명하다.

그럼에도 불구하고 바뀐 그는 여전히 아름답기만 하다. 부정하고, 또 부정해 보아도 제 눈에 비친 그의 모습은 반짝반짝 빛이 났다. 오래전, 태영이 그를 처음 발견했을 때처럼.

잠깐 동안의 설렘이 가슴에 내려앉았지만 순식간에 사라졌다.

태영은 붉은 입술 사이로 당혹스러운 말을 뱉어 낸 뒤, 제 대답을 기다리고 있는 그를 마주했다. 무언가 기대하는 듯한 표정이어서 어쩐지 웃음이 났다. 태영은 제게서 눈을 떼지 않는 남자를 올려다보며 빙긋 웃었다.

"선생님. 아니…… 장이건 씨."

"응."

두근두근 뛰는 심장 박동 소리가 들린다. 제 것인지, 아니면 그의 것인지 정확히 가늠을 못하겠다. 아마도 내 것이겠지. 태영은 대충 지레짐작해 버렸다. 그러고는 최대한 호흡을 크게 내쉰 뒤, 그에게 말했다.

"너무 나가셨어요."

그녀에게서 친절한 답변이 흘러나오길 고대했던 걸까?

미소를 짓긴 했지만, 싸늘하게 느껴지는 그녀의 말에 그의 눈동자가 요동쳤다. 태영은 먹색 한복을 입은 남자를 바라보며 잔잔한 목소리를 내뱉었다.

"그러니까 핵심만 짚어 보자면, 당신은 제가 불면증을 치료해 준 사람이라 믿고 있는 거잖아요. 그래서 그것이 사랑이라 '착각' 하시는 거고요."

태영의 말에 징곡을 찔린 건지, 그가 멈칫했다. 태영은 이건의 변화를 무심하게 지켜보며 말을 이어나갔다.

"한 가지 여쭤보고 싶은 게 있네요. 장이건 씨. 당신은 저를, 당신의 베개 정도로 생각하는 건가요?"

"은태영."

"사랑을 깨닫게 되는 계기치고는 너무도 황당해서 이렇게 말할 수밖에 없는 저를 이해해 주길 바라요."

"……."

"장이건 씨는 아무래도 본인이 느끼는 감정을 다시 한 번 되짚어 볼 필요가 있을 것 같아요."

"……."

"오늘 인터뷰는 이것으로 마치겠습니다. 내일 인터뷰가 마지막이네요. 선생님, 마지막까지 잘 부탁드리겠습니다. 그럼 내일 다시 뵐게요."

태영은 아무 말도 하지 않는 그를 바라보더니 꾸벅 인사를 했다. 이건은 태영이 작업실 밖을 나갈 때까지 말없이 서 있었다.

터벅터벅.

그의 작업실을 벗어나는 태영의 발걸음이 평소보다 빨랐다. 행여나 그가 쫓아올까 싶어 뒤도 돌아보지 않고 걸음을 옮긴 태영은 호흡이 점점 달리는 것을 느꼈다. 미간을 좁히던 그녀는 사랑채로 도착하자마자 문을 걸어 잠갔다.

'하루…….'

앞으로 하루만 더 버티면 된다.

문 앞에 주르륵, 미끄러지듯 주저앉은 태영의 눈동자는 급격하게 떨리다 이내 침착함을 되찾았다. 그녀의 눈동자는 깊게 가라앉아 있었다.

4. 그, 장이건

"들었어? 이건이 자식, 후처 자식이래. 그것도 도우미였다가 본가까지 입성했다던데?"

그 말을 들은 것이 언제였더라. 몇 월인지 기억은 나지 않지만 아마도 초등학교 3학년 때의 일인 것 같다.

그러니까 그의 나이, 열 살 때의 이야기.

당시 유행하던 친구들끼리의 뒷담화가 제게도 적용되는 줄은 몰랐다. 특히나 불과 몇 분 전까지 저와 축구를 하며 운동장을 누볐던 친구들에게서 그런 말을 듣게 될 줄이야.

이건은 앞으로 뻗어 나가던 발을 멈출 수밖에 없었다.

"아. 나도 그 얘기 엄마한테 들었어."

"너도?"

"어. 우리 엄마가 그러는데, 그 자식 엄마가 본처도 죽였다던 데?"

"우와, 진짜야? 완전 악랄하다!"

"왜. 이건이 자식이 밤낮도 안 가리고 과외다 뭐다 하는 거 있잖냐. 그거 전부 걔네 엄마가 어떻게든 그 녀석을 차기 후계자로 밀고 있기 때문이래."

"그게 가능해? 본처한테 애 있지 않아?"

"있지. 아마 유단 회장님한테 이건이보다 더 사랑받는 형이 하나 있다던데…… 그래서 그 녀석이 유단 물려받는 건 불가능할걸?"

"역시."

"게다가 우리 엄마가 그러는데 그 아줌마, 엄청 꼴사납대. 같이 얘기를 나누고 있으면 격이 떨어진다나 뭐라나. 엄마가 그 아줌마가 모임에 나오는 거 무지하게 싫어하더라고."

"하여간 근본 없는 것들이 그렇다니까. 이건이 그 자식도 그래서 그렇게 콧대가 높은가?"

"모전자전이잖아."

큭큭, 웃으며 고개를 절레절레 젓던 친구들의 등을 향해 달려들지 않은 것은 그들이 꺼낸 말이 모두 사실이었기 때문이다.

열 살.

아직 어리다고는 하나, 아무것도 모르지도 않는 나이.

제 또래의 친구들이 필요 이상으로 타인의 일에 관심이 많다는 것은 알고 있었지만, 자신이 그들의 화제 대상이 되자 심장이 철렁 내려앉았다.

아무 말도 하지 못했다.

손에 쥐고 있던 수건이 차가운 바닥으로 떨어지지 않은 까닭은, 아직 제대로 형성되지 않은 자존심을 내려놓고 싶지 않았기 때문이다.

「형! 진건이 형!」

아버지는 똑같았지만, 어머니는 다른 형.

처음 본 순간부터 이건은 저보다 두 살 많은 형을 좋아했다. 고작 두 살 차이였건만 그는 몹시 어른스러웠고 멋있었다. 아버지로부터 그를 소개받았을 때부터 이건은 형의 뒤를 졸졸 쫓아다니며 말을 걸었다. 평소의 그답지 않게 수다스럽게.

그러나 어찌 된 셈인지 이건의 '형'은 그런 이건을 싸늘한 눈으로 바라보기만 했다.

그럼에도 불구하고, 함께 있고 싶었다.

이건은 멈추지 않고 형의 뒤를 따랐고 그가 제게 희미한 미소를 지어 주면 방긋 눈웃음을 그렸다.

「내가 몇 번을 말해! 진건인 네 진짜 형이 아니라니까!」

하지만 어머니는 자신과 '형'이 함께 어울리는 모습을 지독하게 싫어했다.

이건의 형인 진건은 그와 놀아 주다가도, 어머니를 발견하면 언제 그랬냐는 듯 벌떡 자리에서 일어났다. 자신과 같이 있었다고 말하지 말라는 당부와 함께 몸을 돌려 이건의 시야에서 사라졌다. 붙잡으려 하면 멀어지기만 하는 진건이, 당시에는 이해가 되지 않았다.

형은 나를 싫어하는 것 같지는 않은데 왜 계속 피하는 걸까.

다른 사람들 앞에서는 형이 소중한 가족이라 말하는 어머니는, 대체 왜 형이랑 친하게 지내지 말라고 하는 걸까.

어째서 그와 거리를 두라고 하는 걸까.

왜.

대체…… 왜?

어렸던 이건이 자신과 진건 사이에 걸쳐진 벽에 대해 알게 된 것은, 초등학교 저학년에서 고학년으로 올라가는 시점이었다.

「솔직히 따지자면 현 사모님은 전 사모님 자리를 빼앗다시피 해서 들어온 거잖아. 그런데 너무 진건 도련님한테 악랄하게 굴고 있지 않아? 보는 내가 다 민망하더라.」

하교를 한 뒤. 배가 고파 간식거리를 찾아 갔던 부엌에서 도우미 아줌마들이 대화를 나누는 것을 들었다. 쯧쯧, 혀를 차며 어머니의 험담을 하고 있는 그녀들을 보고 무슨 소리인지 처음엔 이해하지 못했다.

그러나 얼마 지나지 않아 알게 됐다.

그녀들이 사용했던 '빼앗다시피'라는 단어가 어떤 의미로 사용되었는지.

전처와 후처.

이 정도에서 그쳤더라면 이건 역시 의아해하지 않았겠지.

상간녀와 본부인.

두 단어의 차이점을 알게 된 그날, 이건은 고개를 들 수 없었다.

수치스러웠고, 부끄러웠다. 행복하기만 했던 그의 세상이 와르르 무너져 내렸다.

그 모든 것이 거짓으로, 누군가에게 상처를 주고 빼앗았다는 것을 알게 된 순간 그는 어째서 자신의 형이, 진건이 그토록 차갑게 어머니를 바라보았었는지 이해할 수 있게 됐다.

"이건이 넌 어떻게 해서든 유단을 이어야 해. 물불 안 가리고 네 형 자리를 뺏어야 한다고. 알았어?"

좋아하는 형, 진건을 벼랑 끝으로 밀어 넣은 여자이자 그의 하나밖에 없는 어머니.

그리고 결국 진건의 어머니를 죽음으로 이끌게 만든 그녀는 처음으로 반항이라는 것을 하기 시작하는 이건의 어깨를 꽉 움켜쥐며 외쳤다.

이건은 대답하지 못했다.

'형의 모든 것을 앗아 갔으면서, 남은 것도 빼앗고 싶어?' 라는 말은 목구멍까지 차올랐다가 다시 입안으로 삼켜졌다.

말을 할 수 없었다.

"진건이 그 자식이 승마 모임을 만들었대. 이건이 너도 만들렴."

"진건이 그 자식이 다도회에 초대됐대. 이건이 네게는 초대장이 안 왔니?"

"진건이 그 자식이 전교 1등을 했대. 이건아, 2등이 뭐니?"

"진건이 그 자식이 외고에 진학한대. 이건아, 준비하렴."

이건의 어머니 옥세영 여사는 이건이 잘난 형보다 더 잘나기를 원했다. 그래서 자꾸만 진건을 감싸고도는 집안의 큰 어른인 할아버지의 눈에 진건보다 이건이 더 들기를 바라는 듯했다. 그런 세영의 바람과는 달리, 애석하게도 이건에겐 진건을 이길 수 있는 힘 따위는 없었다.

이건의 형, 진건은 능력도 능력이지만 엄청난 노력의 소유자였고 이건은 그렇지 않았으니까.

어머니가 지시하는 모든 일들은 이건의 적성과는 맞지 않았다. 누군가의 명령을 받고, 억지로 책상 앞에 앉아 공부를 하기 위해 펜을 쥐는 행위는 그를 억압하기만 할뿐이었다.

지쳐 갔다.

어떻게든 자신과 형을 싸움 붙이려는 어머니, 세영에게.

어머니의 마리오네트처럼 줄에 매달려 아무것도 하지 못하는 자신이 싫었지만, 제 앞에서 눈물을 후드득 떨어뜨리는 그녀를 보면 막상 뭐라고 할 수가 없어졌다.

비겁한 장이건.

나약한 장이건…….

"재미있니?"

"……!"

"놀라게 하려는 건 아니었다. 천천히 감상해도 돼."

"……."

"어린 학생이 전시회에 온 건 처음이라 말이지. 하하하."

혼란스러운 유년 시절의 절정을 달려가고 있을 때 만나게 된 사람이, 바로 한익수 선생이었다.

이건의 유일한 서예 스승이자, 정신적 지주.

우연히 들렀던 인사동의 한 전시회장에서 한 선생의 작품을 바라보고 이건의 마음의 울림을 느꼈다. 헤어 나올 수 없는 그 깊은 감동에 심취해 있던 순간 말을 건 한 선생과의 만남은 이건에게 있어서 커다란 전환점이나 마찬가지였다.

그와의 만남 이후 이건은 어머니 몰래 한 선생의 서예 교실에 등록을 했고, 가르침을 얻었다.

요즘사람답지 않게 긴 수염을 늘어뜨리는 한 선생이 그 누구보다 의지됐다. 한 선생은 다짜고짜 찾아와 서예 교실을 등록하고, 그 후로 서예 교실이 열리는 날이면 하루도 빠짐없이 찾아오는 이건에게 눈웃음을 그려 주었다.

아무것도 모르던 꼬꼬마 시절, 멋대로 휘갈겼던 붓의 움직임이 이렇게 아름다울 수 있다는 것을 처음으로 깨달았다.

그 무엇에도 집착하지 않던 이건에게 좋아하는 것이 생겼다.

"이건이 니, 동인진(同人展)에 작품을 출품해 보는 것이 어떠니?"

"작품이요?"

"글씨를 배웠으면 작품 출품 정도는 경험해 봐야지."

"아……."

"어때. 해 볼래?"

너털웃음을 지으며 묻는 한 선생에게 대답하기를 주저한 까닭은 당시의 이건은 서예를 배우고 있다는 것을 그 누구에게도 밝힌 적이 없었기 때문이다. 하지만 망설임은 길지 않았다. 그는 힘차게 고개를 끄덕였고, 한 선생의 말대로 동인전 작품 출품을 위해 노력하기 시작했다.

한 선생은 그런 이건을 도와주겠다며 물심양면으로 힘을 써 줬다. 당시 수험생이었던 이건은 수능 공부도 미뤄 두고 미친 듯이 운필에 열중했다.

진한 먹 향이 온몸에 밸 정도로.

"이게…… 뭐야?"

무언가에 열중할 수 있는 기쁨은 오래가지 않았다. 진건이 갔던 대학만큼이나 좋은 대학을 가야 한다고 이건을 닦달하던 세영이 그가 몰래 숨겨 놓은 습작들을 발견한 것이다.

"장이건!"

하라는 공부는 하지 않고, 쓸데없는 글씨만 써 내려간다며 분노한 세영이 그의 습작들을 갈기갈기 찢어 버린 것은 당연했다. 어찌나 분노했는지 그녀는 이건의 일거수일투족을 감시하여 이건이 다른 곳으로 새지 못하도록 만들었고, 이건은 그렇게 좋아하던 서예 교실을 더 이상 나가지 못했다.

시간은 흘렀다.

고등학생이던 이건은 대학생이 되었고, 원치 않은 사람들과 원치 않은 웃음을 지으며 대화를 나눴다. 원치 않는 진로를 택하고, 원치 않은 길을 좇아야 하는 지옥과 같은 시간이 이어졌다.

점점…… 웃을 수가 없어졌다.

어릴 적엔 그 누구보다 밝은 표정을 지었다고는 하는데 나이가 들면 들수록, 머리가 커지면 커질수록 웃는 방법을 잃어 갔다.

숨이 막혔다.

메말라 갔다.

가뭄 한가운데의 나무처럼.

"참. 너…… 소식 들었어?"

우연히 대학에서 만나게 된 서예 교실의 수강생 한 명이 이건에게 말을 건넸다.

"한 선생님, 4년 전에 작고하셨다."

그의 나이, 스물셋의 일이었다.

「듣기로는 웬 깡패들이 나타나서 서실(書室)을 엉망진창으로 만들어 놓은 모양이야. 연유도 모르는 그 행각에 얼마나 노하셨는지 수많은 작품들이 망가져 버린 충격 때문인지……. 선생님께선 슬픔을 견디지 못하셨다고 하더라. 따지고 보면 화병이지.」

안타깝다는 표정을 지으며 말하는 남자의 말에 일언반구도 할 수가 없었다. 그때 이건이 받았던 크나큰 충격은 제 어머니가 사실은 누군가의 상간녀였다는 것을 알게 된 이후 처음이었다.

부정하고 싶어도 시기가 너무도 잘 맞았다. 한 선생이 돌아가셨다는 바로 그 시기는, 이건이 동인전을 준비하며 미친 듯이 임서(臨書)하고 있을 때와 같았다.

하지만 끝내 세영에게 따지러 가지는 못했다.

용기가 부족했으니까.

저만 보면 한숨을 쉬는 옥 여사에게 분노를 펼칠 용기가 나지 않았다.

어리석었지.

그토록 노했으면서, 풀어야 할 대상을 그저 보고만 있었으니까.

"공모전이요?"

당시 할아버지의 명으로 제 뒤를 봐주고 있던 강 실장에게 이건

은 조심스레 물었다. 옥 여사의 귀에 들어가도 좋다는 생각에, 그
는 성난 얼굴로 고개를 끄덕였다.

"예. 공모전도 좋고, 휘호 대회도 좋습니다."

이건은 이를 악물며 말했다.

"작품을 내고 싶어요."

펄펄 끓어 한계점까지 치달은 분노를 풀 곳이 그것밖에는 없었
다.

스물넷.

단 한 번의 일탈.

이건은 늦은 반항을 감행했다.

이건의 아버지는 해외에서도 알아주는 그룹의 총수 아들이었
다.

아버지의 회사는 오래전, 건설 회사로 시작해서 석유화학, 화장
품, 호텔, 의류 등등 대한민국에서 '유단'의 이름을 모르면 바보
라고 불릴 만큼 거대하게 성장한 그룹이기도 했다.

그런 아버지에게는 아들 둘과 딸이 하나 있었는데, 그 두 명의
아들 중 한 명이 바로 이건이었다. 잠깐의 일탈에 놀라운 성과를

얻기는 했었지만 그렇다고 그것이 그의 길로 이어지진 못했다.

이건은 어머니 옥 여사의 설계하에 좋든 싫든 유단에 입사를 해야 했고, 어렵지 않게 전략기획본부의 기획팀장이라는 직함까지 얻어 냈다. 사람들이 저를 어떻게 보든 개의치 않았다. 이미 옥 여사의 손에 휩쓸려 버린 이상, 어쩔 수 없다고 여겼으니까.

"오빠. 회사 일에 관심이 있는 거야, 없는 거야?"

이대로 살아도 되는 걸까.

차라리 멋대로 행동했던 20대가 그리웠지만, 거미줄에 걸려 버린 나비는 움직일 수 없는 노릇이다. 감정을 지운 채 회사로 출근했고, 무슨 일을 하는지 모르는 상황에서 하루를 끝마쳤다. 제가 살아가는 건지, 죽어 있는 건지 알 수 없을 지경에 이르렀을 때 동생 지혜는 인상을 쓰며 물었다.

"관심 없으면 차라리 그만두지 그래? 오빠가 그렇게 미적지근한 반응을 보이니까 나까지 피해를 입는 거라고!"

"……."

"젠장. 뭐 말을 해야 대화가 되지."

얼굴을 찌푸리는 동생에게도 대꾸할 힘이 나지 않았다. 그는 오래전부터 죽어 있었고, 오래전부터 의지라고는 상실해 있었으니까.

누가 가업을 잇든 상관하지 않기로 했다. 아무래도 좋았다. 그저 방관자의 자세로 가족들의 일이 아닌, 타인의 일을 보듯 지옥으로 향하는 후계자 쟁탈전을 지켜보고 있을 뿐이었다.

"회장님께서 많이 편찮으시다."

그런 이건에게, 아버지는 같지만 어머니는 다른 형이 어두운 얼굴로 말했다. 심장이 내려앉는 것을 느꼈다.

"네가 인간이야? 사람 새끼냐고! 누가 가족이고, 누가 적인지 구분도 못 하는 바보 천치 같으니!"

서른한 살의 겨울은 어떻게 보냈는지 모르겠다.

천천히 되짚어 보면 가슴이 쓰려 견딜 수가 없었다. 자신이 가업을 이을 것이라 생각했던 어머니를 배신했다. 동생에게 상처를 입혔고, 아버지를 외면했다. 옳지 않은 일이라 여겼기 때문에 그 일을 후회하지는 않았다. 그것이 자신이 할아버지를 위해 할 수 있는 마지막 행동이라 여겼으니까.

울부짖는 동생을 보면서도 대꾸할 수는 없었다. 그들의 원망을 감수하며 쓰게 웃어 버렸다. 저를 억압하던 모든 것에서 벗어나게 됐지만 결국 남은 것은 깊은 상처뿐이었다.

견딜 수가 없었다.

그리고 그 후, 겨우 맞게 된 서른둘의 여름.

기나긴 투병 생활을 이어 오던 할아버지께서 끝내 돌아가셨다. 유단 그룹의 총수이자 어머니가 그토록 아부를 떨던 사내. 아버지의 아버지이자 이건과는 그리 가깝지 않았던 노인이 결국 오래된 병마를 견디지 못하고 세상을 떠났다.

슬프다기보다는 미안했다. 가는 길에 좋지 않은 일들이 너무도 많이 일어나 버리는 바람에.

물론 자신이 직접적으로 관여하지 않은 일이라고는 하나, 결국엔 저를 총수로 세우기 위해 벌어진 일들이었던지라 속이 쓰렸다. 그래도 마지막엔 그가 가장 사랑했던 손자의 자식들을 마주할 수 있게 되어 다행이라 생각했다.

할아버지가, 장 회장이 갓 태어난 이건의 조카들을 보고 환한 웃음을 짓던 장면이 뇌리에서 사라지지 않았다. 많이 지쳐 보였으나 이건이 느끼기엔 가장 행복한 미소였다.

"도련님."

할아버지에게 감동적인 선물을 선사한 사람은 형의 아내가 된 여자였다.

저보다 한참은 작은 단발머리의 여자.

쓰러져 가던 형이 마지막 힘을 낼 수 있었던 것은 아마도 눈앞의 이 여자 때문이 아니었을까. 대체 이런 작은 체구에서 어떻게 그런 힘이 나올 수 있었는지.

솔직히 말해 조금 놀랐다. 출산한 지 몇 달 되지 않았음에도, 상주를 맡은 형의 옆을 당당히 지키고 있던 형수가 저를 애처롭게 바라보는 것이 보였다. 이건은 억지로 입꼬리를 올렸다.

"제 걱정은 마십시오. 저는 괜찮습니다."

"하지만……."

"형님은 어쩌고 계십니까?"

"어쩌긴요. 손님들을 맞이하느라 정신이 없죠."

"그렇군요."

"그 자리에 도련님도 함께하셔야죠."

"……."

"도련님?"

"제가 간다면 오히려 형님께 폐가 될 겁니다."

"네?"

눈을 동그랗게 뜨는 그녀에게 이건은 대답할 수밖에 없었다.

"형님을…… 잘 부탁드립니다, 형수님."

벌어진 상처는 쉽게 봉합되지 않는다.

시독하게 끌어 왔던 유단 건설 그룹의 후계 전쟁은 이건의 형인 진건의 승리로 돌아갔다. 그 과정에서 가족 간의 간극이 세상 밖으로 드러났고, 이건은 친혈육이 아닌 피를 반만 이은 진건의 편을 들어 줬다.

그것으로 인해 이건을 손가락질하는 사람들이 생겨났으며, 그는 부모와 동생도 저버린 천하의 쓰레기로 불렸다. 게다가 인정하든, 인정하지 않든 그의 형인 진건과 이건 사이에는 좁혀지지 않는 간극이 존재했다.

그것은 단 하나.

이건의 태생과 관련된 문제였다.

그는 상간녀의 자식이라는 오명을 벗지 못했다. 그랬기에 존경하는 형의 곁에 설 수가 없었다. 가족들이 모두 좋지 않은 일로 뿔뿔이 흩어져 있는 지금, 하나밖에 없는 형의 괴로움을 막아 줄 존재는 눈앞의 작은 여자였다.

그녀와 처음 본가에서 인사를 할 때까지만 하더라도, 아니 그녀와 유단 건설의 본사에서 마주쳤을 때까지만 하더라도 '도련님'과 '형수님'으로 서로를 부르는 사이가 될 거라고는 상상을 해 보지 않아서인지, 돌아서는 내내 쓴웃음이 흘러나왔다.

「귀국 날짜는 언제로 잡을까요?」

할아버지께서 타계하신 이후, 이건은 자신을 둘러싼 모든 것을 내던졌다. 이미 지긋지긋하던 직함을 버린 상태였지만, 더 이상의 혼란을 막기 위해 유단에서 멀어졌다. 할아버지의 장례 이전, 미리 잡아 두었던 출국 계획은 그에게 있어 도피나 마찬가지였다. 이건은 그의 비행기 표를 끊으려 하는 강 실장에게 흐린 눈웃음을 그리며 대답했다.

「글쎄요.」
「……」
「길면 길수록 좋을 것 같습니다.」

이건은 저를 묶어 두던 한국을 떠났다.

「전부 너 때문이야! 너 때문이라고!」

할아버지의 장례식 직전, 마지막으로 어머니 옥 여사의 면회를 간 적이 있었다.

옥 여사는 굳은 얼굴로 모습을 드러낸 이건을 향해 의자를 집어 던지며 바락바락 소리쳤다. 두 사람 사이에 강화유리가 없었다면, 와상창 깨어진 유리의 파편이 그의 얼굴로 튀었을 것이다.

도망이었을까.

그래, 도망이었던 것이 분명하다.

도망치지 않고서는 그대로 주저앉아 버렸을 테니까. 아무것도 생각이 나지 않는 곳으로 가 버리고 싶었다.

그러다 선택한 곳은 대만이었다.

주르륵, 주르륵 내리는 비는 어쩐지 마음을 평온하게 만들었다.

이대로라면 죽어도 괜찮겠네.

모든 것을 체념한 상황에서 이건은 멍하니 중산당의 정면을 올려다보며 피식 웃었다. 저를 알지 못하는 사람들이 있는 이곳에서, 이렇게 하염없이 비를 맞다가 눈을 감는 것도 괜찮겠다.

이건은 흐리게 미소를 지었다.

그리고 그때.

"그러고 있다간 감기 걸려……요."

누군가가 그에게 우산을 내밀었다. 그 사소한 행동이 어둠을 헤매던 그에게 한 줄기 빛이 되어 줄 줄은, 어리석었던 당시엔 알아차리지 못했다.

그것이 서른셋, 여름의 일이다.

스물셋.

한익수 선생의 죽음에 어쩌면 자신이 얽혀 있을지도 모른다는 사실을 알게 된 이후. 이건은 제 감정을 밖으로 드러내는 것을 극히 꺼려 했다.

두려웠다.

모든 것이.

그날 이후, 호감 가는 사람을 만나도 쉽게 정을 붙이지 못했던 까닭은 그날의 트라우마가 아니었을까.

이건이 무언가에, 혹은 누군가에게 흥미나 관심을 가지면 그를 주시하던 눈은 함께 매서워졌다. 조금 더 예리해졌고, 날카로워졌다. 그 사실을 익히 알고 있었던 이건은 아무렇지 않게 관심을 품은 대상에게서 멀어졌다. 그들이 돌아가신 한 선생과 같은 상황에 처하는 모습을 지켜보고 싶지 않았으니까.

그날을, 반복하고 싶지 않았으니까.

이건이 쌓아 둔 마음의 벽이 점점 더 견고해진 것은 그때부터였다. 대학에 진학하고, 제 뜻과는 상관없이 유단의 본사에 입사하게 되면서 이건은 스스로를 더욱 더 철저하게 고립시켰다. 늘어나는 감시에 대응하기 위해 홀로 지내는 시간을 늘렸다.

적어도 이건이 혼자만의 시간을 보낼 때는, 그 누구도 방해하지 않았다. 굳이 바꿀 생각 따위는 하지 않았다. 변하고 싶지도 않았으며, 괜한 모험을 강행할 이유가 없다고도 생각했다.

"장이건 씨죠? 말씀 많이 들었어요. 만나서 반가워요. 저는……."

접근하는 이들이 없었던 것은 아니었다. 이건은, 다른 누구도 아닌 대한민국에서 내로라하는 대기업인 유단 건설 그룹 오너 일가의 일원이었으니까.

만약 형인 진건이 없었더라면, 장태달 회장의 뒤를 이어 후계자가 될지도 몰랐던 사내. 아직 확실하게 후계가 정해진 것이 아니었기에 당연히 이건에게 접근하는 이들은 존재했으며, 그들은 남녀를 가리지 않았었다.

그러나 애석하게도, 이건의 두 눈에 들어온 그들의 모습은 마치 눈코입이 존재하지 않는 하얀 인형과도 같아 보였다. 그들이 무슨 생각을 하는지 읽어 낼 수 없거니와, 알고 싶지도 않았다. 자신감에 차 다가가도, 그저 공허한 눈으로 자신들을 내려다보기만 하는 이건의 태도에 사람들은 금세 흥미를 잃고 나가 떨어졌다.

그렇게 그에게서 떨어져 나간 자들이 붙은 대상은 다름 아닌 동생 지혜였다. 같은 어머니의 배 속에서 태어났으면서 지혜와 이건은 너무나 달랐다. 지혜는 화려한 눈웃음과 언변으로 사람들을 조종할 줄 아는 반면, 이건은 철저하게 제 마음을 숨기며 그들을 향해 벽을 세웠다.

어째서 지혜가 사내가 아니었을까.

간혹 어머니 옥 여사에 의해 억지로 참석했던 파티에서 그와 지혜를 두고 그런 말들을 나누는 것을 들은 적도 있었다.

"오빠는 가족이라는 것이 뭔지 알고는 있는 거야? 아니. 모르는 것이 분명하지. 그러지 않고서야 어떻게 그런 짓을 벌일 수가 있어? 인간이기는 한 거야?"

유단 그룹을 뒤흔들어 버린 후계 전쟁에서 패배한 후, 각종 비리와 살인 교사 혐의로 수감된 그의 하나밖에 없는 여동생은 이건을 죽일 듯이 노려보며 외쳤다. 바락바락 소리를 지르던 동생의 말에 이건은 아무 말도 하지 못했다.

악에 바친 얼굴로 저를 노려보던 그녀의 눈동자는 비난을 가득 담고 있었다.

"오빠는 감정 없는 로봇이나 마찬가지야! 오빠한텐, 가족을 생각하는 가족애도 없겠지! 그러니까 우리가 아닌 장진건을 택한 거고!"

"……."

"장담컨대 오빠는, 장이건 너는, 평생토록 누군가를 사랑하지 못할 거야. 사랑받지도 못할 거고, 너를 사랑해 줄 사람은 아무도 없을 거야! 그래, 그럴 거야! 너는, 영원토록 혼자일 거라고!"

바드득 이를 갈며 소리치던 지혜를 보며 이건은 그녀의 말에 대한 오점을 찾지 못했다.

어쩌면 그녀의 말이 사실일지도.

이건은 저 하나를 건사하기에도 힘들었다. 누군가를 마음에 담기에는 너무도 연약했으며, 위태로웠다. 때문에 두 눈에 힘을 주며 외치는 여동생 지혜의 말에 이건은 한 마디도 대꾸하지 못했다. 그녀와의 면회를 끝내고 돌아서는 내내 심장이 저려 왔지만 결국 머릿속을 맴돌던 말을 내뱉지는 않았다.

사랑을 받지도 못하고, 하지도 못할 사람.

곰곰이 따지고 보면 지혜의 말은 옳았다.

사랑이라는 말의 무게는 이건이 뱉어 내기에는 너무도 무거웠다. 서른을 넘길 때까지, 그는 그 누구에도 그런 말을 장난식으로라도 해 본 적이 없었으니까.

그에게는 그 말이 버거웠다.

너무도 무섭고, 두려운 일이었다.

"너를, 사랑해."

하지만 서른넷, 여름.

이건은 아무렇지도 않게 그 말을 내뱉었다. 제 이름을 쓰기 위해 붓을 들고 있는 큰 키의 여자를 향해.

어디선가 불어온 바람에 그녀의 짧은 커트머리가 흩날렸다. 예쁘다고 생각했다. 가슴이 미미하게 흔들려서 저도 모르게 꺼내고 말았다.

소리를 뱉어 내고 난 뒤, 깜짝 놀란 표정으로 저를 바라보던 여자의 눈동자가 잊히질 않았다. 갈색 동공이 폭풍처럼 요동치던 바로 그 순간을. 마음 같아서는 그녀를 향해 다가가 와락 끌어안고 싶은 충동이 일었지만 이건은 꾹 인내했다.

손끝 하나 대지 않기로 했으니까.

그저 지켜보기로 했으니까.

"……."

뜨거운 여름.

바람 한 점 없는 맑은 하늘을 올려다보던 이건은 지이잉, 울리는 핸드폰 소리에 고개를 돌렸다. 얼마 전 바꾸었던 그의 개인 전화번호를 알고 있는 사람은, 대한민국에서 단 셋뿐이다.

존경하는 그의 형과, 그의 스케줄을 담당하고 있는 강 실장, 그리고…….

— 어라? 빨리 받으시네요!

'네. 장이건입니다.' 하고 소리를 들려주자마자 핸드폰 너머에서 낭랑한 목소리가 흘러나왔다. 이건은 피식 웃음을 흘렸다.

"어쩐 일이십니끼."

— 어머? 제가 꼭 무슨 일이 있어야 전화를 하나요? 그냥 안부차 전화를 드린 거죠.

호호, 낮게 웃으며 전화의 상대는 그의 귓가를 간질였다. '마!

마!' 혹은 '파! 파!', 그녀 주변에서 요란한 소리가 들려오고 있다. 이건은 그 소리들이 작년에 태어난 자신의 귀여운 조카들이 외치는 음성이라는 것을 알아차렸다.

"이새랑 이현입니까?"

— 드, 들리세요? 어휴. 요 꼬맹이들은 꼭 도련님이랑 전화할 때만 되면 이렇게 시끄럽게 굴더라. 너희, 조용히 안 해? 엄마 통화하잖아!

그녀의 주변을 맴돌고 있었던 건지, 한숨을 푹 터뜨린 이건의 통화 상대가 누군가를 향해 핀잔을 날렸다. 그러자 '이이잉!' 하고 울음이 터짐과 동시에 '파파! 파파!' 하고 조금 전보다 더 큰 외침이 들려왔다.

정신없군.

이건은 쓰게 웃으며 고개를 절레절레 저었다. 사랑스러운 그의 두 조카들은 매번 이렇게 그의 입꼬리를 올라가게 만든다. 그는 '저 잠깐 요 꼬맹이들 떼어 놓고 올게요.' 하고 말한 뒤, 한동안 말이 없는 그녀의 목소리가 들려오기를 기다렸다.

— 어휴. 겨우 떨어졌어요.

"낮잠 잘 시간 아닙니까?"

— 그러게 말이에요. 진작 잠이 들어야 하는데, 요샌 두 눈을 말똥말똥 뜨고 있다니까요, 둘 다? 그래서 제가 아주 쉴 틈이 없어요.

한숨을 푹 내쉬며 투정하듯 말을 뱉어 냈지만, 그 말에는 기본적으로 애정이 가득 담겨 있다. 이건은 옅게 웃으며 입을 다물었다.

— 참참. 그나저나 도련님! 어떻게…… 됐어요?

"예?"

— 강 실장님께 들었어요. 그분, 지금 도련님과 같이 있다죠?

아.

강 실장이 이렇게 입이 가벼울 줄 몰랐다. 이건은 저를 당혹스럽게 만드는 형수의 말에 잠시 대답하지 않았다. 무엇이 그리 궁금한지, 호기심 많은 그의 형수는 '잘되어 가고 있으세요? 제가 뭐 도와 드릴 건 없어요? 언제든 저한테 S.O.S. 요청하세요!' 하고 말을 덧붙였다. 그녀의 마음이 진심임을 알기에 이건은 흐린 미소를 흘렸다.

"어렵네요."

— 네?

"어려……워요."

담담히 뱉어 낸 그의 '사랑한다.'는 말에 그녀가 그렇게 냉랭한 반응을 보일 줄 몰랐다.

아니, 예상해야 했던 건가.

이건은 눈을 내리깔았다.

「장이건 씨는, 아무래도 본인이 느끼는 감정을 다시 한 번 되짚어 볼 필요가 있을 것 같아요.」

있는 사실을 이야기했을 뿐이건만 왜곡해 받아들인 그녀의 마음을 충분히 이해한다. 잠시 당황하기는 했지만 되짚어 보면 오해하기 딱 좋은 발언이었다.

그렇다고 해서, 그 사랑 역시 부정할 필요는 없지 않았을까.

씁쓸함이 입안을 맴돌아 이건은 한숨을 내쉬었다.

― 그게 서예보다도 어려워요?

한동안 입을 다물고 있던 이건을 향해 그녀가 물었다. 이건의 눈동자가 동그래졌다.

서예?

글쎄.

"아마도."

― 정말?

"붓은…… 마음 가는 대로 움직이면 되지만…… 사람을 대할 때는 마음 가는 대로 행동했다가는 의도가 곡해될 수 있으니까요."

― 흐응.

"아무래도 제가 표현이라는 걸 해 본 적이 없어서 더 그런 것 같습니다."

그는 자조 섞인 실소를 흘리며 숨을 골랐다. 그러자 몇 초 뒤, 핸드폰 너머에서 호호 웃음이 흘러나왔다. 이건의 눈이 동그래졌다.

— 하나도 안 닮았다고 하는데, 제가 보기엔 두 남자가 영락없이 똑같네요.

"예?"

— 도련님이랑 형님 말이에요. 제 눈엔 똑같아 보인다고요. 형제가 그런 것까지 닮을 필요는 없는데 말이죠.

이건은 멈칫했다.

형제.

그에게는 이젠 어머니도, 아버지도, 그리고 여동생도 없다.

그러나 형님 한 분이 생겼다.

부드럽게 귀를 간질이는 그녀의 웃음소리가 핸드폰 너머로 들려왔다. 이건은 '장씨 집안 형제는 너무 겁이 많아.' 하고 중얼대는 그녀의 말에 수긍해 버렸다.

— 그렇다고 멈출 거예요?

아니.

이건은 한참 동안 웃다 묻는 그녀에게 고개를 가로저었다. 아무 말도 하지 않았지만 그의 마음을 알아차린 건지 형수가 속삭였다.

— 힘내세요. 저는 항상 도련님을 응원하고 있어요.

"고맙습니다."

— 참. 사실…… 이러려고 전화를 드린 건 아닌데.

쾌활하던 그녀의 목소리가 돌연 진중해졌다. 이건은 그녀의 바뀐 분위기를 인지했다. 말을 꺼내기를 잠시 망설이던 여자는 곧, 차분하게 소리를 내뱉었다.

— 솔직하게 말씀드릴게요, 도련님. 아마도 조만간 일이 생길 것 같아요. 자세한 건 그이가 들어오면 도련님께 알리겠지만…… 미리 알고 계시는 게 좋을 것 같아서요.

어둠을 담은 그녀의 말에 이건의 얼굴에서도 미소가 사라졌다.

'드디어……!'

기다리고 기다리던, 마지막 날의 아침이 밝았다. 눈을 뜨자마자 시간을 확인한 태영은 안도의 한숨을 내쉬었다.

— 그럼 오늘 오는 거야?

태영은 저를 빤히 바라보고 있는 강 실장의 시선을 피하며 대답했다.

"아뇨. 정확히 도착은 내일 오후 중일 것 같습니다. 오늘 밤에 바로 여기서 나갈 거거든요."

— 밤? 왜 그렇게 위험하게…….

그래야 하니까.

태영은 놀라는 중혁에게 담담하게 말했다.

"어쨌든 내일 오후 서울에 도착하자마자 원고 정리할 거니까, 편집장님도 어디 가지 마시고 대기하세요."

— 명령하는 거니?

"당연하죠. 저를 여기서 며칠 동안 꼼짝도 못 하게 만드셨으니 그 정도는 해 주셔야 하지 않겠어요?"

— 하하, 은 기자. 너 많이 컸구나?

"보고 배운 게 많아서요."

— ……후우, 알겠다. 정확히 몇 시쯤 도착하는지, 문자나 톡을 보내 줘.

"아, 그리고……."

— 응?

"저, 엄청난 선물 들고 갈 겁니다. 그러니 미리 축배 들 준비 하고 계세요."

— 뭐? 너 설마!

"그럼 이만."

태영의 의미심장한 말에 중혁이 깜짝 놀란 소리를 냈다. 그의 반응에 피식 웃던 그녀는 곧바로 종료 버튼을 눌렀다. 중혁의 말은 더 이상 전화기 속에서 흘러나오지 않았다.

"잘 썼습니다."

그러고는 저를 바라보고 있는 강 실장에게 무선 전화기를 건넸다. 강 실장이 '별말씀을.' 하고 미소 짓는 것이 보였다. 태영은 주위를 두리번거렸다.

그 남자가…… 안 보이네.

"선생님께선 잠시 출타하셨습니다."

"예?"

이걸 찾고 있었다는 걸 들켜 버린 태영이 머쓱한 표정을 짓자, 강 실장이 더욱 짙은 눈웃음을 그렸다.

"아마도 오후 늦게 들어오실 것 같습니다."

"오후 늦게요?"

제정신인가?

태영은 미간을 찌푸렸다. 이해가 되지 않는다. 저를 유혹할 시간은 하루도 채 남지 않았건만, 대체 무슨 생각으로 저택을 벗어난 건지.

'내기를 지속할 마음이 없나?'

괜히 미묘한 생각이 머리를 장악하여 움찔하던 태영은 고개를 휘휘 저었다.

참나.

'내가 무슨 생각을……'

그가 전투 의지를 상실했다면, 오히려 제 쪽에 유리하다. 태영은 괜한 생각을 하지 않기로 했다. 미련이 있는 것도 아니고.

"왜 그러십니까, 은 기자님?"

태영은 자신의 표정 변화에 어리둥절해하는 강 실장을 발견하고선 머쓱하게 웃었다.

"그럼 인터뷰는 저녁에 하는 건가요?"

"아마도 그렇겠죠?"

"흐음. 그때까지 전 이곳을 떠날 준비를 하고 있어야겠네요."

"……."

"그동안 감사했습니다, 강 실장님."

정중하게 머리를 숙이며 태영은 그녀에게 인사했다. 이건만큼이나 속을 읽을 수 없는 저택의 관리인은 인사하는 그녀를 보고서도 한동안 아무 말도 하지 않았다.

"강 실상님?"

"은 기자님. 실례가 되지 않는다면 잠깐 이야기를 나눌 수 있을까요?"

갑작스러운 강 실장의 제안에 놀라지 않았다면 거짓이다. 태영은 눈을 크게 뜨고 강 실장을 내려다봤다. 유려한 미소를 짓고 있었지만, 웃고 있다기보다는 무언가를 작심한 눈빛이었다.

태영은 의외의 말을 꺼낸 그녀를 쳐다보더니 고개를 끄덕였다. 강 실장은 '조금 걸을까요?' 하고 그녀에게 말했다.

"원래 이곳 저택은 선생님의 집안에서 보유하고 있는 수많은 저택들 중 하나였습니다."

터벅터벅.

본채 뒤편의 작은 대나무 숲은 청명한 여름 하늘 아래서 맑은 기운을 뿜어내고 있었다. 보기만 해도 시원해지는 대나무 숲을 응시하던 태영은 툭 말을 꺼내는 강 실장을 바라봤다. 강 실장은 추억에 잠긴 표정을 지으며 말을 이어 갔다.

"장 선생님이 돈이 많으시다는 이야기를 하고 싶으신 건가요?"

그래서 놓치면 후회할 거라는 이야기를?

하지만 태영은 돈에 흔들리지 않는다. 본능적으로 날카로운 태도를 취해 버렸다. 그래서 저도 모르게 삐딱한 눈빛이 흘러나왔다. 강 실장은 싸늘하게 되묻는 태영에게 옅게 웃더니 고개를 내저었다.

"아뇨. 그런 걸 말하고 싶은 게 아닙니다. 그저, 수많은 저택들 중 하나였기에 오히려 버려진 곳이었다는 걸 말씀드리고 싶었어요."

대답하지 않는 태영을 향해 강 실장이 잔잔한 목소리를 흘렸다.

"워낙 오랜 시간 동안 관리를 하지 않아, 저기 보이는 저 나무들을 재구성하는 데 적잖은 시간이 걸렸습니다. 선생님 가족들은 워낙 도시 생활에 익숙해지셔서 경주 같은 고즈넉한 곳은 답답하다 여기신 거겠죠. 저 역시 그랬습니다."

그래서 뭐 어쩌라는 건가.

태영은 미간을 좁혔다. 강 실장은 미약하게 불어오는 여름 바람을 타고 좌우로 흔들리는 대나무들을 바라보며 중얼거렸다.

"제가 알고 있는, 그리고 오랫동안 지켜봐 온 선생님은…… 원체 원하는 것이 없어서, 걱정이 되던 분이셨습니다. 그런데 작년, 오랜 여행을 마치고 돌아오시자마자 저를 불러 말씀하시더군요."

강 실장은 추억에 잠긴 사람처럼 눈을 내리감았다. 태영은 아무 말도 하지 않고 그런 그녀를 응시했다.

「강 실장님.」

「네.」

「10년 전처럼 저 딱 한 번만 더 도와주실 수 있으십니까?」

「……예?」

「부탁드립니다. 잡아야 할…… 사람이 있어요.」

"그렇게 간절한 도련…… 선생님의 모습은 처음 봤습니다. 아니, 일전에도 그런 모습을 뵌 적이 있었죠. 아마 그때가, 선생님께서 무명이라는 필명을 사용하기 시작한 시점이었을 겁니다."

"……!"

"원하는 것이 없는 사람이 간절히 원하는 것이 생기면, 눈빛이 바뀌죠. 제 일생에서 도련님의 그 모습을 단 두 번 보았는데, 그것이 10년 전 그 무렵과 바로 작년이었습니다."

"저기 강 실장님. 대체 무슨 말씀을 하시려는 건가요?"

날이 섰다.

태영은 부드럽게 미소 짓던 강 실장이 저를 바라보는 것을 지켜봤다.

두근두근.

흔들리는 대나무처럼, 가슴이 요동친다.

"은 기자님만큼은, 선생님의 마음이 진심이라는 것을 알아주셨으면 합니다."

흐리게 웃는 그녀의 말이 가시처럼 심장에 콕콕 박혔다.

태영은 대답하지 못했다.

❖

쏴아아—

그날 밤.

구름 한 점 없던 경주의 하늘이 갑자기 어두워졌다. 심란한 태영의 마음을 하늘이 알아차린 모양이었다. 태영은 요란스럽게 쾅쾅 울리는 여름의 비 오는 하늘을 멍하게 응시하다 벽에 걸린 시계를 응시했다.

'11시⋯⋯.'

앞으로 남은 시간은 단 1시간. 아니, 정확히 따지면 1시간도 채 남지 않았다.

그럼에도 불구하고 그녀의 인터뷰 대상자이자, 내기 상대는 도통 보이질 않는다.

「선생님이 늦으시네요?」

「그러게 말이에요. 이렇게 늦으신 적이 없는데⋯⋯.」

오후 6시 들어 순식간에 검게 물든 하늘을 응시하며 태영이 강실장에게 말하자, 강 실장 역시 염려 섞인 말을 흘렸다.

갑자기 불안해졌다.

'택시, 올 수 있으려나.'

아침에 눈을 뜨자마자 콜택시를 불렀다. 자정이 지나면 이곳을 벗어날 생각이었던 태영은 걱정을 가득 담아 장대처럼 비가 쏟아지는 창밖을 응시했다.

'약속도 안 지키고.'

하여간 마음에 안 든다. 그의 인터뷰를 하는 일주일 동안 크고 작은 일이 있었다. 이건은 이런저런 핑계를 대며 인터뷰 시간을 미루거나 조정한 적은 있었어도, 오늘처럼 멋대로 인터뷰를 펑크 내는 날은 없었다.

째깍째깍.

흘러가는 시간 속에서 왠지 애가 타는 것은 저뿐인 것 같아 태영은 미간을 좁혔다.

똑똑.

괜히 조급한 마음이 드는 것을 느끼며 인상을 쓰던 태영은 갑자기 누군가 사랑채의 문을 두드리자 자리에서 벌떡 일어났다.

"강 실장님이세……!"

만약 그가 돌아온다면 곧바로 알려 달라고 부탁을 했었기에 태영은 얼른 문을 열어젖혔다. 그러자 시야로 들어온 것은 다름 아닌 그녀가 내내 기다리고 있던 남자였다.

쏴아아.

비는 멈추지 않는다.

태영은 툇마루 앞에서 저를 올려다보고 있는 남자를 응시하며 인상을 썼다. 그가 입고 있던 네이비색 셔츠는 쏟아지는 빗물에 흠뻑 젖어 있었다.

우산도 쓰지 않고 걸어온 거야?

태영은 하아, 길게 한숨을 내쉬며 그를 내려다봤다.

"기다려요."

다행히 사랑채 안의 욕실에는 수건이 걸려 있다. 태영은 그런 그에게 말을 하고선, 몸을 돌리려 했다.

"……!"

그러나 태영이 그것을 행동으로 옮기기 전에, 그가 그녀의 손목을 덥석 잡았다. 태영은 눈을 동그랗게 떴다.

'차가……워.'

태영의 손목을 부여잡은 그의 손가락에서는 온기가 느껴지지 않는다. 태영은 고개를 아래로 내려 그의 발을 응시했다. 쏟아지는 비와 어울리지 않는 검은 구두가 시야로 들어왔다. 그의 구두는 흙탕물에 흠뻑 젖은 상태다.

태영은 얼굴을 찌푸렸다.

"뭐 하시는 겁니까?"

툇마루에도 올라오지 않고, 비를 맞으며 그녀의 손을 잡고 있던 그로 인해 태영의 팔 역시 축축해진다. 태영은 뚝뚝, 팔 위로 떨어지는 빗물을 느끼며 그를 내려다보았다.

"은태영."

창백하게 질린 그의 입술이 열렸다. 그의 입술 사이로 흘러나오는 목소리가 어딘지 먹먹하게 느껴졌다. 태영은 가슴이 철렁거리는 것을 느꼈지만 그의 손을 차마 뿌리치지 못했다.

그때와…… 같다.

태영은 기묘한 감정에 사로잡혔다. 저를 올려다보고 있는, 비에 젖은 눈동자의 그의 모습을 어디선가 본 것 같았다. 그것이 곧 대만에서 세 번째로 그를 발견했을 때와 흡사하다는 것을 태영은 알아차렸다.

두근두근.

심장이 울렁거렸다.

귀가 멍해진다.

"태영아."

그가 흐린 표정을 지으며 그녀의 이름을 불렀다. 숨이 막혀 온다.

'안 돼.'

정신 차려, 은태영.

다시금 끌려갔다가는, 이제 정신없이 그에게 붙잡혀 버릴 것이다.

어째서 자신은 이 남자의 이런 약한 모습에 끌리는 걸까. 스스로도 이해하지 못하는 일인지라, 태영은 쓰게 웃었다.

「너를, 사랑해.」

어제.

그가 저를 향해 뱉어 냈던 그 말이 불현듯 머리를 장악했다. 태영은 코웃음 쳤다. 그러고는 냉랭하게 그의 손을 뿌리치고선 말했다.

"당신이 졌어요."

그녀를 담고 있던 이건의 검은 눈동자가 급격하게 요동쳤다. 태영은 차갑고 서늘하게 목소리를 흘렸다.

"결국 손을 대 버렸잖아."

"……."

"내기는 내가 이겼다고요."

"……."

"왜. 아니야?"

싸늘한 목소리를 흘리는 태영을 물끄러미 올려다보던 그가 쓴웃음을 흘렸다.

"그래. 그러네. 내가 졌어."

"……."

"져 버렸네."

그가 흐린 얼굴로 중얼거렸다. 태영은 날카롭게 눈을 빛내던 제게 반항 한 번 하지 않고 수긍하는 그를 가만히 응시했다. 비에 젖은 그의 머리카락에서 뚝뚝, 물방울이 쉬지 않고 흘러내린다. 태영은 얼굴을 구겼다.

"처음부터 이럴 작정이었죠?"

도통 툇마루 위로 올라올 생각을 않던 남자를 향해 태영은 물었다.

"당신은 내기 따위 이길 생각도, 질 생각도 없었던 거야."

이건은 대꾸하지 않았다. 그의 반응에 더욱 확신을 가지게 됐다. 정말로 그는 내기에서 이길 생각을 하지 않았던 거다. 져도 그만이라고 생각했던 걸까? 심장이 크게 들썩였다.

"너를 붙잡을 이유가 필요했어."

뭐?

"네가 떠나지 않았으면 했어. 너를, 잡고 싶었거든."

파리하게 질린 입술을 달싹이며 그가 중얼거렸다.

태영은 입술을 악물었다.

빌어먹을.

빌어먹을.

빌어……먹을.

가슴이 미친 듯이 요동쳤다. 목이 막혔다. 숨을 쉴 수가 없었다. 혼란스러워하는 그녀를 향해 그가 흐리게 웃으며 말을 이었다.

"미안. 마지막 인터뷰는 하기 어렵겠군."

"……."

"원한다면…… 서울로 직접 올라가서 남은 인터뷰 마저 할게. 약속대로 귀찮게도 하지 않을거야. 나를 담당할 다른 기자를 붙여 줬음 해. 그리고……."

"……."

"멀리서는 지켜보게 해 줘. 그렇게 하지 않으면 난……!"

마지막 날, 도통 모습을 드러내지 않는 그를 마주한다면 화를 내려고 했다. 약속이라는 것을 망각하고 있는 게 아닌가―라고 외치고 싶었다. 프로답지 않다고, 화를 내려 했다. 펑크를 내려면 내겠다고 말을 했었어야 하는 게 아닌가―라고. 그에게 있는 힘껏 소리치고 싶었다.

멍청해.

은태영 너는, 정말이지…….

'멍청해.'

하지만 막상 그의 검은 눈동자를 마주하니 그 말을 할 수가 없어졌다. 무슨 일이 있었던 건지, 비에 젖어 저를 올려다보는 그를 바라보니 겨우겨우 억눌렀던 감정이 멋대로 치솟았다. 안 된다. 절대로 안 된다고, 그렇게 머리가 외쳐 댔지만, 어찌 된 셈인지 빌어먹을 심장은 제멋대로다.

순식간에 그에게 손을 뻗어 그를 툇마루로 끌어 올렸다. 그제야 비를 피하게 된 그의 머리카락 끝에서 물방울이 뚝뚝 떨어진다. 그 많은 물방울들은 금세 그녀의 양말을 적실 만큼 번져 갔다.

"내기는…… 내가 이겼어. 난 당신 유혹에 넘어가지 않았다고."

일렁이는 그의 눈을 바라보며 태영이 인상을 썼다. 이건은 아무 말도 하지 않았다. 태영은 이를 악물더니 중얼거렸다.

"그러니 이건 내가 나한테 주는 선물이에요."

"……!"

"당신 유혹에 넘어가지 않은, 기특한 나에 대한 보상."

작게 소리를 흘린 태영이 그의 젖은 머리카락으로 손을 뻗었다.

태영이 발꿈치를 들어 올리자 그와 태영의 눈높이가 같아졌다. 태영은 코끝에서 느껴지는 그의 숨결을 느끼며 입술을 말랑한 그의 입술 위로 가져다 댔다. 차가운 숨결이 벌어진 입술을 타고 흘러들어 왔다.

'……차가워.'

피부로 느낄 수 있는 그의 몸이 차디차다. 제 온기를 그에게 불

어넣어 주기 위해 입술을 가져다 댄 그녀는 멍하니 저를 바라보고
만 있는 이건에게서 서서히 떨어져 나왔다.

두근두근.

그의 것인지, 그녀의 것인지.

진원지가 불분명한 심장의 박동 소리가 쏴아아, 쏟아지는 장대
비와 섞여 기묘한 하모니를 만들었다. 태영은 흔들리는 이건을 향
해 물었다.

"상황이 바뀌었어요."

이건은 대답하지 않았다. 태영은 그런 그에게서 시선을 돌리지
않는다.

"그러니 이번엔 내가 당신한테 물을게요."

그녀는 붉은 입술을 달싹였다. 그러고는 입안을 간질이는 말을
뱉어 냈다.

"장이건 씨. 당신, 나랑 자 볼래요?"

쏴아아.

귓속으로 흘러들어 온 물줄기 소리가 의심스럽다. 여전히 주룩
주룩 내리고 있는 창밖에서 들려오는 소리일까, 아니면 사랑채 안

쪽에 자리 잡은 저 욕실에서 들려오는 소리일까. 가슴이 두근두근 미친 듯이 요동쳐서 입술이 파르르 떨린다.

태영은 반쯤 넋을 놓은 상태로 뿌연 수증기가 자욱한 욕실의 작은 문을 흘긋거렸다.

'은태영. 너…….'

미쳤니?

차마 입 밖으로 뱉어 내지 못하는 말이 목구멍을 간질인다. 태영은 끝내 눈을 질끈 감으며 고개를 아래로 떨구었다.

대체 어째서 내가 이곳에 있는 걸까.

자정이 지나는 순간 분명 떠나려 했는데.

망설임 없이, 그리고 미련 없이 이곳을 벗어나려 했는데.

대체 왜 은태영은 자정을 훌쩍 넘겨 버린 지금까지 이곳에 남아 있는 건지.

「당신, 나랑 자 볼래요?」

축 늘어진 생쥐처럼 검은 눈을 내리깔고 있는 이건을 보자마자 참을 수 없는 격정에 사로잡혔다. 그런 그를 향해 손을 뻗은 것은 다분히 충동적이었고, 놀란 그에게 그 말을 꺼낸 것도 충동적이었다.

도발적이고 야릇하게 뱉어 낸 그녀의 말에 그의 눈빛이 흔들렸다. 스스로의 행동에 기함한 태영이 놀라는 것 이상으로, 이건이 흔들리는 모습이 시야로 들어와 아무 생각도 이어 나갈 수 없었다.

툇간 마루에 올라 있던 그가 어떻게 사랑채 안으로 들어왔는지 모르겠다. 기억나는 것은 입고 있던 겉옷을 훌훌 벗어 던진 그가, 말없이 안쪽의 욕실로 들어가는 모습이었다.

그리고 그런 이건을 지켜보던 자신은……

'정신 나갔어.'

태영은 고개를 휘휘 저었다.

어찌하여 은태영은 장이건의 위태로운 모습을 보면 그냥 둘 수 없을까.

그 남자를 내버려 두지 못하겠다. 무의식적인 끌림. 당장이라도 연기처럼 사라져 버릴 것 같은 그의 모습에 사정없이 매혹당한다. 어쩌면 제 앞에서 자취를 감추어 버릴지 모르는 그를, 마지막까지 붙들고 싶었던 걸까.

'모르겠어.'

지금 이 순간은 저조차도 스스로의 마음을 알지 못하겠다. 태영은 입술을 잘근 깨물며 한숨을 내쉬었다. 귀가 먹먹해질 정도로 들려오던 욕실의 물줄기 소리가 뚝 끊긴 것은 그때였다.

태영이 홱 고개를 돌려 욕실 쪽을 응시하자, 달칵 문을 열고 나오는 한 남자가 눈에 들어왔다. 이건이다.

'아.'

갓 샤워를 하고 나온 사람에게서 느껴지는 체취. 그 향기는 멈추지 않는 창밖의 비 냄새와 섞여 그녀의 미간을 좁히게 만든다. 아주 어렴풋하게 느껴지는 짙은 묵향 역시, 이건의 체향과 어우러져 태영의 가슴을 톡톡 두드렸다.

'큰일 났네.'

태영은 샤워 가운 하나만 두른 채 그녀를 가만히 내려다보고 있는 이건을 발견하고선 침을 꼴깍 삼켰다.

나, 버틸 수 있을까?

뚝.

뚝.

이건이 열어 놓은 욕실 안에서 새어 나온 뿌연 수증기가 사랑채 안을 가득 채운다. 머리를 채 말리지 않았는지, 이건의 머리카락에서 사랑채 바닥으로 떨어지는 물방울을 응시하던 태영은 인상을 썼다.

"선생님."

"장이건."

……뭐든.

"물 떨어져요."

적어도 이곳에서만큼은 제게 이름을 불리고 싶었던 걸까.

태영은 그녀의 부름에 자신의 이름으로 답하는 이건을 보며 픽 웃음을 흘리려다 중얼거렸다. 이건은 옅은 갈색 눈으로 바닥을 적시고 있는 물방울들을 쳐다보고 있는 태영에게 성큼성큼 다가왔다. 갑작스러운 그의 접근에 태영의 눈이 휘둥그레졌다.

"은태영."

"왜, 왜요!"

분명 그를 유혹한 것은 자신이건만, 이건의 행동 하나하나에 소스라치게 놀라는 것은 또 무엇인지. 저조차도 아직 자신의 마음을 정립하지 못했다는 것이 첫 번째 이유겠지만, 이건의 입에 먼저 입술까지 가져다 댄 사람치고는 꽤 수줍은 태도다.

스스로도 이해되지 않는 자신의 태도에 당황하고 있을 사이 갑자기 다가온 이건은 헤어드라이기를 태영에게 내밀었다.

"말려 줄래?"

"예?"

"말려 줘."

다짜고짜 요구하는 그를 멀뚱히 바라보던 태영은 얼떨결에 그에게서 헤어드라이기를 받아 들었다.

두근두근.

눈치 없는 심장은 여전히 뛰고 있었고, 손에 쥔 헤어드라이기가 요란하게 흔들렸다. 사소한 행동이었음에도 불구하고 제게 모든 것을 맡긴 것 같아 왠지 기쁘기도 했지만, 이상하게 떨리는 마음이 더 컸다.

'코, 콘센트가······.'

귀가 붉어지는 것을 느끼며 주변의 콘센트를 찾던 태영은 겨우 전원을 꽂은 뒤 빙긋 웃고 있는 이건을 응시했다.

"여기······ 앉으세요."

말없이 저를 바라보고 있는 그의 모습이 대형견을 보는 듯하여 숨이 막혀 왔으나, 태영은 가까스로 목소리를 내뱉으며 그의 자리를 지적해 줬다. 이건이 웃으며 그녀의 코앞에 양반다리를 하고 앉았다.

'······.'

위이이잉.

아무렇지도 않게 제 앞에 자리를 잡은 그의 뒤편에 섰다. 그러자 이건에게서 풍기는 먹 냄새가 더욱 짙게 느껴진다.

'아니······.'

이건 먹이라기보다는 비 냄새려나.

코끝으로 스며드는 체취가 과연 어디서 비롯되었는지 구분되지 않는다. 태영은 들고 있는 헤어드라이기로 그의 머리카락 곳곳을 헤집었다. 그녀의 기다란 손가락 사이를 파고들며 부드럽게 아래로 떨어지는 이건의 검은 머리카락이 시야로 들어온다. 태영은 아무 말도 하지 않는 이건의 곧은 목을 내려다보고선 중얼거렸다.

"장이건 씨."

위이잉.

여전히 헤어드라이기를 켠 상태였던 태영은 시끄러운 와중에도 이건을 향해 말을 멈추지 않았다.

"나, 내기에서 진 거 아니에요."

"알아."

"먼저 져 버린 건 당신이야."

"그래, 너 안 졌어."

"안 졌다고."

"응."

"무슨 일…… 있었어요?"

위이이잉.

아직 전원을 끄지 않은 헤어드라이기가 요란한 소리를 냈다. 태영의 퉁명스러운 말에도 즉각적으로 답을 하던 이건이 입을 다물었다. 제 전부를 드러내지는 않았지만, 살짝 떨렸던 그의 어깨의 움직임을 감지했다.

'확실히 무슨 일이 있었네.'

이렇게 동요하는 그의 모습을 보자니 저도 모르게 미간이 좁아졌다. 이건은 그녀의 물음에도 불구하고 소리 한 번 내지 않은 채, 말없이 젖은 머리카락을 말리고 있는 태영의 행동을 내버려 두고 있었다.

'나 진짜 어떡하냐.'

태영은 쓰게 웃었다.

넌 진짜 이 남자한테 약하구나.

왜 이 사람을 내버려 두지 못할까. 태영은 '별거 아니야.' 하고 중얼거리고 있는 그를 한참 동안 응시하다, 결국 들고 있던 헤어 드라이기의 전원을 껐다.

"다 말……!"

이건이 머리카락을 말리다 말고 행동을 멈추어 버리는 태영을 향해 고개를 돌리려다 눈을 크게 떴다. 태영은 코끝에서 느껴지는 그의 숨결에 한숨을 푹 내쉬며 중얼거렸다.

"가만히 있어요."

기다란 팔로 그의 목을 와락 끌어안아 버리자 이건의 쿵쿵 뛰는 심장 소리가 느껴진다. 태영은 '가만히 있어.' 하고 나지막하게 내뱉은 뒤, 호흡을 골랐다. 불안하게 뜀박질하던 그의 심장이 저를 안고 한참이나 움직이지 않는 태영의 행동에 차츰 안정을 되찾는 것이 느껴졌다. 태영은 그의 심박 수가 고요해지자 말했다.

"우리 재영이가 그랬어. 정말 죽을 것같이 아픈 사람이 보이면 안아 주라고. 아픔은, 누군가와 나눌수록 적어진다고."

"……똑똑한 친구네."

아무 말 없이 정면을 응시하던 이건이 중얼거렸다. 태영은 흐리게 웃으며 고개를 끄덕였다.

"그럼요. 누구 동생인데."

"태영아."

예전엔 그가 이름을 불러 준 경우가 극히 드물었다. 그저 습관처럼 몸을 섞었고, 습관처럼 침대를 뒹굴었다. 그는 마치 무언가를 잊으려는 사람처럼 태영의 몸을 탐했고, 그것에 열중했었으니까. 섹스 도중 '은태영.' 하고 제 이름을 불러 줄 때면 이상할 정도로 기분이 좋아서 저도 모르게 쿡쿡 웃곤 했다.

그러나 1년이 지난 지금.

제 눈을 똑바로 바라보고 자신의 이름을 부르기 위해 입술을 달싹이는 그를 보면 심장이 미친 듯이 뛴다. 태영은 자신의 심장 소리가 그에게 들릴까 싶어 얼른 뒤로 벗어나려 했다.

"……!"

하지만 이건이 조금 더 빨랐다.

획 고개를 돌린 이건은 태영의 손을 덥석 잡고선 그녀를 응시했다. 빨려 들어갈 것처럼 영롱한 그의 검정 눈동자에서 태영은 벗어나지 못했다. 별이 내려앉은 게 분명한 이건의 동공이 그녀를 삼킬 듯 응시하고 있었다. 태영은 숨을 쉴 수 없었다.

"널 안고 싶어."

결국 도화선을 당긴 것은 그였다.

태영이 먼저 손을 뻗었지만 잠시 주춤하는 사이 욕망을 숨기지 않고 그가 말했다. 심장이 쿵쾅거렸다. 분명 그렇게 되리라고 생각하고 있기는 했지만, 상상이 현실이 되니 쉽게 대응을 할 수가 없다.

'좋아.'

그러다 겨우 안정을 되찾은 태영은 곧은 눈을 그에게 꽂으며 붉은 입술을 달싹였다.

"알겠어. 대신 이것만은 똑똑히 기억하고 있어요."

태영은 갈색 눈을 부라렸다.

"이번엔 당신이 날 안아 주는 게 아니라, 내가 내 자의로 당신을 품어 주는 거야. 다른 의도 없이 그냥. 비도 오고, 마음도 적적하고, 흘딱 젖은 당신을 보니 이상하게 품어 주고 싶은 욕망에 치달아서 나랑 자 보자고 제안한 거라고요."

"……."

"그러니 오늘 하룻밤을 나와 함께 보낸다고 해서, 내가 순순히 당신 여자가 된 거라 착각하면 곤란해."

"아니……라고?"

이건의 눈동자가 흔들린다. 태영의 차갑고 냉랭한 말에 동요한 것이다. 가슴이 조금 시려 왔지만 태영은 대신 피식 웃음을 흘렸다.

"당신, 생각보다 순진하네."

태영은 짙은 미소를 그리며 속삭였다.

"같이 잔다고 해서 다 연인이 되는 게 아니라는 것 정도는 당신이 더 잘 알고 있잖아요. 안 그래?"

믿을 수 없다.

그가 뱉어 내는 사랑의 고백도.

저를 향한 뜨거운 눈빛도.

자신을 원한다는 간절한 표현도.

어느 것 하나 믿지 못하겠다.

하지만 그럼에도 불구하고 그를 향한 끌림을 멈출 수 없다. 그렇게 멈추라고, 또 멈추라고 애원해 봐도 그에게 끌려가는 이 빌어먹을 시선을. 손을 뻗게 되는 반사적인 행동을. 다시 한 번 그와 살을 맞대고 싶다는, 끓어오르는 욕망을.

그래서, 그것을 해소하려는 거야.

태영은 끊임없이 스스로에게 되뇌고 또 되뇌었다. 여차할 경우, 도망쳐도 된다는 변명거리를 만들기 위해.

"……그렇군."

그녀의 냉정한 말에 한동안 말을 잇지 않던 이건이 중얼거렸다. 태영은 후우, 숨을 내쉰 뒤 입고 있던 셔츠를 벗기 위해 손을 들어 올리려 했다.

"흡!"

하지만 그런 그녀의 탈의는 갑자기 제 손목을 움켜쥐고선 입술을 들이미는 이건의 돌발적인 행동으로 인해 멈춰졌다.

'아.'

말랑하고 뜨거운 무언가가 거칠게 입안을 비집고 들어왔다. 고른 치아를 헤집고, 웅크린 태영의 혀를 찾아 강하게 휘감았다. 태영은 순식간에 제 입안을 장악해 버린 이건을 느끼며 눈꺼풀을 파르르 떨었다. 그의 숨결이 사고를 이어 나갈 수 없을 정도로 아찔하게 스며들었다.

떼어 내야 하는데.

이렇게 리드를 당할 수는 없는데.

안…… 되는데.

다가오는 혀를 밀어내고, 또 밀어내 보았지만 작정을 한 듯한 그를 저지할 수는 없었다.

'제길.'

하는 수 없이 어울려 주기로 했다. 태영은 그가 자신을 깊게 빨아 당기기 전에 몸을 움직였다.

"……!"

갑자기 그의 허벅지 위로 올라간 태영이 자신의 두 뺨을 감싸자, 이건이 내리깔았던 눈꺼풀을 위로 올렸다. 태영은 흥, 하고 속으로 코웃음을 흘리며 그보다 높은 눈높이에서 이건의 입안을 파고들었다. 한동안 태영의 안쪽을 뒤흔들던 이건이 당황한 기색을 보였다.

태영은 멈추지 않았다.

진원지가 불분명한 타액이 입안에서 섞이기 시작했다. 태영은 그의 가지런한 치열을 훑으며 벌어진 틈으로 더욱더 전진했다. 방금 전까지 그녀의 입안을 침범하던 그의 혀가 제 혀끝에 닿자, 태영은 망설이지 않았다. 그의 혀를 옭아매고, 현기증이 일 정도로 강하게 빨아 당기며 그의 모든 것을 취하려 했다.

"하아."

그의 안쪽을 농락하던 태영이 번들거리는 입술을 떼어 내자 이건이 그녀를 올려다봤다.

"그러다."

지지 않겠다는 듯, 그에게 진한 키스를 퍼부은 뒤 가쁘게 숨을 몰아쉬고 있던 태영은 입술을 닦던 이건의 말에 멈칫했다. 이건은 말을 이었다.

"그러다…… 좋아지면?"

방금 뜨거운 키스를 끝낸 사람임에도 흔들림 하나 없는 곧은 눈으로 그가 말했다. 여전히 그의 허벅지 위에 올라타 있던 태영이 고개를 아래로 내려 그를 응시했다. 이건은 흐리게 웃었다.

"충동적으로 나를 안고, 또 안다가…… 그러다 내 몸이 좋아진 은태영이, 장이건 자체도 좋아하게 되면? 그렇게 되면 우리 둘 사이는 조금 바뀌게 되는 건가?"

태영은 냉랭하게 대꾸했다.

"그럴 리는 없을 거야. 나, 당신이 생각하는 것보다 더 당신 싫어하거든. 밉거든요."

"그래도 만약이라는 게 있잖아."

"……."

"태영아."

이건이 그녀의 허리에 팔을 두르며 시선을 올렸다. 두근두근. 심장의 박동 소리가 거칠어진다. 위험해. 틀림없이 이 상황이 위험하다는 것을 알고 있음에도 불구하고 태영은 그를 밀어내지 못했다.

"만약에 은태영이 나를 벗어날 수 없게 되면? 내가 계속 좋아지면?"

"……."

"그럼 그때도 은태영은, 나랑 함께 있어 줄 거야?"

'함께'라는 그 단어가 왠지 모르게 시리다.

어쩐지 간절해 보이기도 하는 그를 말없이 내려다보던 태영은 쳇, 하고 입술을 삐죽이더니 다시 그의 도톰한 입술 위로 제 입술을 가져다 대며 속삭였다.

"당신 하는 거 보고."

"큽."

태영이 굵은 기둥을 붙잡고 고개를 아래로 숙여 끝을 자극하자 이건이 얕은 신음을 터트렸다. 이건의 아래에서 그를 자극하던 태영은 그의 숨소리에 고개를 들었다. 아래에서 올려다보는 이건의 모습은 조금 색다르다. 어떻게든 신음을 흘리지 않기 위해 입을 다물며, 미간을 좁히는 그의 모습은 충분히 야릇했다.

태영은 어떻게든 절제를 하려 하지만 꼿꼿하게 솟은 제 남성을 자제하지 못하는 이건을 보며 속으로 웃었다.

"……후."

기다랗고 뜨거운 태영의 혀가 제 기둥을 쓸 때마다 이건의 눈썹이 거친 파도처럼 꿈틀거리는 게 보였다. 조금만 더……. 아주 조금만 더, 그의 얼굴이 짙은 홍분으로 가득 물드는 모습이 보고 싶어졌다.

한참이나 그의 남성을 잡고 있던 손을 스륵 놓은 태영은 살짝 고개를 뒤로 뺐다. 이건이 물러나는 그녀의 행동에 놀라 고개를 아래로 내리자 태영은 슬며시 입꼬리를 올렸다. 그러고는 입을 크게 벌려 길게 솟은 남성을 머금었다.

"읏!"

조금만 건드려도 금세 터질 것처럼 부풀어 오른 그의 남성이 태영의 안에서 요동쳤다. 이건이 얼굴을 일그러트리며 신음 소리를 냈다. 태영은 자신의 딱딱한 치아가 그의 것을 긁지 않도록 주의하며 남성을 힘껏 빨아 당겼다 다시 핥기를 반복했다.

그녀의 혀끝이 제 안에 들어선 그의 기둥에 닿고, 움직이는 그것을 옭아매며 조여 갔다. 붉은 기둥이 목구멍에 닿았다 떨어졌고, 처음엔 고르기만 했던 이건의 숨소리는 시간이 흐를수록 점점 더 가빠지고 있었다.

하아, 흐.

신음을 내지 않기 위해 노력하던 그가 고개를 앞뒤로 움직이며 제 것을 부풀리는 태영으로 인해 눈을 내리깔았다. 태영은 이건이 자신의 모든 것을 분출하기를 바라며 혀끝을 움직였다.

제 안에서 그가 무너져 내리는 것을 보고 싶다. 일을 저지른 뒤 어쩔 줄 몰라 하는 그가 보고 싶어 미칠 지경이다. 그녀가 자극하면 자극할수록 흥분하는 것이 분명한 그의 남성이 부풀고 또 부풀었다.

"태······영아."

더 이상 못 견디겠다는 듯 그가 태영의 머리를 제게서 떼어 내려 손을 뻗었지만, 그녀는 얼굴을 뒤로 빼는 대신 그의 손목을 덥석 잡았다. 그러고는 감히 그가 자신을 밀지 못하게 힘껏 빨아 당기며 이건을 흔드는 것을 멈추지 않았다.

"······!"

자제하고, 또 자제하던 이건의 한계가 극에 달한 것은 얼마 뒤였다. 태영은 입안을 가득 채우는 액체에 놀라 고개를 들었다. 이건이 황급히 고개를 숙여 그녀의 입을 벌리게 하려 했지만, 그전에 태영이 그것을 삼키는 행위가 먼저였다.

"······너."

"후우."

그녀의 행동에 당황한 이건이 미간을 좁히자, 태영은 짧게 호흡을 고른 후 손등으로 입을 닦았다.

"이제 날 만족시켜 봐요."

도발에 가까운 그녀의 말에 이건이 주저앉은 그녀를 순식간에 일으켜 세웠다.

"하아!"

붉은 입술 사이로 뜨거운 숨이 터져 나온다. 온몸이 어찌나 달아오르는지, 잠시도 가만히 있지를 못할 정도였다.

"흐으! 읏!"

가쁘게 오르내리는 언덕 위에는 핑크빛 돌기가 예민하게 솟아 있었다. 태영은 그 돌기를 주저 없이 지분거리던 그의 손길에 전신을 부르르 떨었다. 겨우 돌기를 매만질 뿐이건만 혈관을 흐르던 피가 솟구치는 느낌이다. 태영은 간질거리는 허리를 아래위로 튕겼다.

"핫, 으읍!"

커다란 손으로 양쪽의 가슴을 움켜쥐고 마구 주물럭거리던 그가 고개를 숙였다. 뜨거운 숨결이 돌기를 자극하자 짜릿한 전율이 흘렀다. 이윽고 민감하게 모습을 드러낸 돌기 위에 혀끝을 가져다 대는 그로 인해 참고 있던 신음이 터져 나왔다. 태영은 다리를 뒤틀었다.

"하윽, 하아⋯⋯."

정열적인 그의 입안으로 빨려 들어간 태영의 가슴이 들썩인다. 말랑한 혀로 가슴 위 돌기 주변을 돌며 끊임없이 자극하던 그가 한참이나 물고 있던 언덕에서 내려와 점점 더 아래로 위치를 옮겨

갔다.

기다란 혀끝이 배꼽을 지나, 허벅지 사이의 은밀한 공간에 닿았다.

"흡!"

더는 참기 힘든 감정이 전신을 휘감았다. 견디기가 어려웠다. 미끄러지듯 아래로 내려온 부드러운 혀가 촉촉하게 젖은 그녀의 여성을 끊임없이 자극하고 있었다.

강한 전율이 일었다. 태영은 저도 모르게 벌어진 자신의 두 다리 사이에 얼굴을 파묻고 있는 그의 머리 위로 손을 뻗었다.

하으.

풍성하고도 부드러운 머리카락이 손가락 사이로 흘러넘친다.

목덜미에서 쇄골로, 쇄골에서 가슴골로, 그리고 지금, 비밀스러운 입구까지. 멈추지 않고 내려온 그가 강하게 그녀의 꿀물을 빨아 당기자 태영은 더 이상 호흡을 제대로 쉴 수 없음을 알아차렸다.

"그, 그만……."

아찔했다. 현기증이 일 만큼 전신이 달아올라 견딜 수가 없었다. 태영은 그의 머리를 강하게 움켜쥐며 계속해서 혀끝을 놀리고 있는 그에게 애원했다.

이제 그만.

그만, 애태우라고.

그러자 모든 행동을 멈추고 슬며시 얼굴을 든 이건이 그녀를 쳐다봤다.

"정말······."

"흐으응."

"정말 여기서 멈춰야 하나?"

진지하게 묻는 건지, 아니면 짓궂은 건지.

그만이라는 말 뒤에 따라올 말이 무엇인지 잘 알고 있으면서 오히려 되묻는 그의 검은 눈동자만으로는 태영은 속내를 파악할 수 없었다.

멈추기는.

'그럼 곤란해.'

갑자기 끊어진 열기에 인상을 찌푸리던 태영은 결국 누워 있던 몸을 일으키며, 슬며시 뒤로 물러나려 하는 이건의 어깨를 붙잡았다. 이건이 행동을 멈추고 자신을 바라보자 미간을 찌푸리던 그녀는 곧게 선 그의 남성을 내려다봤다.

"······!"

저를 놀리는 것이 분명한 그를 가늘게 뜬 눈으로 응시하던 태영은 거침없이 아래로 손을 내렸다. 이윽고 그녀는 위로 곧게 선 그의 남성을 움켜쥔 뒤, 안으로 들어오기 좋게 흠뻑 젖어 있는 제 안

쪽으로 그것을 밀어 넣었다.

"하아……."

기다렸다는 듯 그를 받아들인 여성이 가쁜 숨을 흘렸다. 더욱더 깊은 곳으로 그를 끌어당기기 위해 태영은 몸을 들썩이기 시작했다.

그의 허벅지 위에 걸터앉자, 엉덩이의 살결이 그의 몸을 스치는 게 느껴진다. 하지만 태영은 아래위로 움직이는 것을 멈추지 않았다.

살갗이 퍽퍽 부딪쳤다. 또렷했던 그의 숨결이 점차 흐려졌고, 눈앞에서 번져 갔다. 그리고 그와 동시에 태영이 내쉬는 호흡과 그가 뱉어 내는 호흡이 뒤섞인다.

태영은 멈추지 않았다.

조금 더.

아니, 조금 더 많이, 그를 받아들이기를 원하며.

계속해서.

"하아…… 흐으, 으읏!"

안쪽에서 요동치던 그의 남성이 태영의 내벽을 긁어 댔기에, 끊임없이 숨소리가 터져 나왔다.

모자라.

눈앞의 남자를 삼키고, 헤집고, 다시 삼켜도 도통 끊이질 않는 이 갈증은 해소될 기미가 보이지 않았다. 태영은 그의 이마에 송골송골 맺혀 있던 땀이 주르륵 흘러내리는 것을 발견하고 혀끝을 내밀었다.

짜.

태영은 혀끝을 감도는 그 맛을 잊지 못했다.

"하아, 홋, 흐으, 읏!"

그녀의 안쪽까지 깊게 닿았다가 다시금 떨어져 나가는 이건의 남성은 이번엔 그녀의 위가 아닌 아래에서 부풀어 가고 있는 중이다. 앉았다가, 누웠다가, 섰다가 또 눕기를 반복하던 섹스는 절정에 가까워진다.

나올 것 같아. 해도 돼요. 괜찮겠어? 얼마든지. 입을 열어 그러한 말들을 나눈 것은 아니었지만 주변을 가득 채우는 신음 소리는 예의 의미를 모두 담고 있었다.

"하읏!"

취해 갔다.

태영은 도저히 빠져나올 수 없는 그라는 남자에게, 그라는 세상에, 그의 모든 것에 빨려 들어가고 있었다.

정신없이.

❖

짹짹.

정신이 든 것은 아침을 밝히는 새 울음소리 덕분이었다.

헉, 하고 몸을 일으킨 태영은 어느새 열린 창문 사이로 환하게 내리쬐고 있는 햇빛을 발견하고선 창백하게 질렸다.

어쩌지.

'망했어.'

최대한 버티려 했다. 정말 있는 힘껏 버티려 했었는데…….

'사고 쳐 버렸네.'

내기에 진 사람은 틀림없이 이건 쪽이었건만, 왠지 모르게 졌다는 느낌을 감출 수 없다. 태영은 길게 한숨을 내쉬며 고개를 아래로 내렸다. 몸 곳곳에 남아 있는 간밤의 흔적들이 노골적일 만큼 예민한 부위에도 새겨져 있다. 괜히 얼굴이 붉어져 태영은 시야로 들어온 이불을 목 끝까지 끌어당겼다.

밤새도록 그와 몸을 섞었다. 거의 습관처럼 행하던 1년 전의 섹스와는 다르게, 이건은 그녀의 머리끝부터 발끝까지 하나하나 세밀하게 입을 맞추며 속삭였다.

「네 모든 걸 알았으면 좋겠어.」

서늘한 얼굴로 그 말을 뱉어 내는 남자의 말이 왜 그리도 가슴이 떨렸던 건지 모르겠다. 넘어가지 않았다고 스스로에게 외치고 있었지만, 그가 뱉어 내는 말 한 마디 한 마디는 이상할 정도로 크게 가슴을 울렸다. 최대한 태연하게 굴었으나 어쩌면 얼굴이 붉어졌을지도.

태영은 지난밤, 제게 수십 번도 넘게 노골적인 말을 뱉어 내던 그를 떠올리며 흥, 콧방귀를 뀌었다.

그 남자는 대체 어쩌고 있을까.

제 얼굴이 이렇게 뜨겁고 달아올라, 마치 익어 버리기 일보 직전인데. 그는 대체 어떤 모습으로 잠을 자고 있을까.

눈을 뜬 이래 의식적으로 고개를 돌리지 않았다. 그랬기에 슬며시 그녀의 베개 옆쪽을 응시하는 태영의 반응이 조심스럽다. 태영은 침을 꼴깍 삼켜 가면서까지 천천히 얼굴을 돌렸다.

'어?'

그러나 그런 그녀의 시선 끝에는 누군가 잠을 잤던 흔적만이 남아 있는 커다란 베개 하나만이 덩그러니 놓여 있을 뿐이다. 태영은 이불과 요도 개지 않고 단정히 정리만 해 둔 채, 비어 있는 자리를 발견하고선 멍한 표정을 지었다.

설마.

설마, 설마!

불안한 마음이 들어 자리에서 벌떡 일어났다. 태영이 지난밤의 격한 몸짓을 짐작할 수 있었던 것은, 바지는 출입문 앞에, 티셔츠는 욕실 문 앞에 던져진 것을 발견했기 때문이다.

다급해진 그녀는 아무렇게나 널브러져 있는 옷을 주섬주섬 챙겨 들어 입었다. 속옷에서부터 겉옷까지.

똑똑.

이제 막 바지를 입고 있던 태영은 웬 노크 소리에 소스라치게 놀라며 고개를 돌렸다.

그일까?

얼른 바지를 올려 문 쪽으로 달려 나간 태영은 달칵 문을 열어 젖혔다.

"좋은 아침입니다, 은 기자님."

시야로 들어온 사람은 다름 아닌 강 실장이었다. 태영이 눈에 띄게 실망한 표정을 지었지만 강 실장은 내색하지 않고 빙그레 웃은 뒤 무언가를 내밀었다.

"이게……?"

"선생님께선 급한 일이 있으셔 새벽에 다시 출타하셨습니다."

"네?"

이 새벽에?

「솔직히 말해요.」

「뭘?」

「대체 무슨 일인데 그래요?」

「태영아.」

「아까 장이건 씨, 진짜 이상했다고요. 전 장이건 씨가 또……!」

「잠깐만.」

「…….」

「곧 네게도 다 말해 줄 테니까, 그냥 잠깐만. 우리 잠깐만 더 이러고 있자.」

그의 품에 안기고, 뜨거운 숨을 흘리고, 다시 두근거리는 심장 박동 소리를 느끼고 있을 때. 태영은 제 가슴을 철렁거리게 만든 이건의 빗속에서의 모습을 떠올리며 물었다. 그녀의 추궁과도 같은 질문에 이건은 쓰게 웃으며 그녀를 끌어안는 것으로 대신했다. 수많은 질문들이 입안을 가득 채웠지만, 태영은 끝내 내뱉지 않았다.

'정말 무슨 일이 있는 건가.'

왠지 걱정됐다. 뭉게뭉게 피어오른 걱정의 구름은 태영의 작은 머리를 모두 채우고도 남았다.

"은 기자님?"

"네?"

"전화 오는데요."

"……!"

자신이 핸드폰을 쥐고 있다는 것도 망각할 만큼, 그 남자에 대한 염려가 가득해지던 순간. 태영은 저를 부르는 강 실장의 말에 겨우 정신을 차렸다. 깜짝 놀라 하마터면 들고 있던 핸드폰을 떨어뜨릴 뻔했지만, 다행스럽게도 그러지는 않았다.

태영은 '장이건'이란 세 글자가 액정에 찍혀 있는 것을 발견하고선 눈을 크게 떴다. 말라 버린 목구멍 사이로 침이 넘어갔다.

"여보……세요?"

— 나야.

두 음절.

단순한 두 음절이었지만, 그 말을 핸드폰 너머로라도 들으니 이상하게 마음이 안도가 됐다. 괜히 눈물이 핑 돌려는 것을 느꼈지만, 꾹 참았다. 태영은 '그럼.'이란 말을 뱉어 낸 뒤 빙긋 웃으며 사라지는 강 실장의 뒤를 지켜보다, 이어 들려오는 이건의 말에 귀를 기울였다.

— 전화받는 걸 보니, 실장님한테 핸드폰은 받았나 보네. 태영아. 그거 이제 네 핸드폰이야.

"제 거라고요?"

태영은 얼른 손에 쥔 핸드폰을 응시했다.

— 응. 네 거 망가졌잖아.

그건 그랬다. 한 번 망가뜨린 액정을 이곳에선 고칠 수 없어, 걸려 오는 전화도 받지 못했다. 그러다 보니 핸드폰은 방전되었고, 그 때문에 어딘가에 연락을 할 때는 이건의 저택에 달린 무선 전화기를 이용하곤 했었으니까.

— 선물이야.

태영은 아마도 웃고 있을 것이 분명한 이건에게 작게 '고마워요.'라고 답했다.

— 잠은. 잘…… 잤어?

놀랍게도, 장무명 선생의 인터뷰를 하기 위해 처음 이 한옥 저택에 발을 디딘 이후로, 태영은 제일 깊게 잠이 들었다. 그러니 이건이 제 곁에서 사라지는 것도 눈치채지 못했던 거겠지. 태영은 일부러 퉁명스러운 말을 흘렸다.

"아뇨. 하나도 못 잤어요."

— 왜?

"선생…… 장이건 씨가 저를 안 놓아주는 바람에요. 얼마나 못 잤는지, 눈이 아주 퀭하다고요."

— 잘 잤구나?

태영은 아마도 눈앞에 있었다면 부드러운 미소를 흘렸을 그의 목소리에 얼굴을 굳혔다.

— 눈 뜨는 거 보고 나오려 했는데…… 미안해. 동트자마자 급한 연락을 받아서 나와야 했어.

급한…… 연락.

— 혹시 신경 쓰일까 봐 전화했는데, 괜찮은…… 거지?

"네. 괜찮아요. 저 신경 안 썼어요."

썼다.

엄청.

— 아쉬워. 은태영이 눈 뜨는 모습, 보고 싶었는데.

"참나. 장이건 씨. 그렇게 낯간지러운 말도 하는 사람이에요?"

태영은 진심으로 안타까워하는 이건의 말에 풋, 실소를 터뜨렸다. 그러자 그녀를 따라 웃던 이건이 부드러운 음성으로 대꾸했다.

— 그렇게 하기로 했거든. 사람은 표현하지 않으면 모른다더라.

"그건 뭐, 맞는 소리죠."

— 은태영.

"네."

— 그럼 우리 이제…….

응?

— 사귀는 거야?

"누구 마음대로?"

뜸을 들이던 이건의 말을 듣자마자, 태영은 날카롭게 대답했다. '아냐?' 하고 이건이 되물었다. 태영은 당연하다는 얼굴로 고개까지 주억였다.

"아직 아냐. 아니에요. 나 아직 당신 못 믿겠어."

그가 했던 모든 말들. 저를 사랑한다고 했던 말이라든가, 저를 원한다고 했던 말들. 은태영을 알고 싶다는 말이라든가, 은태영과 함께했으면 좋겠다는 말, 모두.

1년 전의 장이건과는 달랐기에 쉽게는 믿기 힘들다.

물론 충동적으로 그를 받아들였고, 그에게 안기고 또 안았지만 아직까지 당신을 믿을 순 없어. 그러니까—

태영은 코웃음을 흘리며 중얼거렸다.

"당신이랑 하는 섹스는 좋아요. 하지만 당신 자체는 좋은지 모르겠어."

거짓말.

만약 예슬이 듣고 있었다면, 삑삑 호루라기를 불어 가며 그녀에게 손가락질했을지도 모르겠다.

'그래도 조금은 지켜봐도 되는 거잖아.'

지난 1년 동안 나도 힘들었으니까.

그를 애태우는 것 정도는…… 해도 되잖아.

태영은 후우, 숨을 고른 뒤 말을 흘렸다.

"일단은 오픈 마인드로 지켜보기로 했어요."

— 오픈 마인드?

"장이건 씨가 나와 속궁합이 잘 맞다는 것을 넘어 연인으로서도 적격한 사람인지, 내가 믿어도 되는 사람인지에 대한 시간이 필요해요."

— ……

"그러니 당신을 조금 더 지켜볼 거예요. 정말 당신이 날 사랑하는지, 좋아하는지, 원하는지 아주 세심하게 관찰할 거라고요."

— 관찰이라.

"그러니까, 지금은 보류 기간."

— 흐음.

"만약 정말로 장이건 씨가 이 은태영을 유혹하고 싶다면, 아마도 정신을 바짝 차리고 있는 게 좋을 거예요. 나 웬만하면 넘어가지 않을 거거든."

네가 그런 말을 할 자격이 있니, 은태영?

머릿속의 또 다른 은태영이 차갑게 일갈하는 태영을 향해 외쳤다.

아이러니한 말이다.

이미 그의 품에 안겼으면서 넘어가지 않을 것이라 선언하다니.

모순이 가득 담긴 제 말에 쓴웃음이 흘러나왔다. 그런 태영의 마음을 아는지 모르는지 '하는 수 없네.' 하고 중얼거리는 이건의 음성이 귀를 두드렸다.

— 은태영을 확실히 유혹하도록 정신 바짝 차리고 있을게.

웃음이 섞인 그의 결의에, 순간 대답할 수 없었다.

— 보고 싶다.

"……!"

— 고작 몇 시간 떨어졌는데…… 그래도 너무 보고 싶다, 은태영.

아무래도 이 남자, 보지 못한 사이에 말의 스킬이 늘은 것이 분명하다. 이 정도 수준이면 연애 초보가 아닌, 장인의 자리에 올라도 모자란 거 아닌가?

태영의 심장을 마구 폭격하는 그의 속삭임에 저도 모르게 '나도요.' 라는 말이 나올 뻔하려다 말았다.

태영은 두근거림을 멈추지 못했다.

지금으로부터 3년 전, 유단 건설 그룹을 뒤흔들어 버리는 일이 일어났다.

병마로 인해 잠시 휴식을 취하던 유단의 초대 회장인 장태달 회장의 뒤를 이어 누가 총수 자리에 오를 것인가 하는 집안 다툼이 발생했던 것이다.

치열한 후계 다툼에서 '관망자'의 자세로 있던 이건과는 달리, 총수 자리를 노린 이건의 여동생과 어머니는 차기 총수로 유력하던 이건의 이복형을 미친 듯이 물어뜯었다. 그룹을 차지하기 위해 혈안이 되어 있었던 두 여인들은 물불을 가리지 않았다. 그로 인해 많은 이들이 상처 받았으며, 태산처럼 굳셌던 이건의 이복형 역시 흔들렸다.

하지만 그룹을 집어삼키려던 이건의 여동생 지혜와 어머니 세영이 망각한 것이 있었다.

그것인즉, 진건에게는 훌륭한 조력자가 존재한다는 사실이었다.

진건에게는 등을 기댈 수 있는 작은 기둥이 있었으며, 수세에 몰렸던 진건을 구원할 만큼 그 기둥의 활약들은 용감무쌍했다. 작은 기둥으로 인해 두 여인들은 벼랑 끝으로 향하게 되었으며, 끝내 스스로 굴복하고야 말았다.

결국 치열한 경쟁의 결과, 유단 건설 그룹의 차기 후계자는 진건이 되었다.

그룹 오너 일가의 추잡한 면모가 세상 밖으로 드러나게 된다는 건, 탄탄하게 다져 온 기업의 이미지에도 적지 않은 영향을 미쳤다. 후계 다툼으로 인해 몰락해 가던 유단을 다시 일으키기 위해 새로이 총수 자리에 오른 진건은 노력했다. 그의 작은 기둥의 도움을 받으며, 무던히도.

그로부터 3년이 지난 지금, 유단은 언제 기울었냐는 듯 예전의 명성을 차츰 찾아가고 있었다.

「너 때문이야. 너 때문이라고!」

3년 전 있었던 사건에서 지혜와 세영은 진건에게 처참하게 패배한 뒤 물러날 수밖에 없었다. 그가 총수직을 차지하는 과정에서 이건이 진건을 돕지 않았더라면, 현재 하하 호호 웃고 있을 사람들은 어쩌면 두 여인 쪽이었을지도.

하여 이건이 두 여인들에게 면회를 갈 때면, 그들은 두 눈에 쌍심지를 켜며 달려들었다.

「미안해할 필요는 없다. 너는 네가 하고 싶은 일을 했을 뿐이니까.」

그러나 딱 한 사람. 단 한 사람만은 달랐다.
감정이라고는 느껴지지 않는 고요한 목소리. 체념한 건지, 아니면 애초부터 관심이 없었던 건지. 도통 알 수 없는 표정으로 저를 바라보던 그의 말이 잊히질 않는다.

하고 싶은 일이라.

무덤덤하게 뱉어 낸 그의 말에 속이 쓰렸다.

이건의 아버지이자, 진건의 아버지이기도 한 은석은 이건 못지않은 방관자였다. 그는 집안사람들끼리 물고 뜯는 혈투를 가장 가까이서 지켜보면서도 내내 이렇다 할 반응을 보이지 않았었다.

주가 조작 혐의로 세영이 구속되어 징역 3년을 선고받을 때도, 비자금 조성 및 살인 교사 혐의까지 추가된 지혜가 징역 20년을 선고받을 때도 담담한 표정을 짓고 있었다. 그리고 은석 본인이 각종 횡령과 비리 혐의로 몇 번의 재판 끝에 징역 5년을 선고받을 때도 속내를 드러내지 않았다.

집안을 난장판으로 만든 장본인이면서, 미안하다는 말 한 마디 하지 않던 사내는 반항 한 번 없이 감옥을 들어갔다.

사실 세세히 따지고 보면 이 모든 일의 시작은 은석으로부터 시작되었지만, 그는 자신이 행한 일로 발생한 모든 일에 책임을 질 생각 따윈 없어 보였다.

차라리 그들을 모른 척했다면 어땠을까.

이건은 수십 번 생각했다.

어머니를 만나지 않고, 은석이 제 가정에 충실했더라면.

그랬더라면 상황은 변하지 않았을까?

'쓸데없는 가정이군.'

하지만 이미 모든 일은 일어난 뒤였다.

이건은 '앞으로 면회 올 필요 없다.'고 말하며 싸늘하게 일어나 버리는 은석의 등을, 하염없이 바라봤다.

잊었다.

잊으려 했다.

한때는 그래도 다정했던 아버지는 수년이 지난 지금은 확연히 달라져 있었다. 아니, 어쩌면 그는 처음부터 그런 성격이었던 건지도 모르겠다. 가끔 은석이 진건을 대하는 모습을 보고 의아했던 적이 한두 번이 아니었으니까.

이제야 그의 본 모습을 알게 된 걸까.

이건은 쓸쓸해졌다.

「전 부회장님…… 아버님께 무슨 일이 생긴 것 같아요.」

애써 그의 소식을 무시했다. 귀를 기울이지 않았으며 고개를 돌렸다. 그러던 차에, 전화를 받게 됐다. 이건의 형수, 새벽이 걸어 온 전화였다.

설마하니 새벽의 입에서 은석과 관련된 이야기가 나올 줄은 몰랐다. 그 소식을 듣자마자 이건은 곧장 서울로 올라갔다.

「일단은 엠바고를 걸어 둔 상태라고는 하던데, 언제 터질지는 모르겠어요. 당장 오늘 밤일 수도 있고, 길어지면 내일 아침이 될 수도 있겠죠. 하지만 내일 조간신문으로 보도되는 것은 확실해요. 아버님의⋯⋯ 상태에 대해서.」

부리나케 서울에 도착한 이건을 향해 어두운 표정을 짓던 새벽은 말했다.

은석이 중태에 빠져 있다고.

은석이 유단의 부회장으로 재직하고 있을 때 세영 몰래 만난 30대 후반의 내연녀가, 면회 도중 은석에게 달려든 것이 원인이라고 했다.

당시 은석도 인정한 변호사로 면회를 청한 그녀가 그와 대화하는 척하며 손에 쥐고 있던 면도날로 그의 목을 사정없이 그어 버렸다는 이야기까지 덧붙이며.

웃지도, 그렇다고 울지도 못했다.

아니, 정말 솔직히 말해서는⋯⋯ 조금 우스웠다.

자신의 아버지였으나 그는 정말 이상한 사람이었다. 도통 무슨 생각을 하는지 알 수 없었을뿐더러 20여 년 전, 상간녀인 어머니를 집안으로 들인 걸로도 모자라 다시 새로운 여자를 만들었다.

끊임없이 다른 이들에게 상처를 준 은석이 감옥에서 중태에 빠졌다는 것은 이건의 실소를 자아냈다.

아무 생각도 하기 싫었다.

형님 내외를 만나고 경주로 내려오는 내내, 스스로가 무슨 생각을 하고 있는지 몰랐다.

그저 딱 한 사람.

저를 보고 맑게 웃는 은태영이 보고 싶었다.

자신과의 내기를 은근히 기다리고 있을 그 여자.

갑자기 사라진 자신을 떠올리며 씩씩거릴 것이 분명한 은태영이…… 보고 싶었다.

「강 실장님이세……!」

후드득 떨어지는 비를 맞으며 이건은 태영을 봤다.

자신을 보자마자 얼굴을 일그러트리는 그녀를 보자니, 정신없이 벌렁거리던 마음이 평온을 되찾았다.

「어쩌면 그분이 도련님의 안식처일지도 모르죠.」

부드럽게 웃으며 말하던 형수의 음성이 머리를 맴돌았다. 비를 맞는 자신을 향해 성난 표정을 짓는 그녀가 사랑스러워 견딜 수가 없었으니까. 그를 안쓰러워하면서도, 그것을 티 내지 않기 위해 노력하는 그녀가 예뻤다.

어쩌지 자꾸만 다가가고 싶다.

너를 안고, 네게 입을 맞추고, 네 체온을 느끼고 싶어.

끊임없이, 너를.

나는 너를 원하게 돼.

하지만 그녀에게 쉽게는 손이 뻗어지지 않았다. 그의 근심을 그녀에게까지 넘기고 싶지 않았으니까. 밝은 그녀의 얼굴에 어둠이 드리워지는 것은 막았으면 했다. 먼저 유혹하려 들었으면서 이건은 망설였다.

겁쟁이처럼.

「당신, 나랑 자 볼래요?」

그런 이건을 끌어당긴 사람은 다름 아닌 태영이었다.

주저하는 그의 손을 잡고, 부드러운 입맞춤을 선사했다. 온 힘을 다해 안아 주었으며, 따뜻한 기운을 나누어 줬다.

「끄, 끊어요.」

그래서일까. 못 이기는 척이라도 말해 줄 줄 알았다. 보고 싶다고.

그러나 태영은 말해 주지 않는다. 오히려 퉁명스럽게, 이건이 뭐라고 말할 틈도 없이 전화를 끊어버렸다.

하긴. 쉽게는 넘어오지 않는다 했으니까.

이 정도에서 만족하자.

아주 미세하기는 했지만, 그녀의 음성이 조금은 누그러진 것을 느끼며 이건은 옅은 미소를 지었다.

마음 같아서는 태영이 눈을 뜨고, 하품하는 모습을 지켜보고 싶었다. 그러나 정신없이 울려 대는 핸드폰의 발신자가 누구인지 알아차렸기에 가만히 누워만 있을 순 없었다. 끝내 이건은 동이 트기도 전에 경주를 나섰다. 그리고 몇 시간 동안 정신없이 액셀러레이터를 밟고 달려, 경기도에 위치한 종합병원에 도착했다.

"누구랑 그렇게 통화를 해?"

간질거리는 귀에서 핸드폰을 떼어 낸 뒤, 천천히 고개를 돌리던 이건의 눈동자가 동그래졌다. 이건은 빙긋 웃으며 저를 바라보고 있는 낯익은 얼굴을 발견했다.

검은 슈트를 입고 있는 남자. 그의 형이자, 현 유단 건설 그룹을 이끄는 남자가 이건에게 말을 걸어왔다.

이건은 묵례했다.

"언제 왔어? 새벽이 말로는 9시가 되기 전에 도착했다던데."

그녀의 이름을 부를 때면 유단의 새로운 총수가 부드럽게 미소를 짓는다는 것은 업계에선 모르는 사람이 없을 정도로 유명했다.

여전히 신혼을 만끽하고 있는 그의 형에게 드디어 행복이 자리 잡은 것 같다. 이건은 멋대로 올라가는 입꼬리를 인지하며 빙긋 웃었다.

"정확히는 8시 반에 도착했습니다."

"잠도 제대로 못 잤겠군."

"괜찮습니다. 형님은…… 좀 어떠십니까?"

"나야 뭐, 괜찮아."

진건은 쓰게 웃었지만 그의 마음 역시 개운하지 않다는 것을 잘 알고 있다. 이건은 대꾸하지 않았다.

「미안하다, 이건아. 아무래도…… 올라와야 할 것 같다.」

어젯밤 다시 경주로 돌아온 이건이 진건의 전화를 받자마자 다시 위로 올라온 것은, 바로 그러한 이유 때문이다.

"준비됐어?"

굳은 얼굴로 서 있던 이건을 향해 진건이 물었다. 10시부터 중환자실의 면회가 시작된다. 의식이라곤 없는 사내와 마주하는 것이겠지만, 그 얼굴을 보기 위해 기다린 것이다.

이건은 고개를 끄덕였다. 진건은 냉랭한 얼굴로 드르륵 열리는 중환자실 입구를 응시하며 말을 뱉어 냈다.

"그럼 들어가자."

"강 실장님도 서울로 가신다고요?"

깜짝 놀랐다. 저만 경주를 떠날 줄 알았는데, 갑자기 함께 가겠다며 강 실장이 말을 건넨 것이다. 태영은 물었다. 그러자 강 실장이 부드러운 미소를 그렸다.

"네. 선생님 새 작품 건도 있고, 위쪽에서 문제가 발생한 것 같아서요."

"문제라니요?"

의아해하는 태영에게 강 실장은 대답했다.

"선생님의 완성된 새 작품은 〈월간 묵향〉으로 바로 들고 가겠습니다. 작품을 들고 갈 사람이 제가 될지, 선생님이 될지는 모르겠지만."

"아! 완성이 됐나요? 언제요? 어, 잠깐."

"은 기자님?"

"……무명 선생님 신작, 원래부터 〈월간 묵향〉에 실릴 예정이었습니까?"

가늘게 뜬 눈으로 묻던 태영을 향해 강 실장은 미소로 대신했다.

심장이 철렁 내려앉았다.

끝내 강 실장과 함께 경주를 나선 태영이 서울에 도착한 시각은 오후 4시. 그녀를 〈월간 묵향〉이 사무실이 있는 성북구 안암동에 내려 준 강 실장은 '곧 다시 뵙겠습니다.' 하고 사라졌다. 태영은 그런 그녀의 차가 멀어지는 모습을 말없이 지켜봤다.

온몸이 뻐근했다.

곧바로 집으로 갈까 했지만, 잡지사 역시 그녀의 집이 있는 안암동에 있었으므로 인터뷰와 자료들을 두고 가기로 했다.

태영이 〈월간 묵향〉이 존재하는 5층 빌딩으로 들어가 사무실 문을 열자 종이 냄새가 코끝을 찔렀다.

"이게 누구야! 내가 세상에서 가장 사랑하는 은 기자가 왔네!"

저도 모르게 미간을 좁히던 태영은 저를 발견하고 벌떡 일어나는 중혁을 발견했다. 태영은 하하, 웃으며 그녀에게로 다가오는 중혁을 노려봤다.

"은 기자. 그 서늘한 눈빛은 대체 뭐야. 무서운데."

"무서워하라고 보내는 눈빛이에요. 저, 편집장님한테 악감정 있거든요."

"뭐? 왜?"

몰라서 묻냐.

태영은 흥, 콧방귀를 뀌더니 제자리로 성큼성큼 다가가 짐을 내려놓았다. 중혁은 그런 그녀의 뒤를 졸래졸래 쫓아오더니 '선생이랑 어떻게 됐어?'에서부터 '싸우지는 않았지?', '무명 선생이 뭐라고 하셔? 우리 쪽에 작품 준다고 하시나?', '인터뷰는 어땠니? 마무리 짓고 온 거야?' 등등의 말을 쏟아 냈다.

태영은 그런 그의 말을 한 귀로 듣고, 다른 한 귀로 흘리는 척을 하다 제 옆자리를 발견하고선 멈칫했다. 그러고는 홱 고개를 돌렸다.

"윽!"

"그 녀석, 왔어요?"

갑자기 몸을 돌리는 태영으로 인해 움찔하던 중혁이 아아, 하고 신음을 터뜨렸다. 중혁은 태영의 옆자리에 놓인 사람의 흔적을 흘긋거리며 빙긋 웃었다.

"진작 왔지. 귀국한 지 이틀쯤 됐을걸."

그런데 왜 말을 안 해 줘.

'걱정했겠네.'

물론 예슬에게 미리 말을 해 두기는 했지만, 일주일씩이나 그와 통화 한 번 하지 않았다는 것이 마음에 걸린다. 태영은 빨리 배낭을 정리하고선 집으로 가야겠다는 생각을 했다.

"그럼 내일 뵙겠습니다."

"내일도 출근하려고?"

쉬지 않고 물어 대는 제 말은 신경도 쓰지 않고, 배낭 속에서 녹음기며 메모지를 쑥쑥 꺼내 드는 태영을 가만히 쳐다보고만 있던 중혁이 의아한 목소리를 뱉어 냈다. 태영은 고개를 끄덕였다.

"인터뷰 정리해야죠."

"아아. 그럴 필요 없어."

"예?"

"창간 기념호 준비가 급하기는 하지만…… 우리 은 기자, 일주일 넘게 경주까지 가서 고생했잖아. 그러니 내일 하루는 쉬도록 해. 내가 대충 정리하고 있을 테니, 모레 와서 체크해 주면 고맙겠어."

태영은 웬일로 저를 배려하는 중혁을 말없이 주시했다. 실실 웃으며 그녀를 쳐다보던 중혁은 갑자기 의심스러운 눈빛을 보내는 태영에게 어깨를 으쓱였다. 태영은 결국 픽 실소를 터뜨리더니 '그렇게 할게요.' 하고 답했다.

'조만간 무명 선생 쪽에서 찾아올지도 몰라요.' 라고 짧게 말한 뒤, 사무실을 나섰다. 갑작스러운 태영의 말에 중혁이 '그게 무슨 소리니?' 라 물었지만 태영은 대꾸하지 않았다.

터벅터벅, 기다란 다리를 쭉쭉 뻗던 태영은 갑자기 울리는 핸드폰의 진동에 얼른 그것을 꺼내 들었다. 액정을 내려다보니 '장이건' 이라는 이름의 발신자가 문자를 하나 보내 놓은 것이 보였다.

[은태영.]

태영은 제 이름만 뚝 던져 놓은 그의 문자를 보고 인상을 썼다.

대답, 해야 하는 걸까?

그때 다시 지이잉 핸드폰이 진동했다.

[보고 싶다.]

"윽."

다리의 힘이 쭉 풀린다. '왜요.' 라고 퉁명스럽게 문자를 보내려던 태영은 벌겋게 익은 귀를 확인하고선 길가에 털썩 주저앉았다.

쿵쿵.

심장이 벌렁거렸다.

'미치겠네, 정말……'

네 글자였다.

고작 네 글자에 은태영은 이렇게 감정을 주체할 수 없을 만큼 흔들린다.

'은태영, 이 바보야……'

태연하게 굴라고, 고고하게 굴어서 그가 안달 나게 만들어 버리라고, 수도 없이 머리가 외치고 있음에도 불구하고 배시시 올라가는 입꼬리를 막을 수 없다. 태영은 굽어진 무릎 위로 얼굴을 파묻었다.

'너 진짜 어쩔래……'

고작 네 글자에 미친 듯이 요동치는 마음이라니.

이래서야 그를 제 손에 올려 두고 농락할 수 있을까. 눈앞이 아찔하다. 태영은 이를 꽉 악물며 다시 무릎을 폈다.

겨우 이런 말에 흔들려선 안 돼.

이렇게 순순히 넘어가는 건 아니라고.

절대로 안 된다니까?

"정신 차리자. 정신 차려."

스스로를 향해 되뇌며 태영은 이를 더욱 악물었다. 그러고는 얼른 손가락을 움직여 키패드를 두드렸다.

[안 통합니다.]

통했다.

그냥 통한 것도 아니고, 심장을 관통해 버렸대도 좋을 만큼 적중해 버렸다.

태영은 바보처럼 실실거리는 입가를 억지로 내리며 흥, 콧방귀를 뀌었다.

[참. 당신도 서울이라면서요?]

[응. 볼일이 있어서.]

[무슨 볼일이요?]

[곧 말해 줄게.]

숨기는 것도 많지.

태영은 입술을 삐죽였다. 그는 정말이지 많은 것을 감추는 사람이었다.

만약 내 남자가 된다면, 나에게 숨기는 건 만들지 말라고 할 거다. 사귀는 사이끼리는 아무것도 숨겨서는 안 되니까. 한 가지를 숨기다가는 다른 것들을 숨기게 되고, 그러다가 숨기는 것이 산더미처럼 늘어나게 된다.

그리고 또…….

'미쳤어, 은태영!'

큭큭, 웃으며 장이건 개조 프로젝트의 계획을 세우던 태영은 소스라치게 놀랐다. 순식간에 얼굴이 빨갛게 달아올랐다. 태영은 얼른 미소를 지워 내고는 고개를 휘휘 저으며 중얼거렸다.

"정신 차려. 아직 너, 사귀기로 한 거 아니잖아."

"누구랑 사귀는데?"

"으악!"

등 뒤에서 들려오는 목소리에 발을 들어 올린 것은 순전히 무의식적인 행동이었다. 윽, 하는 신음 소리가 흘러나올 거라 예상했지만 어쩐지 소리를 지른 것은 자신이다. 태영은 제 다리를 덥석 잡고 있는 낯익은 얼굴을 발견하고 눈을 동그랗게 떴다.

"재, 재영이?"

"그래, 나다."

"악!"

"악은 무슨. 은태 이 자식, 너 대체 어디서 뭘 하다가 이제 들어와?"

저보다 머리 하나는 더 큰 재영이 그녀의 목에 헤드록을 걸며 음산한 목소리를 흘렸다. 태영이 그의 등을 탁탁 쳤지만, 재영은 놓아줄 생각을 않았다. 태영은 오랜만에 보는 쌍둥이 동생의 과격한 애정에 한동안 붙잡혀 있어야 했다.

"마셔."

"땡큐."

두 사람이 지내고 있는 투룸에 들어오자마자 재영은 그녀에게 일본에서 사 왔다며 따뜻한 녹차를 타 주었다. 태영은 빙긋 웃으며 그에게 미소 지었다.

김이 모락모락 피어나는 찻잔에 입술을 대기가 무섭게, 달콤한 녹차 향이 강하게 스며든다. 자신이 일본 녹차를 좋아한다는 것을 안 재영이, 답지 않게 일부러 구매해 온 것이 분명하다. 왠지 미소가 그려졌다.

"맛있냐?"

"응."

"흥."

태영은 코웃음을 치는 재영을 흘끔거렸다.

어머니의 배 속에서부터 함께해 온 태영의 동반자이자 분신. 저와 비슷한 것 같지만, 또 많이 다른 재영은 어느새 고개를 들어야지만 시선을 마주할 수 있다. 태영도 분명 작은 키는 아니건만, 재영은 그녀보다 더했다.

'그 사람이랑…… 비슷하려나?'

태영은 속으로 웃었다.

제 주변에는 남자가 많이 없다. 인사를 하며 알고 지내는 남자들은 그녀가 몸담고 있는 잡지사의 식구들이나, 인사를 드리는 서예가들, 거래처들, 재영, 그리고…… 그 사람.

　재영과 '그 사람'은 그런 남자들 중에서도 태영보다 큰 키를 지닌 몇 안 되는 사람들이었다.

　태영은 재영을 흘긋거리며 그와의 키를 어림짐작해 보았다.

　"뭘 봐. 이 오빠가 그렇게 멋지냐."

　"윽. 토할 것 같아."

　"이 자식이 진짜. 그리고 야, 은태."

　"뭐."

　"너 인마, 내가 얼마나 걱정했는지 알아?"

　어쩐지 말을 하지 않는다 했다. 태영은 드디어 기다리던 말이 흘러나오자 긴장했다. 재영은 서늘한 눈을 빛내며 으르렁거렸다.

　"한국 오자마자 있어야 할 녀석이 없어서 얼마나 철렁했는지. 이 오빠가 뭐랬냐. 가면 간다, 오면 온다! 이런 건 확실히 말하랬지?"

　"지는."

　"이 자식이 오빠한테!"

　"가만히 두고 보니까, 자식이 선을 너무 넘는 거 아냐? 내가 누나거든?"

　"나보다 작은 게 무슨 누나라고. 원래 키 큰 사람이 손위가 되는 거야."

뭐라는 건지.

태영은 제게 손가락을 뻗더니, 이마를 통 튕기는 재영을 보고 얼굴을 찌푸렸다.

대꾸할까 하다가, 서른 살이 넘는 남매가 나누는 대화라기엔 너무도 유치해서 그저 흥 콧방귀만 뀌고 말았다. 재영 역시 곧 흥미를 잃었는지, '예슬이 그 자식이 말 안 했으면 내가 경주 직접 내려가려 했다.'고 중얼거렸다. 태영은 옅게 웃었다.

"무명 선생님 인터뷰는? 마무리 지었어?"

무명 선생의 인터뷰 건은, 〈월간 묵향〉에서 일하는 기자들이라면 모두가 촉각을 세우는 일이었다. 재영 역시 내심 궁금했던 거겠지.

여러 가지 일이 있기는 했지만 태영은 대답 대신 검지와 중지를 들어 올려 V 자를 만드는 것으로 대신했다. 재영은 잘했다는 듯 그녀의 머리를 슥슥, 쓰다듬어 주었다.

『다음 뉴스입니다.』

재영이 틀어 놓은 TV 화면에는 9시 뉴스가 흘러나오고 있었다.

'벌써 9시인가.'

그러고 보니 그 남자에게 다시 문자를 보내지 않았는데.

갑작스러운 재영의 등장으로 인해, 태영은 전송 버튼을 누르려다 말고 얼른 핸드폰을 주머니 속으로 숨겼었다. 태영은 무심하게 TV를 응시하고 있는 재영을 흘긋거리다 슬며시 자리에서 일어나려 했다.

"은태."

"응?"

"저거 봐."

"뭔데 그래?"

어느새 굳어진 재영의 얼굴이 예사롭지 않다. 태영은 슬며시 고개를 돌려 TV를 응시했다.

『……숨겨 온 면도칼로 장 전 부회장의 목을 그어 버린 A 씨는 놀랍게도 장 전 부회장의 내연녀로 알려졌습니다. 두 남녀의 치정극이 면회 도중 일어나 버린 건데요, 그로 인해 장 전 부회장은 생명이 위독한 상태라고 합니다. 자세한 소식, 이성태 기자가…….』

여자 앵커의 오른쪽 상단 부분에 쓰인 글귀는 다음과 같았다.

[유단 그룹 전 부회장, 중태!]

두근.

태영의 눈동자가 차갑게 내려앉았다.

"유단…… 유단이라."

재영이 그녀를 바라봤다.

"은태. 저거 그 집 아니냐? 그 망할 집안?"

255

태영은 대답하지 못했다.

「웃기네.」

소름 끼칠 정도로 차가운 목소리가 온몸을 스쳤다.

「범 무서운 줄 모르는 하룻강아지야. 인생 선배로서 내가 경고 하나 할게. 건드릴 수 없는 사람은 건드리는 게 아니야. 발악하려다, 오히려 짓밟힐 수가 있거든.」

태영은 이를 악물었다. 잊어도, 잊으려고 애써도 잊히질 않는 음성이 머리를 장악한다.

「그러니 조용히 네 한 몸만 건사하고 있어. 아니, 네 동생까지 두 몸 인가? 일단은 너부터 살아야 할 거 아니니? 그래야 나한테 복수건 뭐건 할 거 아냐. 아, 물론 네까짓 게 복수를 할 수 있다면 말이지. 호호호!」

앙칼지고 날카로운 목소리가 심장을 파고든다. 잊어야 한다. 지워 내야 했다. 게워 내야 했다. 벌써 십여 년도 지난 일인데, 어째서 아직도 이렇게 눈앞에 펼쳐지듯 생생한 걸까.

태영이 그 자리에서 굳어 버린 것처럼 벌벌 떨자, 재영이 자리에서 일어났다.

"은태."

"……."

"은태영!"

태영은 고개를 들었다. 그러자 저를 부르는 재영이 보인다. 태영이 하얗게 질린 얼굴에 애써 미소를 걸자 재영은 미간을 좁히며 한참 동안 그녀를 바라보더니, 와락 끌어안았다.

'…….'

정신없이 쿵쿵거리던 태영의 심장이 재영의 포옹으로 인해 안정을 되찾는다.

"예전 일이야."

알아.

"다신 반복되지 않아."

알아.

"젠장."

태영은 나지막한 욕설에 흐리게 웃었다.

"안타깝게 중태네. 찔리는 김에 아예 그냥 죽어 버렸으면 좋을 텐데. 저 남자도. 저 남자 부인도. 전부. 저 집안은 이 세상에서 사라져야 해."

태영은 서늘하게 중얼거리는 재영의 말을 들으며 대꾸하지 않았다.

　겨우 잊고 있던 과거의 일이 떠올라 가슴이 욱신거렸다.

5. 도화선(導火線)

"흐음."

태영은 굳은 얼굴로 침대 옆 테이블 위에 올려 두었던 핸드폰을 들여다보고 있었다.

벌써 며칠째지?

어느 순간부터 시간을 재는 것을 잊어버렸다.

하루, 이틀, 사흘, 나흘. 그리고 지금까지.

그 남자가 강 실상을 시켜 띠맡기고 간 핸드폰은 도통 울릴 생각을 하지 않는다.

지이잉!

출근 시간이 다가옴에도 불구하고 침대에 드러누워 핸드폰이 놓여 있는 테이블만 주시하던 태영의 눈동자가 큼지막해졌다. 현재 시각, 오전 7시 반. 엎드려 누워 턱까지 괸 채 핸드폰 쪽을 노려보던 태영이 벌떡 일어났다.

"윽!"

아야.

진동 소리에 어찌나 놀랐는지, 있는 힘껏 테이블 쪽으로 다가가려다 그만 침대에서 떨어졌다. 엉덩이를 딱딱한 땅바닥에 찧은 태영은 얼굴을 찌푸리며 신음을 흘리면서도, 길게 손을 뻗어 핸드폰을 낚아채는 것을 멈추지 않았다. 행여나 전화가 끊어질까 노심초사하던 태영은 얼른 통화 버튼을 눌렀다.

"은태영입니다!"

— 어? 안 자고 있었네?

"아…….. 예슬이냐."

새 핸드폰을 받은 지 얼마 되지 않았기에 당연히 전화를 걸 만한 사람은 그뿐이라 생각했다. 태영은 헛웃음을 삼켰다.

어제 오전, 연락처가 바뀌었다고 지인들에게 메시지를 보냈던 것이 떠올랐다.

— 뭐야, 은태영. 내 전화가 반갑지 않니?

눈에 띄게 실망한 태영의 반응에 예슬이 심기가 불편하다는 듯 물었다. 하하 웃으며 손을 내젓기는 했으나, 실은 실망스러웠다.

태영의 친구 예슬은 이른 아침부터 그녀에게 전화를 걸 위인도 아니었거니와 태영은 기다리던 전화가 있었으니까.

"웬일이야?"

— 웬일이긴! 너 서울 올라온 거 뻔히 아는데 연락처 바뀌었다는 문자 말고는 통 연락 없으니 먼저 연락한 거 아냐, 이 자식아!

"……내가 너한테 다시 연락 안 했어?"

— 허허, 이것이 요즘 진짜 정신이 없긴 없나 보구나?

태영은 대답하지 않았다. 예슬은 콧방귀를 뀌며 외쳤다.

— 안 했어. 단 한 번도! 서울에서 올라온 지 일주일이 지났는데 너의 베스트프렌드님께 안부 인사 한 번 없는 게 어디 말이 되니! 네가 그러고도 내 친구야?

예슬이 떽 소리를 질렀다. 어색하게 웃으며 예슬을 달래던 태영은 이내 '이번 한 번만 봐주는 거야.' 라고 말하는 그녀의 반응에 실소를 터트렸다. 예슬은 시간 나면 얼굴이라도 보자고 말을 했고, 태영은 흔쾌히 그녀의 제안을 받아들였다.

"……."

그리고 뚝 끊어져 버린 전화.

기다리던 아침의 전화는 아니었기에 태영의 눈길은 다시금 잠잠해진 제 핸드폰에서 떨어지지 않는다. 그녀의 얼굴은 사뭇 심각해졌다.

'뭐야, 이 남자.'

날을 세지 않는다고 했지만, 사실 오늘이 며칠째인지 태영은 너무도 잘 알고 있었다.

일주일.

무려 일주일째다.

「연락할게.」

지금으로부터 일주일 전, 태영과 마지막으로 나누었던 문자에서 이건은 그렇게 말했다. 그러고는 지금까지 단 한 번도 그 흔한 문자나 전화 한 통도 없다. 태영의 얼굴이 일그러진 것은 당연했다.

'날 유혹할 생각이 있기는 한 건가?'

은근히 화가 난다.

물론 은태영이 직접 그에게 문자나 전화를 걸어 '뭐 해요?' 라든가, '좋은 아침.' 등등의 메시지를 보낼 수는 있다. 그러나 그렇게 한다면 자신이 더 매달리는 것처럼 느껴지지 않을까, 라는 생각이 들어 꾹꾹 참고 있었다. 그에게 쉽게 흔들리지 않을 거라고 선언한 와중 자신이 더 그를 생각하는 것을 드러낸다면 리드를 잡는 쪽은 제가 아니라, 이건 쪽이었으니까.

'……얄미워. 얄미워, 진짜!'

태영은 한숨을 내쉬었다. 발라당 넘어가지 않겠다고, 그를 단단히 애먹게 만들 거라고 스스로를 향해 다짐했으면서 결국 일주일을 못 넘겼다.

어쩔 수 없지.

'목마른 자가 우물을 찾는 법이라더니, 내가 딱 그 꼴이네.'

그가 저를 향해 끊임없이 사랑을 속삭이고, 또 구애를 해도, 끝내 먼저 다가가는 것은 태영이다. 살짝. 아주 살짝 자존심이 상하기는 하지만, 그 아름다운 얼굴이 보고 싶어 미쳐 버리겠다. 태영은 얼굴을 구기며 연락처의 가장 상위를 차지하는 그의 번호를 꾹꾹 눌렀다.

"은태영. 너 진짜 도도하게 굴 수 없겠니? 어디 이러다가 그 남자를 네 뜻대로 주무를 수는 있겠냐……."

하아, 길게 한숨을 내쉰 태영은 입술을 씰룩거리며 통화 버튼을 눌렀다. 통화 연결 소리가 들려왔다.

대체 무엇을 하길래 지난 일주일 동안 연락 한 번 없었던 건지.

일단 그 남자와 대화라도 하게 된다면 먼저 화를 내며 말할 생각이다. '당신, 나한테 점수 깎였어요.' 라고.

— 고객이 전화를 받지 않아 음성사서함으로 연결…….

두근두근, 괜스레 심장이 벌렁거리는 것을 겨우 참고 있던 태영은 이윽고 들려오는 낭랑한 여자의 목소리에 인상을 썼다.

무려 일주일 만에 전화를 걸었는데, 그 전화도 안 받아?

"……진짜 나랑 해 보자는 건가?"

아니면 새로운 작전이려나? 나를 애태우게 할 작전?

젠장!

"내가 다신 전화하나 봐라!"

얼굴을 찌푸리며 성난 음성을 흘리던 태영은 '야, 은태! 나와서 아침 먹어!' 하고 외치는 재영의 목소리에 들고 있던 핸드폰을 내려놓고 침실 밖으로 나가야만 했다.

태영과 재영, 두 남매가 사는 성북구 안암동에는 유명 대학들이 존재한다. 때문에 원룸촌이 활성화되어 있어, 태영은 비교적 괜찮은 가격에 현재 살고 있는 투룸을 잡을 수 있었다.

벌써 여기서 산 지도 1년이 다 되어 가네.

식사를 마친 태영은 출근 준비를 끝낸 뒤 등교하는 학생들의 뒤를 따라 잡지사로 걷고 있었다.

"어? 왜 그 방향으로 가?"

함께 집을 나온 동거인이자 직장 동료인 재영이 갑자기 왼쪽 갈래 길로 몸을 돌려 버리자, 재영이 무덤덤한 얼굴로 '외근.' 하고 짧게 대답한 후 사라졌다. 태영은 그런 그의 뒷모습을 멍하게 바라보더니 외쳤다.

"저녁에 봐!"

가방 하나를 들쳐 메고 성큼성큼 걸어가는 재영에게 소리친 태영은 다시금 다리를 쭉쭉 뻗었다.

그렇게 정신없이 걷다 보니 어느새 〈월간 묵향〉의 사무실 앞에 도달했다.

왠지 힘이 쭉 빠지기는 하지만, 잡지사 식구들에게 그 마음을 드러낼 수는 없었기에 크게 심호흡을 했다. 마음을 다잡고 '좋아!' 하고 호흡을 고른 그녀는 힘차게 문을 잡아 돌렸다.

"좋은 아침입니다!"

사실 몹시 좋지 않은 아침이었지만 그래도 뱉어 내는 말은 언제나 긍정적이어야 하니까.

이건의 연락이 없던 지난 일주일 동안, 태영은 중혁과 함께 무명 선생의 인터뷰를 정리했다. 잡지에 실을 만한 표현은 더욱더 살리고, 버려야 할 단어들은 과감하게 버리는 과정. 몇 번이고 수정하고 퇴고하여 드디어 만족스러운 결과를 얻었다.

오늘은 그 기사의 본문 내용과 제목의 폰트 등을 정하고 어떤 식의 구도를 잡을지 정하는 작업을 진행할 예정이었다.

할 일이 산더미 같네, 라 중얼거리며 손목에 찬 시계를 흘긋거리던 태영은 사무실 안으로 디디는 발걸음을 뚝 멈추었다.

'어?'

종이 냄새와 묵향이 가득한 잡지사 〈월간 묵향〉의 사무실 안의 분위기는 막 사무실로 들어온 태영도 눈치챌 만큼 몹시 달아올라 있었다. 태영은 깜짝 놀랐다. 물론 일터의 분위기가 기분 좋게 들 떠 있는 것은 반길 만한 일이지만 일의 특성상, 〈월간 묵향〉의 내부는 평상시 꽤나 고요하다 못해 침체되어 있었기 때문이다.

뭔가…… 이상한데.

태영은 본능적인 경계를 하기 시작했다.

"어머, 큰 은 기자!"

그때였을까.

사무실 곳곳에서 느껴지는 기이한 분위기에 인상을 쓰고 있던 태영은 닫혀 있는 편집장실 앞에 옹기종기 모여 있던 동료 기자들을 발견했다. '무슨 일이에요?' 하고 의아한 표정을 지으며 그녀가 그들에게 걸어가자 '쉬!' 하고 태영의 두 해 선배인 의진이 검지를 입술 위로 가져다 댔다.

"선배님?"

"큰 은 기자. 정말 수고했어!"

"……예?"

"나 은 기자가 얼마나 자랑스러운지 몰라! 흐흐. 내가 큰 은 기자 덕분에 기뻐할 일도 있네?"

무슨 소리를 하는 건지.

태영은 알 수 없는 소리를 늘어놓는 의진의 말에 의문을 표했다. 의진 옆에 붙어 문에 귀를 가져다 대고 있던 디자인팀의 팀장 충수가 돌연 태영에게 엄지를 치켜들었다. 태영은 깜짝 놀랐다.

"누가…… 왔어요?"

태영은 블라인드가 쳐져 있는 편집장실 너머로 얼핏 보이는 커다란 그림자에 조심스럽게 그들에게 물음을 던졌다. 문 앞에서 안쪽의 대화를 듣기 위해 귀를 대고 있던 대여섯 명의 기자들이 일제히 고개를 끄덕였다.

쿵쿵, 가슴이 박동했다.

'설마.'

태영은 저도 모르게 침을 꼴깍 삼켰다. 그리고 그런 그녀의 의문은, 이윽고 벌컥 열리는 편집장실의 문으로 인해 명쾌히 해소됐다.

「참, 선생님! 저희에게 맡겨 주신 이 작품의 제목, 무엇인지 말씀 안 해 주셨습니다만.」

〈월간 묵향〉의 편집팀장이자, 사실상 이 잡지사를 이끌고 있던 리더 중혁이 사무실 밖을 나서려던 남자를 붙잡았다. 큰 키의 남자는 슬며시 뒤를 돌아보더니, 기대에 찬 표정을 짓고 있는 중혁을 바라보며 빙긋 미소 지었다.

「구애(求愛).」

「예?」

「제목은 구애입니다.」

「구애요?」

「예. 요즘 누군가에게 열렬히 구애하는 중이라서요. 그 사람을 생각하며 써 내려간 작품이라 그렇게 제목을 붙이고 싶군요.」

태연하게 그 말을 뱉어 낸 남자의 눈동자가 저를 향한 것을 태영은 놓치지 않았다. 그 검은 눈동자를 마주하는 순간, 심장이 철렁거렸다. 저도 모르게 침을 꼴깍 삼켰다. 중혁이 너무도 노골적인 남자의 말을 듣고 당황하는 사이, 그가 말을 덧붙였다.

「남 편집장님.」

「아, 예, 예!」

「괜찮으시다면, 은 기자님을 빌리고 싶은데.」

「……네?」

「허락해 주시겠습니까?」

"월권이에요."

태영은 꽤 화가 났다는 표정을 지으며 입술을 씰룩였다. 굳은 얼굴로 말을 내뱉은 태영의 음성에 운전대를 잡고 있던 그의 눈이 그녀를 흘긋거렸다. 태영은 저를 한 번 바라본 뒤, 대체 어딘지도 모르는 곳으로 자신을 태우고 가고 있는 그에게 말했다.

"저는 오늘 할 일이 너무 많은 사람이라고요. 그런데 당신의 지위를 이용해서 저를 이렇게 빼내다니. 그럼 제 일은 대체 언제 하라는 말이에요? 제가 당신 때문에 야근을 해야 속이 시원하시겠어요?"

"이상하네. 편집장님은 오늘 은 기자님이 할 일은 하나도 없다고 하던데."

「하하, 당연합니다, 선생님! 우리 은 기자, 작품 활동에 도움이 된다면 얼마든지 이용하셔도 좋습니다. 마구 부려먹으셔도 돼요. 아, 이왕 말이 나온 김에 아예 담당으로 붙여 드리는 건 어떻습니까? 선생님도 담당 기자가 생기는 것이 훨씬 편하시겠지요? 그럼 선생님께서 아까 말씀하셨던 것처럼 저희 창간 20주년 기념호에 실을 축전도 주시는 거고요?」

대체 이건과 무슨 이야기를 나누었던 건지.

축전이고, 담당이고, 도통 알지 못하겠다. 태영이 황당한 표정을 짓고 있음에도 불구하고 이건은 중혁에게 옅은 미소로 고개를 주억였다. 그러자 태영은 중혁이 저를 바라보며 '얼른 따라가!' 하고 눈빛을 쏘아 대는 것을 발견했다. 어찌나 간절한지, '네가 가지 않으면, 우리 잡지사는 망해!' 라는 말을 담고 있는 것만 같았다.

"그건 편집장님 생각이시고요."

중혁의 허락을 얻은 이건은 〈월간 묵향〉의 건물을 나서자마자 그 앞에 주차되어 있는 자신의 차로 태영을 안내했다. '타.' 하고 빙긋 웃는 그를 보며 태영이 눈을 가늘게 떴지만, 그녀는 못 이기는 척 그의 차에 올라탔다.

그 후로 몇 분.

안암동을 나서 끊임없이 달렸다. 대화 몇 마디를 나눈 후 입을 다물어 버린 태영만큼이나 이건 역시 말을 열지 않고 운전에 집중했다. 태영은 어딘가로 저를 데려가는 이건의 옆모습을 힐끔거리며 눈썹을 꿈틀거렸다.

'…….'

그의 얼굴을 마주하면, 하고 싶은 말이 한두 가지가 아니었다.

일단 먼저 대체 왜 연락을 하지 않았냐부터 시작하여, 유혹을 할 생각이 있기는 한 거냐, 나는 오라면 오고 가라는 존재가 아니다 등등의 말을 꺼내려 했다.

'얼굴은 왜 저렇게 야윈 거야.'

네이비색 반팔 셔츠를 입고 있는 이건의 깨끗한 얼굴이 일주일 전과 비교했을 때, 많이 어두워져 있었다. 괜히 기분이 나빠졌다. 나를 안 보던 일주일 동안, 잘 먹고 잘 지냈어야지. 그때보다 수척해져 있으면 내 기분은 어쩌라고.

태영은 말없이 이를 악물었다. 그러다 결심한 듯 후우 숨을 내쉬며 입술을 달싹였다.

"왜……."

"응?"

"왜 지난 일주일 동안 연락 안 했어요?"

퉁명스러운 태영의 질문에 이건이 부드럽게 웃었다.

"기다렸어?"

기다렸다.

엄청.

정말 미친 듯이.

"아뇨."

목구멍까지 차오른 말이 있었지만, 태영이 뱉어 낸 목소리는 그런 속내와는 다르게 쌀쌀했다. 이건이 냉랭하게 일갈하는 태영의 대답을 듣고 쓰게 웃는 게 들려왔다. 태영은 미끄러지듯 움직이는 차의 창문 밖으로 시선을 돌렸다. 그러고는 다시 말을 이었다.

"당신을 모르겠어. 장이건 씨는 나한테 잘 보이고 싶은 거예요, 아니면 밉보이고 싶은 거예요?"

"기다렸구나."

"안 기다렸다니까."

태영은 퉁명스레 말을 쏘아붙였다.

"그냥 그렇게 만난 뒤 헤어진 게 찝찝해서 그랬어요. 아니, 그렇 잖아. 연락한다 해 놓고 일주일씩이나 잠적을 하다니. 그게 무슨 예의냐고."

"미안해. 연락하려고 했었는데……."

그 말은 누구나 할 수 있다. 태영은 입술을 삐죽였다. 이건은 낮 게 말했다.

"갑작스럽게 아버지가 돌아가셔서."

"당신 아버지만 돌아가셨어요? 우리 아버지도…… 네?"

가슴이 철렁 내려앉았다.

태영은 두 눈을 동그랗게 뜨고 그를 응시했다. 이건은 흐린 미 소를 머금은 채, 여전히 운전대를 잡고 있었다. 액셀러레이터를 밟는 것을 잊지 않고 있던 그는 정면을 주시하며 말을 이어 나갔 다.

"아버지가 중태로 중환자실에 이틀 정도 머무시다, 돌아가셨어. 가족들이랑 그걸 정리하고 또 장례까지 치르느라 정신이 없었고. 네가 걱정하는 건 알고 있었는데…… 쉽게는 연락할 수가 없더라고."

아…….

"하지만 이젠 다 끝났어. 사실…… 먼저 연락을 하고 올까 생각했는데, 그랬다가는 네가 만나 주지도 않을 것 같아서."

"……"

"화를 낼 것 같기도 하고. 차라리 얼굴 보고 매를 맞자 해서 무작정 왔는데, 그러길 잘한 것 같네. 이렇게 화가 나 있을 줄은 몰랐어. 아마 연락했다면, 만나 주지도 않았겠다."

이건이 빙긋 웃었다.

"미안해. 일부러 하지 않은 건 아니었어. 네가 기다리는 줄 알았으면 그냥 할 걸 그랬다. 나도 너 정말 보고 싶었는데……."

"……"

"태영아?"

담담하게 말을 읊고 있는 그에게서 눈을 뗄 수 없었다. 무슨 소리를 들은 건지도, 그가 왜 저렇게 태연하게 웃고 있는 건지도 이해할 수가 없었다. 마침 신호에 걸려 차가 멈추어 섰다. 이건이 스윽, 고개를 돌려 그녀를 응시했다.

어쩐지.

어쩐지 오늘은 뭔가 다르더라.

태영은 저를 바라보던 그의 검은 눈동자가 평상시보다 훨씬 더 가라앉아 있음을 확인했다. 이건은 의아한 표정을 지으며 그녀의 말을 기다렸다. 태영은 그런 이건을 응시하더니 말했다.

"우리 어디 가는 거예요?"

"어?"

"어디 가냐고요."

진지한 표정을 짓는 태영의 질문에 이건이 정면을 흘긋거렸다.

"그냥. 바람이나 쐴까 하고."

"그러지 말고, 어디 들어가요."

"뭐?"

"저기. 저기가 좋겠다."

태영이 정면에 보이는 건물 하나를 가리켰다. 이건은 그런 태영의 손끝으로 시선을 옮기다 두 눈을 크게 떴다. 그곳은, 도심 한가운데 위치한 호텔이었다.

"샤워부터 할까?"

주차장에 차를 댄 후 룸을 잡고 들어오는 것은 순식간이었다. 아무 말도 하지 않고 성큼성큼 걸어가는 그녀의 뒤를 말없이 따르던 이건이 셔츠를 벗으려는 듯, 단추를 풀기 위해 손을 들어 올렸다.

"엄청 앞서가시는군요, 선생님."

"……아냐?"

"당연히 아닙니다. 동작 그만하고, 이리 와서 앉으세요."

이건은 흥, 콧방귀를 뀐 태영을 멍하니 내려다보더니 고개를 갸웃거렸다.

"하려던 거 아니었나?"

태영이 셔츠의 첫 단추를 끄르던 이건을 보고 피식 웃었다. 하기는 무슨. 태영은 폭신한 침대 위에 털썩 걸터앉았다. 그러고는 제 옆자리를 톡톡 두드리며 말했다.

"어서."

이건이 그런 태영을 쳐다보고 있다, 미묘한 표정을 지으며 그녀에게 다가왔다. 그가 마지못해 제 옆에 앉자 태영은 이건을 응시했다.

"장이건 씨."

"응."

"여기엔 나랑 장이건 씨, 둘뿐이에요."

"……그런데?"

이건은 뜬금없는 그녀의 말에 몹시 놀란 표정이었다. 태영은 의아해하는 이건의 뺨을 향해 손을 뻗었다. 잡티 하나 없는 그의 보드라운 뺨의 촉감이 손바닥 아래서 느껴졌다.

차갑다.

"그러니까 말해도 돼요."

"……뭘."

"당신 아버지에 대해서."

이건의 검은 눈동자가 거세게 요동쳤다. 태영은 고요하게 중얼거렸다.

"아니. 무작정 말해 달라는 건 예의가 없으니까 저부터 말할게요. 우리 아버지에 대해서."

태영은 그의 흔들리는 눈에서 시선을 떼지 않고 속삭이듯 말했다.

"돌아가신 우리 아버지는 말이죠, 장이건 씨처럼 글 쓰는 걸 좋아했어요."

배시시 웃는 태영을 보며 이건은 혼란에 휩싸인 듯했다. 갑자기 왜 이런 이야기를 꺼내는 건지 이해하지 못하겠다는 듯. 태영은 멈추지 않았다. 오히려 조금 전보다 훨씬 차분하게, 그리고 부드러운 눈웃음을 그리며 말을 이었다. 태영의 행동에 이건의 눈동자도 점점 차분해졌다. 태영은 입술을 움직였다.

"아버지도 붓을 드셨거든요. 그림 말고 글자."

"서예가셨어?"

이건이 놀란 얼굴로 묻자 태영은 웃었다.

"유명하진 않았지만."

고개를 끄덕인 태영은 눈을 감으며 중얼거렸다.

"하지만 어릴 적의 저는 아버지가 서예가라는 사실이 너무 싫
었어요. 아버지한테서는 정말 지긋지긋할 정도의 묵향이 느껴졌
거든. 그래서 일부러 아버지 곁으로 다가가지 않았어요. 되게 못
됐지? 묵향이 난다고 아버지 곁을 싫어하다니, 어디 말이 되어야
지."

"……."

"재영이는 그 향기가 좋다며 아버지 곁을 계속 맴돌았는데, 나
는 정말 싫었어. 이유가 더 웃기다니까요?"

"뭔데."

이건이 묻자 태영이 다시 눈을 뜨며 말했다.

"붓 드는 것만 좋아하고, 우리랑 놀아 주지 않는다는 게 그 이유
였어."

"……."

"그래서 더욱 겉돌았나 봐. 나는 아버지와 다른 길을 가고 싶었

어요. 그 싫은 묵향이랑 멀어지려고 집에도 늦게 들어갔다니까요? 음, 그래서 배구에 매진했던 건지도. 어머, 그러고 보니 내가 말을 했던가? 저 엄청 유명한 배구 유망주였어요. 국가대표 데뷔까지 했었는데."

"뭐?"

"아마 예전 인터넷 기사 뒤적이면 제 이름 나올걸요? 만약 부상만 아니었더라면, 아마 내가 당신 앞에서 이러고 있지 않을 거야. 나 완전 촉망받는 선수였다고요!"

태영이 자부심을 가지고 외치자 이건의 눈꼬리가 부드럽게 휘어졌다. 그의 웃음을 물끄러미 바라보던 태영의 입술이 움직였다.

"그런 아버지의 소중함에 대해 깨달은 건, 아이러니하게도 아버지가 돌아가신 뒤였죠."

"……."

"그때부터였을까요. 아버지가 그렇게 사랑했던 세계에 대해 궁금해지기 시작한 건. 붓을 들고, 먹을 갈던 아버지가 그리워진 건. 보고 싶어진 건……. 세계에 대해 궁금해진 건."

"……."

"하지만 너무 늦어 버린 거죠. 이미 아버지는 세상에 존재하지 않았으니까. 지금도 후회해요. 그때 조금 더 친절하게 아버지한테 다가갈걸. 묵향을 싫어하지 말걸. 조금 더 사랑한다고 말할걸……

하고."

후우, 짧게 숨을 내쉬는 태영을 이건은 지켜보고 있었다. 감정의 소용돌이에 휩싸이려던 마음을 다잡은 태영이 아래로 내렸던 시선을 들어 올려 이건을 응시했다. 태영은 웃었다.

"제가 〈월간 묵향〉에서 일하게 된 건, 그때부터예요. 하나도 놓치고 싶지 않았거든. 내가 사랑했던 아버지가 그토록 사랑했던 세계에 대해, 모두 알고 싶어졌거든. 그때는 너무 싫었던 묵향이 좋아질 때까지 이 일을 해 보자고 생각했거든. 그러다 보니 어느새 이 일이 좋아졌고, 아버지가 왜 이 세계를 사랑했는지도 알게 됐어요."

"……."

"뭐, 이게 제 이야기고. 이번엔 당신 아버지에 대한 이야기를 해 주세요. 전 이 일을 하면서 아버지와의 갈등을 뒤늦게 해소했죠. 그러니까 이번엔 당신 차례야. 뭐든 담아 두면 상처가 되니까 제게 말해 봐요."

'어서.' 하고 속삭이는 태영을 보며 이건은 딱딱히 굳은 얼굴을 펴지 못했다. 돌처럼 경직된 이건의 모습을 주시하고 있자니, 그역시 돌아가신 아버지와 사이가 그리 좋은 편은 아닌 듯하다. 태영은 옅게 웃으며 물었다.

"아버지를 어떻게 생각했어요?"

"……."

"좋아하는 편이었어요, 아니면…… 그 반대?"

노골적인 태영의 물음에 이건의 눈이 폭풍에 휩싸였다. 입술이 꿈틀거리는 것을 보면 분명하다. 대답을 할까, 말까 고뇌하고 있는 이건의 반응을 태영은 그저 기다렸다. 한참 동안 답이 없던 이건의 목소리가 아주 오랜 시간 끝에 흘러나왔다.

"……싫어했지. 아주. 많이."

울분을 담은 그의 발언에 태영은 숨을 골랐다. 싫어했구나. 상처가 느껴지는 답변에 속이 아려 왔지만 내색하지는 않았다. 태영은 다시 물었다.

"지금도 미워요?"

"미워."

"증오해요?"

"증오해."

"장이건 씨를 두고 먼저 가신 아버지가 원망스러워요?"

"원망스러워."

"그래서 울고 싶구나?"

"……!"

이건의 눈꺼풀이 파르르 떨렸다. 당황한 것이 분명한 그의 뺨을 부드럽게 쓸며 태영은 미소 지었다. 그녀는 낮게 깔린 음성을 뱉어 냈다.

"말했잖아요. 여긴 당신과 나, 둘뿐이라고."

이건의 미간이 좁아진다. 그는 '처음부터 그런 의도였어?' 라는 시선으로 태영을 쳐다보고 있었다. 눈을 호선처럼 휜 태영이 지시하듯 말했다.

"울어 봐요."

"은태영."

"못 본 척할 테니까."

"……."

"자세한 사정은 모르겠지만 당신 표정으로 봐서는 아버지가 밉겠지. 죽도록 싫겠지. 원망스럽고 또 증오스럽겠지. 하지만…… 그래도 아버지잖아. 당신을 세상에 있게 만든 사람이잖아. 그런 사람이 떠나 버렸으니, 울고 싶을 거야. 사실은 조금은 슬플 거야. 그렇지?"

"……!"

태영은 대답 않는 이건의 뺨을 어루만졌다. 제 말에 반응하는 그의 숨결이 느껴진다.

약한 사람.

위태로운 사람.

그래서 도저히…… 놓을 수가 없는 사람.

태영은 입술을 꽉 짓누르고 있는 그의 눈두덩에 입술을 가져다 댔다. 촉. 보드랍게 닿았다 떨어지는 그녀의 움직임을 이건은 그저 지켜보고 있었다. 태영은 속삭였다.

"울어요."

"……"

"바보처럼 꾹꾹 담고만 있지 말고."

"……"

"당신은 너무 바보라서, 다른 사람 앞에서는 울지 못할 거야. 아마도 가족들 앞에서도 울지 못했겠지. 그 사람이 싫어도, 울지 못했을 거야. 그러니까……."

태영은 그의 눈 위로 한 번 더 입술을 가져다 댔다.

"내 앞에서는 울어도 좋아요."

조용히 말을 늘어놓는 태영을 보고, 미동 없던 그의 어깨가 미세하게, 아주 미세하게 들썩였다. 태영은 흐리게 웃으며 그의 이마에 입을 맞추었다. 눈에서 주르륵 흘러내리는 눈물방울이 그의 보드라운 뺨을 타고 흐른다. 이마에서 코로, 그리고 뺨으로, 다시 입술로 자신의 입술을 가져다 대던 태영은 속으로 생각했다.

'짜.'

그날 밤.

하늘에 구멍이 뚫린 것처럼 비가 쏟아지던 그날 밤 느꼈던 것처럼.

그의 입술 위로 제 입술을 덮어 버리던 태영의 혀끝에 짠맛이 감돈다.

'당신을 내버려 둘 수가 없어.'

그러니까 만약.

아주 만약, 나로 인해 당신이…… 안정을 찾는다면.

그래서 당신의 불안한 마음이 평온해진다면…….

나는, 기꺼이 당신의 태양이 될래.

기다랗고, 차가운 손가락 끝이 예민하게 달아오른 몸을 훑는 느낌이 좋다. 그의 손가락 아래에서 비로소 살아 있는 느낌을 받기 때문이다.

태영은 그의 손끝에서 흘러내리는 자신의 짧은 머리카락을 바라봤다. 검은 눈동자에, 실오라기 하나 걸치지 않은 제 모습이 보였다. 한없이 빨려들어 가 헤어 나올 수 없을 정도로 저를 옭아매는 그의, 장이건의…… 눈동자.

"선생……님."

부드럽게 입술 위로 내려앉은 이건의 혀가 그녀의 치열을 훑었다. 다정하게 쓸며 안으로 침범하는 그의 혀를 반기기 위해, 저도 모르게 입을 벌렸다. 이건은 그녀의 입술 사이로 제 이름이 아닌 칭호가 흘러나오면 무의식적으로 미간을 좁히곤 했다.

「거리감이 느껴져.」

「거리감이요?」

「응. 은태영과 내가 단순한 서예가와 기자 사이 같아서.」

「아.」

「그러니 그렇게 부르지 마.」

쏟아지는 샤워기의 물줄기 아래서, 저를 올려다보는 태영을 향해 이건은 얼굴을 굳히며 말했다. 때문에 그가 얼마나 그 말을 싫어하는지 알고 있으면서도, 태영은 일부러 그 말을 흘렸다. 그러자 이건의 눈동자가 한층 매서워졌다.

바보.

티 나.

태영은 속으로 큭큭 웃었다. 상냥하게 그녀의 혀를 옭아매던 이건이, 조금 더 거칠어졌다. 태영은 손을 아래로 내려 솟아 있는 제 가슴을 와락 움켜쥐는 이건의 행동에 숨을 크게 들이켰다.

하—

터져 나온 입술 사이의 신음이 이건의 귀를 자극했던 모양이다. 차가운 그의 손바닥 안에서 태영의 볼록한 왼쪽 가슴이 요동쳤다. 이건은 얼굴을 찡그리며 뜨거운 교성을 흘리고 있는 그녀를 놓아 주지 않았다.

"하아, 하아, 선생…… 선, 으읍!"

태영의 입속에서 넘실거리던 타액이 그에게로 넘어갔다. 그녀의 작은 것도 놓지 않겠다는 듯, 이건은 쉬지 않고 태영을 빨아 당겼다. 현기증이 일었다. 눈앞이 새하얗게 물들었다. 태영은 매트리스 위의 이불을 꽈악 움켜쥔 채 온몸을 부르르 떨었다.

한참 동안 태영의 입술을 물어 헤집던 이건이 아래로 내려왔다. 민감한 태영의 목덜미에 붉은 반점을 남기려는 그가 야릇해서, 태영은 눈을 질끈 감았다. 그의 혀끝이 지나는 길에서 불길이 치솟는 것만 같다.

뜨거웠다. 더웠다.

달아오른다.

쇄골에 머물던 그가 이번엔 가슴골 사이에 얼굴을 파묻자, 결국 태영은 그의 머리 숲으로 손을 옮겼다. 그럼에도 불구하고 이건은 멈추지 않는다.

"흐으, 이건 씨. 이건 씨…… 웃!"

성난 혀는 그녀의 볼록 솟은 돌기를 집어삼켰다. 과실을 베어 물 듯 힘껏 벌린 그의 입속으로 태영의 봉긋한 가슴이 빨려 들어갔다. 태영은 머리를 지끈거리게 만드는 아찔한 감각에 장난스레 그를 선생님이라 부르는 것을 그만두기로 했다.

이름이.

그의 이름이, 부르고 싶어졌다.

「이제 좀…… 진정이 됐어요?」

어쩌다 그와 이렇게 침대 위를 뒹굴고 있는 것인가.

가만히 돌이켜 보면, 제 품에서 울고 있는 남자의 흐느낌이 잦아진 것을 확인한 이후부터였다. 그녀의 부드러운 눈웃음에 고개를 들어 올린 그의 눈동자가 촉촉했다. 태영은 젖어 있는 이건의 눈을 한없이 들여다보더니 흐린 미소를 지었다.

「안아 줄까요, 내가?」

「……」

「안아 주고 싶어, 당신.」

흐트러진 그의 눈동자를 더욱 검게 물들이고 싶었다. 고통을 잊고, 행복을 느끼게 해 주고 싶어졌다. 태영은 작게 속삭인 뒤, 붉어진 그의 눈가에 입술을 가져다 댔었다.

부드럽게 닿았다 떨어지는 태영의 눈 키스를 가만히 바라보고 있던 남자는 잠시 미간을 좁히더니, 이내 그녀의 뒤통수를 부드럽게 감싸 쥐었다. 태영은 그가 쏟아 내는 뜨거운 숨결이 제 입술과 가까워지는 것을 느끼면서도 굳이 막지 않았었다.

'그리고 지금이지.'

태영은 제 유두 끝을 딱딱한 이로 툭툭 긁던 그가 더욱 아래로 내려가자 눈을 내리깔았다. 그가 뱉어 내는 숨결이, 제 몸을 뒤덮는 이 감각이 싫지 않다. 아니, 정확히 말해서는 너무도 좋다.

1년 전과는 또 다른 느낌이다. 녹아내리는 느낌이다. 온몸이, 그의 품 안에서, 놀라울 정도로 빠르게. 1년 전, 대만에서의 밤들은 정말이지 아무것도 아니게 느껴질 만큼 이건의 살갗과 스치는 기분은 황홀했다.

당신이 날 사랑하는 건지 모르겠어.

절절히 말하던 이건의 말을 들으면서도 의심했다. 그가 제게 과연 사랑이라는 감정을 품고 있는 긴지 모르겠다고. 그러나 우습게도 태영은 말이 아닌 그의 행동에서 그의 감정이 진심이라는 것을 알아차렸다. 그리고 그 '행동'이란, 침대 위에서 장이건이라는 남자가 은태영에게 행하는 행동들이다.

'그때는 이렇게…… 다정하지 않았어.'

꼿꼿하게 뻗어 있는 그녀의 두 다리 사이로 얼굴을 파묻는 이건의 움직임은 섬세했다. 그는 마치 태영을 깨지기 쉬운 유리를 다루듯 조심스럽게 행동하고 있었다. 기분이 나쁘지 않다. 1년 전의 이건과는 많이 다른 모습이었다.

당시의 이건은 태영의 감정 따위는 생각하지 않고, 오로지 그녀의 몸에서 위로를 찾았다. 거칠고 뜨겁던 그와의 섹스가 싫지는 않았다. 한여름 밤의 꿈처럼, 그런 열락의 관계가 좋았지만 한 가지 사실은 확실히 느낄 수 있었다. 그는, 제게 아무런 감정이 없구나―라는 것.

그러나 지금은.

"아아, 아아!"

태영은 간드러진 교성을 흘렸다. 그녀의 사타구니 쪽에 입술을 내린 이건이, 혀끝을 태영의 은밀한 여성 입구 쪽으로 가져다 댔기 때문이다. 조심스러운 이건의 애무로 인해 한껏 달아오른 여성의 입구 쪽에서는 꿀물이 흘러내렸다. 태영의 여성은 금방이라도 이건을 받아들일 준비가 되어 있는 듯했지만, 그는 예전과는 달리 신중했다.

태영은 손을 아래로 내려 이건의 머리카락을 잡아당겼다. 그가 태영의 은밀한 부위에서도 가장 예민하고 부드러운 살점 위로 입술을 가져다 대자, 그녀의 반동은 더욱 짙어졌다. 태영은 벌어진 제 다리 사이에 얼굴을 파묻고 있는 그가 가지고 싶어 미칠 지경이었다.

장이건.

이건 씨.

제발. 당신을. 나…… 당신을 원해.

그의 머리 위를 비추는 태양이 되고 싶다. 그가 고개를 들고 앞으로 걸어 나갈 수 있게 빛이 되어 주고 싶다. 당신에게 넘어가지 않겠다고, 그렇게 스스로를 향해 되뇌었지만 결국 나는……

"당신을…… 원해요!"

태영은 굵은 쇳소리를 흘리며 이건을 향해 소리쳤다. 그녀의 젖어 있는 여성을 한껏 빨아들이던 이건의 얼굴이 들렸다. 태영은 얼른 손을 뻗어 그의 손목을 덥석 잡았다.

갑작스러운 태영의 행동에 이건의 눈동자가 흔들렸다. 태영은 그의 팔에서, 탄탄한 그의 복근으로, 그리고 어느새 반응을 보이고 있는 그의 남성 위로 손을 움직였다. 그녀의 손끝에 이건의 기둥이 잡혔다. 태영은 흐트러진 동공으로 요동치는 그의 눈을 향해 외쳤다.

"이건 씨."

"응."

"나 당신을 갖고 싶어요."

태영은 요구했다. 그가 가지고 싶어 미치겠다. 제 안으로 들어
온 이건을 느끼고 싶다. 태영의 붉은 입술이 움직이는 모습을 지
켜보던 이건이 부드럽게 웃었다. 타액으로 얼룩져 있는 그의 입술
이 탐스러워 보였다.

이건은 '빨리요.' 하고 속삭이는 태영에게 알겠다는 듯 고개를
주억여 주더니 침대 위에 놓아두었던 콘돔을 씌었다. 태영은 모든
준비를 마친 그가 제 안으로 들어오기 위해 다가오자 숨을 크게
들이켰다.

"읍!"

밀려 들어오기 좋은 상태로 촉촉하게 젖어 있는 그녀의 여성 안
이, 그의 것으로 가득 찼다. 태영은 여성 입구를 비집고 들어와 깊
게 미끄러지는 그의 남성을 느꼈다. 이가 악물어졌다. 저절로 힘
이 들어가 아랫배가 딱딱해졌다. 태영아, 하고 제 것을 반쯤 밀어
넣은 이건이 그녀의 이름을 부르는 것이 들려온다. 흐려지는 의식
을 잡으며 태영은 하아, 하아 거친 숨을 흘렸다.

"막으면 더 아파."

"으응……."

"태영아."

하아.

그가 불러 주는 이름. 그가 뱉어 내는 숨결. 제 안을 파고드는 그의 남성. 태영은 송골송골 이마로 맺히는 땀방울이 뺨을 타고 흘러내리는 것을 인지하며, 그를 받아들이기 위해 노력했다. 그의 기둥을 꽉 문 채 놓아주지 않던 태영이 겨우겨우 힘을 풀자, 이건 이 다시금 그녀의 안으로 들어왔다.

"웃, 으흐, 으으읍!"

내벽을 찔러 버릴 만큼 깊숙이 그의 것이 들어찼다. 태영은 제 것이라고는 생각되지 않는 교성을 흘렸다. 이건은 완벽하게 태영과 완벽하게 몸을 겹치고선 그녀의 허리를 부드럽게 안아 들었다. 그러고는 아래위로 허리에 반동을 주는 그로 인해 태영의 얼굴에도, 그의 턱 끝에도 뚝뚝 땀방울이 흘러내렸다.

뜨겁다.

그와 함께하는 이 시간이.

끝나지 않았으면 해.

'당신과의 이…… 시간이.'

"부모님이 안 계시다고 했었지?"

태영에게 받았던 위로는 공허해진 이건의 마음을 다독이는 데

한몫을 했다. 그간 느끼지 못했던 감정들이 하필 그녀의 앞에서 치솟아 버려, 그만 참지 못했던 까닭이다.

저 스스로도 제어하지 못할 만큼 미친 듯이 울고 난 다음이었을까. 부드럽게 제 머리카락을 쓸고 있던 태영을 향해 이건이 물었다. 그의 조심스러운 질문에 빙긋 웃던 태영이 앞머리를 매만지던 손길을 멈추었다. 그녀는 잠시 숨을 고르다 고개를 끄덕였다.

"네. 저 중3 때 아버지 돌아가시고, 그 후 2년 뒤에 어머니까지도 돌아가셔서 두 분 다 안 계세요. 어어? 괜찮아요. 그런 표정 안 지으셔도! 부모님은 일찍 여의었지만…… 저 그리고 재영이. 우리 둘, 나름 씩씩하고 밝게 자라 왔거든요. 다행히 주변에서 도와주신 분들도 계셨고. 특히 우리 편집장님이 저랑 재영이를 많이 보살펴 주셨죠."

살짝 스쳤던 그의 어두운 눈빛을 읽었던 걸까. 태영이 두 손을 휘휘 흔들며 그에게 외쳤다. 이건은 흐려지려던 얼굴을 거두어들이고서는 다시 입술을 움직였다.

"아버님께서 서예가셨다고?"

"응. 그렇지만 하나도 안 유명했어요. 무명 선생님에 비할 바가 못 되죠."

"하하."

"원래 아버지는 외할아버지의 제자셨어요"

태영의 잔잔한 목소리가 귀를 울렸다. 이건은 그녀의 말에 집중했다.

"외할아버지께 물려받은 서실을 근근이 운영했는데…… 그마저도 잘 안 됐죠. 이름 없는 서예가라 그런지 수강생이 많이 없었거든. 덕분에 집안을 돌아가게 했던 건 어머니셨어요. 어머니가 시장에서 작게 장사를 하신 게 도움이 됐죠. 장사 수완이 좋으셔서 손님이 많은 편이었고요. 매일 밤늦게까지 고생하고 돌아오시는 어머니를 보고, 아버지가 그렇게 미웠어요. 이렇게 말하면 못되게 보일 수도 있겠지만…… 어린 제 눈에는 그저 꿈만 좇는 사람 같아 보였으니까. 능력도 출중한 것 같지는 않은데, 어머니를 힘들게 하는 것 같아서."

"……."

"하지만…… 어머니는 그런 아버지가 좋다 하셨죠. 아무리 시장 일이 고되고 지친다 한들, 아버지의 작품을 마주하면 그 아픔이 다 씻겨 내려가는 것 같다고 하셨거든요. 당시엔 사실 이해가 되지 않았어. 고작 글자 하나 가지고 무슨 위로를 받을 수 있는 건지 잘 몰랐던 시절이니까. 그래서 더욱 살갑게 굴지 못했던 저를 반성해요. 나 참 나쁜 딸이었죠?"

후회의 눈빛을 가득 담고 있는 태영의 얼굴을 내려다보자니, 가슴이 저려 왔다.

대답하지 못하는 이건을 올려다보며 태영은 중얼거렸다.

"그래서 서예의 세상에 발을 디뎌 봤어요. 아버지를 이해하기 위해. 아버지를 기억하기 위해. 대한민국 서단에 뚜렷한 족적을 남긴 건 아니지만…… 그런 아버지라도 기억하고 싶었으니까. 아버지가 어떤 마음으로 글을 썼던 건지 이해해 보고 싶었으니까."

"……훌륭한 딸이네."

"모자란 딸이지. 돌아가시고 나서야 깨달았잖아요."

항상 밝은 표정만 짓고 있던 여자였기에 그러한 비화가 있을 줄은 몰랐다. 저만큼이나 아팠던 태영이 안쓰러워 이건은 그녀를 껴안은 팔을 풀지 않았다. 두근거리는 이건의 심장 소리를 듣고 있던 태영이 낮게 쿡쿡 웃었다.

"위로해 주는 건가요?"

"응."

"곤란한데. 내가 당신을 위로해 주던 참이었는데."

"위로해 주고, 위로받아."

"……."

"왜."

"난 말이에요, 이건 씨."

태영이 손을 들어 올려 그의 뺨을 쓸었다. 이건은 부드럽게 저를 어루만지는 태영의 떨리는 눈동자를 응시했다. 태영은 속삭였다.

"당신이랑 있으면…… 왠지 내 모든 걸 드러내고 싶어져요."

"……."

"그래서 당신이랑 있는 게 두려워. 하지만, 그럼에도 불구하고…… 당신과 같이 있고 싶어. 되게 아이러니하지 않아요?"

이어지는 그녀의 말에 울컥 감정이 치솟았다. 주체할 수 없는 감정의 폭풍에 이건은 있는 힘껏 그녀를 껴안았다. 쿵쿵 뛰는 심박동 소리가 거세졌음에도 이건은 태영을 놓지 않았다.

아니, 놓지 못했다. 놓을 수가 없을 것 같았다.

'그건 내가 하고 싶은 말이야.'

태영은 자신으로 인해 제 감정에 솔직해진다 했었지만, 정작 평소보다 솔직하게 변하는 사람은 오히려 그였다.

아버지의, 은석의 죽음을 마주하고도 눈물 한 방울 나오지 않던 이건의 눈가가 물기로 촉촉해진 것은 오직 그녀의 존재 때문이었다.

태영이 따뜻하고 상냥한 손을 뻗어 제 뺨을 쓸어내리는 순간, 눈물샘이 디져 버렸다. 주르륵 흐르는 눈물을 막을 수가 없었다. 소리 없이 울어 버리는 이건을, 태영은 그저 안아 주기만 했었지만 그것만으로도 충분했다.

태영과 있으면 아무리 숨기고 또 숨기려 해도 결국엔 감정을 표출하게 된다.

그리고 원하게 된다.

갈구하게 된다.

은태영.

너는 알고 있을까?

'너는 내 태양이야.'

그녀를 보고 있으면 눈이 부시다.

그녀는 자신을 보고 있노라면 그런 기분이 든다 했었지만, 정작 반짝반짝 빛나는 것은 바로 태영이었다. 어둡고 황량한 길을 걷고 있던 그와는 달리, 태영에게는 활력이 넘쳤다.

그런 그녀를 마주할 때는 이상하게 힘이 났다.

그래서 나는—

'이제 네가 없으면…… 안 될 것 같아.'

길들여졌다.

원하고 또 원해서, 그녀에게 완전히 길들여졌다.

그가 의식하지 못하는 사이 마음을 비집고 들어와 자리를 잡은 여자는 도통 나갈 생각을 않는다. 아니.

'나가려 한다면 기를 쓰고 막아야겠지.'

"장이건 씨."

한발, 한발 앞으로 내딛는 발걸음이 아쉽다. 이렇게 흘러가는 시간이 이상할 정도로 부족하게만 느껴져 태영은 결국 뚝 걸음을 멈추었다. 근처에 차를 대어 둔 뒤, 함께 걷자고 제안한 태영으로 인해 그녀와 걷고 있던 이건이 고개를 돌렸다. 태영은 말없이 저를 내려다보고 이건을 향해 말했다.

"우리, 만나요."

두근두근.

몇 시간 전, 그의 품에서 숨결을 터뜨렸던 여자가 대뜸 꺼낸 말에 이건은 미간을 좁혔다. 그는 의미를 알 수 없는 그녀를 향해 대답했다.

"만나고 있잖아."

태영은 너무도 순진한 그를 향해 고개를 가로저었다.

"아니. 어디서 만나자, 몇 시에 만나자 같은, 약속 잡는 거 말고."

"......?"

"진짜 연인이 되자고요."

놀란 이건의 눈이 요동쳤다. 태영은 씩 웃으며 말했다.

"곰곰이 생각해 봤는데, 일단 만나 보는 게 좋을 것 같아요. 그러니 만나는 볼게요, 당신."

갓 샤워를 마치고 나왔던지라 샴푸 향을 풍기는 그녀의 미소가 달보다 더 환하다. 이건은 눈을 휘며 물었다.

"동정하는 거야?"

"동정? 어머. 내가 그런 쓸데없는 걸 왜?"

"그럼…… 사랑인가?"

"가만 보면 당신은 참 앞서간다니까."

태영이 홍 콧방귀를 뀌자, 이건은 미소를 지으며 말했다.

"그럼?"

부드러운 그의 눈빛이 태영을 휘감았다. 이건의 머리 위로 뜬 달이 빛난다.

좋아.

태영은 후우, 숨을 고른 뒤 머릿속을 둥둥 떠다니는 말들을 늘어놓기로 했다. 그녀의 대답을 기다리고 있던 이건을 향해 입을 열었다.

"나는 당신을 내버려 두지 못하겠어."

너무 섬세하고, 연약해서 내가 곁에 있어야 할 것 같아.

"그리고 당신을 가까이서 지켜봐야 나에게 어울리는 사람인지도 확인할 수 있을 것 같고. 그래서 사귀어 줄까, 라는 생각을 하는 거라고요. 그러니 영광인 줄 아세요."

말을 마친 태영은 갈색 눈을 그에게로 고정시켰다. 그러고는 뻔뻔하게 웃었다. 이건은 아무 말도 하지 않고 있었다.

'뭐야. 내 말이 그렇게도 충격적인가?'

결의를 다지고 겨우 말을 꺼냈더니 이건은 계속해서 저를 바라보기만 할 뿐 대답을 하지 않는다. 태영은 굳은 얼굴의 이건을 향해 손을 휘휘 저어 보이다가 흠칫 놀랐다.

"이건…… 씨?"

그의 눈가에서 주르륵 흘러내리는 것이 정녕 눈물방울이 맞는 걸까?

태영은 당황하여 얼른 그의 눈가를 향해 손을 뻗었다.

"왜 우는 거야."

막을 틈도 없이 흘러내리는 그의 물줄기를 보자니 심장이 콕콕 따갑다. 태영이 한숨을 내쉬며 그의 눈을 닦아 주자 이건이 중얼거렸다.

"글쎄. 기뻐선가."

"기쁜데 왜 울어. 웃어야죠. 이렇게."

"……!"

태영은 그의 눈가를 닦던 손가락을 아래로 내려 그의 양 입꼬리를 잡아당겼다. 그러자 이건의 입이 곡선을 그리며 휘어졌다. 태영은 졸지에 억지 미소를 짓게 된 그를 보며 픕 웃음을 터트렸다.

"훨씬 보기 좋잖아."

"……은태영."

"응?"

"사랑해."

그녀의 귀에만 들릴 법한 음성을 흘리는 그로 인해 다리가 휘청거렸다. 태영은 그런 그녀의 허리를 감싸고선, 제게로 끌어당긴 그의 품으로 쏟아졌다. 그의 호흡이 머리 위에서 느껴진다. 태영이 슬며시 고개를 들자 이건이 시선을 아래로 내렸다.

조금 전까지 주르륵 눈물을 흘린 사람이 맞는 건지, 진지하기 짝이 없는 그의 눈빛에 심장이 쿵쾅거렸다. 그러다 문득 태영은 이건의 머리 뒤로 보이는 가로등이 어쩐지 익숙하다는 것을 생각하며 입술을 뗐다.

"키스하기 전에 말하고 싶은 게 있는데, 이건 씨."

"알면서 그런 말을 하다니."

"꼭 해야 할 말이라서."

"뭐지?"

은근한 분위기를 깨트리는 것을 저 역시 원하지 않았지만, 태영은 좌우를 힐끔거리며 대답했다.

"여기…… 우리 집 근처예요."

"그래?"

그가 대수롭지 않게 되물었다. 태영은 말했다.

"이러고 있으면, 누가 볼지도 몰라."

그러자 이건은 태연하게 응수했다.

"보면 어때. 우리가 어린애도 아니고, 잘못한 것도 아닌데."

"그래도…… 눈꼴시긴 하지."

가끔 근처 대학의 캠퍼스 커플들이 길가에 철썩 붙어 애정행각을 벌일 때면 쯧쯧, 혀를 차며 애써 고개를 돌리곤 했던 태영이다. 자신이 이런 입장에 처할 줄은 몰랐는데. 태영은 저를 꽉 끌어안은 채 도통 놓아줄 생각을 않는 그를 향해 투덜거렸다. 그러자 이건이 물었다.

"그래서. 싫어?"

"……."

"싫으면 놓아줄까?"

"누가 싫대."

싫지 않으니까 이렇게 계속 안겨 있는 거지.

쿵쿵 뛰는 그의 심장 소리가 가까이서 들리는 이 거리를 벗어나고 싶지 않다. 태영은 입술을 삐죽이면서도 그의 허리를 껴안은 손을 풀지 않았다. 이건이 그런 그녀의 이마에 입을 맞추고, 다시 콧등으로 그리고 입술 위로 제 입술을 가져다 댔다. 태영은 쿡쿡 웃으며 그의 보드라운 입술을 받아들였다.

달콤했다.

상냥했다.

가슴이 콩닥콩닥 뛴다.

'갈수록 익숙해져.'

불과 몇 시간 전, 그와 입을 맞추고 숨결을 느끼고 살을 섞었지만 그럼에도 모든 것이 부족하게만 느껴졌다.

입을 맞추는 것이 점점 더 익숙해져서 그를 놓지 않고 싶어지면 어쩌지.

떨어지는 것이 싫어지면 어쩌지.

계속 붙들고 싶어지면 어쩌지…….

수많은 생각들이 머리 위를 오갔다. 태영은 슬쩍 눈꺼풀을 들어 올렸다. 그의 기다란 속눈썹이 파르르 떨리고 있었다.

'긴장한 건가?'

괜히 웃음이 났다. 이건 역시 저와의 스킨십 하나하나에 열중하고 있었다. 건드리면 사라져 버릴 모래알을 다루듯, 최대한 조심스럽게 자신을 대하고 있다.

'그때와는…… 달라.'

그때와는 달라.

저만이 그를 안달 내던 대만에서의 그때와는, 너무도 다르다.

'좋아.'

"좋냐?"

'당연하지. 그걸 말이라……!'

어디선가 들려오는 물음에 태영은 쿡쿡 웃으며 속으로 대답하려 했다. 그러다 문득 스치는 한기에 화들짝 놀라 정신을 차렸다.

"태영아?"

태영의 혀를 부드럽게 옭아매려던 이건이 갑자기 자신을 밀쳐버린 그녀에게 의아한 눈빛을 보내고 있었다. 태영은 사색이 된 얼굴로 이건에게 속삭였다.

"방금 못 들었어요?"

"응?"

"바, 방금 말이에요. 누가 말…… 하지 않았어요?"

태영은 딱딱하게 굳은 채 주위를 둘러보며 이건의 대답을 기다렸다. 그러나 이건은 태영이 들었던 말을 듣지 못한 건지, 무슨 말을 하는 거냐는 표정으로 대답을 대신했다.

쿵쿵.

좋지 않은 예감이 든다.

쿵쿵. 쿵쿵.

태영의 심장은 더 이상 이건으로 인해 뛰지 않고 있었다. 이건의 반응에 당황한 그녀의 눈동자는 이건이 아닌 그의 뒤편으로 향했다.

터벅터벅.

그리고 그와 동시에 고요한 적막을 뚫고 누군가 그들을 향해 걸어오는 소리가 들렸다.

"은태영?"

태영의 난데없는 반응에 이건이 그녀를 향해 손을 뻗으려 했지만, 태영은 그의 손이 닿기도 전에 뒤로 두 발자국 물러났다.

"태영아. 너 왜……."

"어이, 은태."

그 순간.

어둠 속에서 성큼성큼 걸어온 남자는 이건이 말을 끝내기도 전, 쌀쌀맞기 그지없는 목소리로 태영을 불렀다.

이건이 난데없이 등장한 불청객에게 시선을 돌리다 멈칫하는 것이 보인다. 이윽고 불청객의 정체에 대해 의문을 품은 이건의 모습을 발견했지만, 태영은 재빨리 설명하지 못했다.

태영은 지독하게 싸늘한 눈동자로 저와, 그리고 이건을 번갈아 보고 있는 남자에게 어색한 미소를 짓기에 바빴으니까.

태영을 응시하던 남자는 시선을 이건에게 옮기며 말했다.

"이 쭉정이는 대체 뭐지?"

툭.

"다른 건 요구하지 마십시오. 그나마도 안 챙기려다 챙겨 주는 거니까."

살벌하기 그지없는 목소리로 재영이 말했다. 대체 무엇을 챙겨 주나 싶었더니 유리컵이다. 그것도 녹차나 커피 등이 아닌, 생수가 가득 담긴.

태영이 얼굴을 빨갛게 붉히며 '은재영!' 하고 소리를 지르려다 빙긋 웃으며 '고맙습니다.' 하고 대답하는 이건을 보고 숨을 골랐다.

'저 자식이!'

이건의 인사를 듣고서도 들은 척 만 척, 고개를 획 돌리는 재영이 저의 앞쪽에 자리 잡는 것을 지켜보며 태영은 주먹을 세게 움켜쥐었다. 어이가 없어졌다.

「내 시신경에 문제가 있는 게 아니라면, 은태 너 방금 이 쭉정이랑 물고 빨았던 것 같은데. 아닌가.」

어찌나 상스러운지.

노골적인 재영의 표현에 태영은 아무 말도 하지 못했다. 그저 온몸을 부르르 떨며, 어디선가 갑자기 나타난 재영을 죽일 듯 노려볼 뿐. 재영은 '맞네.' 하고 입술을 삐죽이더니 태영에게서 눈을 돌려 이건을 응시했다. 이건과 비슷한 눈높이를 지닌 재영이 그를 향해 말했다.

「우리 누나랑 무슨 사입니까?」

「아, 저는……」

「억지로 키스한 거면, 고자로 만들어 버릴 줄 아쇼.」

「……!」

「은재영! 너 미쳤어?」

「……굳이 쭉정이 앞을 막는 걸 보니 억지는 아니군.」

「너!」

「우리 집, 이 근첩니다. 따라오십시오.」

재영이 그토록 차가운 눈을 빛내는 것은 처음 봤다. 태영이 뭐라 말릴 사이도 없이, 제 말만 꺼낸 재영은 몸을 돌렸다. 태영이 '무시해요.' 라고 이건에게 말하려 했지만, 이미 이건은 그런 재영의 뒤를 따라 버린 뒤였다. 태영의 가슴이 철렁 내려앉았다.

'미쳤어.'

미쳤어, 그것도 아주 단단히 미쳤다고!

어쩌자고 그 가로등 아래서 키스를 한 걸까.

'분위기에 심취해도 그렇지!'

하필 왜 거기서!

태영은 주위를 경계하지 않았던 자신의 안일함에 눈물을 머금었다.

이렇게 이건을 재영에게 소개하려던 것은 아니었다. 물론 그와 그녀의 마음이 조금 더 깊어지면, 그리고 단단해지면 언젠가는 재영에게 그를 소개해야 할 날도 오겠지. 그러나 오늘은…… 오늘은!

'사귀자고 한 지 하루도 안 됐다고!'

대낮에 그와 관계를 맺고, 밤이 되어서야 그에게 사귀자는 제안을 했다. 그가 받아들였기에 따지고 보면 두 사람이 정식으로 교제를 시작한 것은 1시간도 채 되지 않은 상황. 그런 상황에서 가장 최악의 적을 만난 셈이 됐다. 태영은 눈앞이 컴컴해졌다.

「은태영. 내가 감히 단언컨대, 네 동생은 못 말리는 시스콤이다.」

「뭐?」

「그러지 않고서야, 누님이 연애를 하는 꼴을 못 본다는 게 어디 말이 돼?」

「뭔가 착각하는 모양인데, 예슬아. 나 남자한테 인기 없어. 너도 알잖아. 나 키 때문에…….」

「이거 봐, 이거 봐. 아주 누님을 단단히 착각의 늪으로 빠뜨려 놨어. 어쨌든 네 동생, 시스콤 중에서도 아주 중증인 게 확실해. 그러니까 내가 이렇게 힘들지. 아휴, 몰라! 너희 남매 진짜 징글징글해!」

오래전, 태영을 향해 뱉어 내던 예슬의 말이 불현듯 떠올랐다.

태영은 그런 예슬을 어리둥절한 눈으로 응시했지만, 수많은 세월이 흐른 지금, 이건을 죽일 듯 노려보고 있는 재영을 바라보자니—

'진짜 시스터콤플렉스라도 있는 거 아니야?'

이건의 아름다운 얼굴이, 재영이 쏟아 내고 있는 레이저 광선에 의해 뚫릴까 봐 걱정된다. 태영은 걱정이 가득한 표정을 지으며 침묵이 감도는 식탁 앞에서 입술을 꾹 다물고 있었다.

"전, 은재영."

거의 반강제적으로 이건을 집 안으로 들인 재영은 겨우 찬물 한 잔만을 이건의 앞에 놓아두고선 한참 동안 그의 얼굴을 살폈다. 미간을 좁혔다, 코끝을 찡그렸다. 그리고 입술을 씰룩이던 재영이 빙긋 웃고만 있는 이건을 노려본 끝에 꺼낸 말에 이건이 입을 열었다.

"장이건입니다."

"나이는?"

"서른넷."

"많네."

"그렇습니까?"

"저는 서른하나요."

"동생이네요."

"무시하지 마십시오."

"아."

"키는? 아까 보니 저랑 비슷하던데."

"186."

"저보다 1센티 크시네요."

"그런가요?"

"그래도 저랑 비슷하니, 또 무시하지 마십시오."

"하하."

"군대는 다녀오셨습니까?"

"병장으로 제대했습니다."

"군필이라. 하긴. ㄱ 나이 되도록 규대를 안 다녀온 게 더 이상하니. 그럼. 직업은 뭡니까."

"글을 씁니다."

"글? 작가예요? 소설? 아니면 방송……."

쾅!

"야, 은재영! 너 지금 뭐 하는 거야!"

가만히 들어 주고 있으니, 아주 끝도 없다.

태영은 말끝마다 가시가 서려 있는 재영을 보고 결국 자리에서
벌떡 일어났다. 저보다 세 살이나 많은 남자에게 예의라고는 보이
지 않는 그가 마음에 들지 않았던 건지, 아니면 이건을 앞에 두고
추궁이라도 하는 것이 마음에 들지 않았던 건지. 무엇이 우선인지
는 모르겠다.

태영이 붉어진 얼굴로 그에게 외쳤으나 어찌 된 셈인지 두 남자
는 미동조차 하지 않았다. 재영은 오히려 그런 태영을 보고 툭 말
을 던졌다.

"진정해, 은태. 지금 심사하는 중이잖아."

"……뭐?"

"앉아. 계속해야 하니까. 장이건 씨라고 하셨습니까?"

"네."

"계속해도 되죠?"

태영은 '얼마든지.' 하고 어깨를 으쓱이고 있는 이건을 보고 황
당한 표정을 지었다.

'뭐 하는 거냐고!'

눈앞에서 펼쳐지는 두 남자의 갑작스러운 신경전에 할 말을 잃

었다. 그녀는 비틀거리며 일어났던 의자에 털썩 앉았다.

"그나저나 갑자기 끼어든 방해자 때문에 답을 못 들은 것 같은데요?"

"질문이 뭐였죠?"

"무슨 글을 쓰냐고 물었습니다. 직업이요."

하아.

태영은 깊게 한숨을 내쉬었다. 이건이 빙긋 웃으며 말을 이으려 했다.

"정확히 말해서는 글자를 쓴다는 표현이 정확하겠군요."

"그게 무슨 소립니까? 글이면 글이지, 무슨 글자까지……."

"무명 선생님이셔."

"야, 은태. 넌 내가 조용히 하라고 하지 않…… 뭐?"

이번엔 재영이 놀랐다. 태영은 흥, 콧방귀를 뀌며 재영에게 말해 주었다.

"지금 네 앞에 앉아계시는 그분. 장무명 선생님이시라고."

"……아?"

헌법 재판관보다도 엄격한 표정을 짓고 있던 재영의 얼굴이 와르르 무너져 내렸다. 태영은 고개를 절레절레 저었다. 태영의 말을 들은 재영이 저와 이건을 번갈아 보는 것이 보였다.

"무명?"

"그래."

"무명? 무명······ 선생님?"

고개를 끄덕이는 태영을 보고 몇 번이나 묻던 재영은 입술까지 덜덜 떨며 이건을 응시했다. 그 시선을 받은 이건은 대답 대신 빙긋 웃었다.

"헉!"

재영이 숨을 크게 들이마셨다.

아마도 앞으로 3초.

태영은 왠지 머릿속에 그려지는 미래의 상황에 깊은 숨을 내쉬며 눈을 내리감았다.

1초.

2초.

그리고 정확히······ 3초.

"정말 무명 선생님이십니까! 무괴어천의, 그 무명 선생님?"

"예?"

"그쪽이, 아니 당신이 이번에 은태, 아니 우리 보잘것없는 은태영이 인터뷰를 하러 간 바로 그 장무명 선생님이시라고요?"

역시나.

태영은 진지와 근엄을 가득 담고 있던 표정을 순식간에 거두어 내고선 두 눈을 반짝이는 재영을 황당하게 응시했다. 이건이

'네.' 하고 짧게 대답하자 재영은 자리에서 벌떡 일어나 그에게 거의 90도 각도로 허리를 굽혔다.

"뵙게 되어 영광입니다, 무명 선생님! 저는 은재영입니다! 조금 전, 선생님께서 입을 맞추신 저 은씨 일가의 장녀의 쌍둥이 동생이고, 선생님을 아주 오래전부터 존경해 왔습니다! 제 눈으로 직접 선생님을 뵈어서 너무나도 기쁩니다, 하하하하!"

재영은 무명 선생의 엄청난 팬이었다.

'이럴 줄 알고 지금까지 말을 하지 않았던 건데.'

태영이 10년 전, 무명 선생이라는 서예가를 알게 된 것도 당시 두 남매에게 무명 선생을 알려 주었던 중혁 때문이기도 했지만, 재영의 끊임없는 '무명 선생 찬양론' 때문이기도 했다.

「이거 봐, 은태. 여기 이 필획에서 활기가 느껴지지 않냐?」

「그냥 한자잖아.」

「어허! 단순한 한자가 아니라고. 가로획과 세로획에서 참을 수 없는 비탄함이 느껴지잖아!」

「아아.」

「아름답다. 아름다워. 나 이 사람을 사랑해 버릴 것 같아.」

「윽.」

「뭐! 어휴. 뭘 알아야 말을 하지. 너 인마 어디 가서 서예가 할아버지랑 아버지 됐다고 하지 마라. 쪽팔리니까.」

「누나한테 진짜 죽고 싶냐?」

「아아, 무명 선생님! 무명 선생님!」

중혁의 말로는, 태영이 무명 선생의 인터뷰를 하러 경주로 내려갔다는 이야기를 들었을 때, 제 일처럼 기뻐했던 사람은 다름 아닌 재영이라고 했다. 서울로 돌아온 태영의 머리를 쓰다듬어 준 것도, 아마 제 분신인 태영이 그를 만나고 왔다는 것에 자랑스러움을 느꼈기에 가능했던 일일 거다.

그 뒤로도 몇 번이나 잡지사로 무명 선생이 올 건지, 말 건지에 묻곤 했던 재영이 하필이면 그들의 집 근처에서 무명 선생인 이건을 만날 줄은 예상하지 못했던 바지만.

태영은 크게 웃음을 터뜨리며 이젠 아예 이건의 손을 꽉 붙들고 있는 재영을 흘겨봤다. 재영의 입꼬리는 불과 1분 전과는 달리 귀에까지 걸릴 정도였다.

"선생님!"

"예."

"우리 은씨 집안 장녀 말입니다!"

그때였다.

군이 거론할 필요 따윈 없는 태영의 잠꼬대까지 줄줄 늘어놓던 재영이 못마땅한 기색으로 그를 노려보는 태영을 흘긋거리며 이건에게 씩 미소 지었다. 태영은 왠지 모를 불안감을 느끼며 재영을 응시했다. 재영은 호쾌한 웃음소리와 함께 우렁차게 외쳤다.

"오늘 당장이라도 데려가시는 게 어떻습니까? 안 그래도 이 집, 너무 좁아서 저 혼자 발 뻗기에도 부족했거든요. 게다가 저희 누나, 보이는 것만큼이나 힘이 좋습니다! 키도 아주 멀대같이 커서 화선지 말리는 데도 도움이 될걸요? 하하! 아마 장작도 잘 팰 겁니다!"

"은재영!"

"아, 그리고!"

재영은 짙은 미소를 그렸다.

"앞으로 제 앞에서 저희 집안 장녀와 키스든 뭐든, 마음대로 하십시오. 제가 있든 없든 전혀 개의치 마시고요! 환영입니다! 또 은태영이 말을 안 들으면 제게 뭐든 말씀하십시오! 전 언제나 선생님 편입니다!"

태영은 간도 쓸개도 다 내어 준 재영의 달라진 태도에 고개를 떨구었다.

망할 자식.

"네? 그게 무슨 소립니까!"

갑자기 걸려 온 전화에 재영이 자리에서 벌떡 일어났다. 조금 전까지만 하더라도 생글생글 웃고 있던 재영의 얼굴에 어둠이 드리워졌다. 재영이 깎아 주는 사과를 먹고 있던 태영의 눈동자도 큼지막해졌다. 이건 역시 재영을 의아하게 바라보고 있었다. 재영은 길게 한숨을 내쉬더니 머리를 쥐어뜯었다.

"으아, 왜 하필 지금이야. 왜 하필 지금이냐고!"

절규하는 재영의 상태가 심상찮다. 태영은 어리둥절한 눈빛을 보냈다.

'무슨 일이야?'

그러자 입술을 잘근 깨물던 재영이 '일단 알겠습니다.' 하고 핸드폰을 향해 말한 뒤, 거의 울 듯한 기세로 태영과 이건을 응시했다.

"저기…… 하아. 아무래도 전 지금 사무실로 들어가 봐야 할 것 같습니다."

"뭐? 지금 10신데?"

재영은 의아해하는 태영에게 말했다.

"편집상에 문제가 생겼대. 하필 내 파트에서 그렇게 됐나 봐. 내버려 뒀다간 20주년 기념호에 차질 생길지도 몰라."

눈물을 머금고 자리에서 일어난 재영은 한숨을 푹 내쉬며 이건을 응시했다. 그는 제 말에 수긍하듯 아아, 탄성을 흘리는 이건을 보며 중얼거렸다.

"선생님이랑 하고 싶은 얘기가 산더미 같은데…… 왜 하필 지금인 건지."

저러다 세상 무너지겠다.

태영은 재영의 태도에 황당한 숨을 터뜨렸다. 물론 재영이 장무명 선생의 엄청난 팬인 것은 알고 있었지만, 저 정도일 줄 몰랐다.

'하나밖에 없는 누나를 팔아 버리는 건 여사고, 이러다가는 우리 집도 팔아 버릴 기센데?'

태영은 훌쩍이는 재영을 보며 혀를 끌끌 찼다.

"재영 씨."

그때였다.

부드러운 미소를 지으며 상황을 지켜보던 이건이 재영을 불렀다. 눈물을 흩뿌리며 다 죽어 가던 얼굴을 하고 있던 재영이 눈을 휘둥그레 떴다.

"아, 예, 선생님!"

"다녀오세요."

"……네?"

"만날 기회는 오늘만 있는 게 아니니까. 기회 되면 술이나 한잔 해요."

태영의 귀에 들리는 이건의 말은 그저 평범한 인사치레였지만, 아무래도 감격하다 못해 '선생님, 크흡!' 하고 그렁그렁 눈물까지 맺고 있는 재영을 보아하니 천사의 말이라도 들은 모습이다.

쌀쌀, 도도라는 단어를 달고 살았던 은재영 일생에서 저렇게 환한 미소를 본 적이 있었던가.

태영은 잠시 기억을 더듬어 보았다.

그래.

없다.

"은태!"

"어?"

"너 선생님 잘 모셔라!"

"……뭐?"

"우리 선생님, 다음번에도 또 우리 집에 오실 수 있도록! 네가 은씨 집안 장녀로서 손님맞이에 최선을 다하란 말이야!"

태영은 헛웃음을 흘렸다.

이 자식이 진짜.

재영은 말을 잇지 못하는 태영에게 몇 번이고 주의를 준 후, 자리에서 일어나서는 공손히 이건에게 고개를 숙였다.

"존경하는 무명 선생님. 제가 부득이한 회사 사정으로 급히 사무실로 들어가 봐야 하나, 조만간 정식으로 다시 인사드리겠습니다. 그때에는 은태영 동생이 아닌, 〈월간 묵향〉의 기자로서 말이죠!"

"그래요. 그렇게 해요."

"그럼 선생님! 여기가 내 집이다, 생각하고 편히 쉬다 가십시오! 아! 다시 한 번 말씀드리지만, 저는 선생님을 언제나 환영⋯⋯."

"은재영. 너 빨리 들어가야 하지 않아?"

"하하. 선생님! 저 갑니다!"

태영은 마지막까지 이건에게만 인사를 하고 사라져 버리는 재영을 보고 미간을 좁혔다.

하여간 원수가 따로 없네.

거대한 태풍이 지나간 느낌이다.

쾅, 닫히는 현관의 문소리를 들으며 태영은 고개를 절레절레 저었다. 사귄 지 하루도 채 되지 않아 자신의 분신을 들켜 버렸다. 보통 때는 굳은 얼굴로 사람들을 응시하며, 어쩐지 무서운 느낌도 풍기던 짐짓은 녀석이 왜 오늘은 저리도 방방 뛰었던 거지.

태영은 이건의 앞에서 마치 커다란 강아지처럼 꼬리를 흔들던 재영을 떠올려 보고는 몸을 부르르 떨었다.

그는⋯⋯ 뭐라고 생각할까?

"……!"

슬며시 얼굴을 돌려 이건 쪽을 응시하던 태영의 눈이 동그래졌다. 허공에서 그의 검은 눈동자와 마주쳤기 때문이다. 태영은 화들짝 놀라 홱 시선을 피해 버렸다.

두근두근.

심장이 뛰었다.

옅은 미소를 그리며 저를 바라보고 있는 이건의 눈빛이 얼굴을 달아오르게 만들고 있었다. 태영은 '재미있는 친구네.' 하고 중얼거리는 이건의 말을 한 귀로 듣고, 다른 한 귀로 흘리다 깨달아 버렸다.

'잠깐.'

현재 이 투룸에 존재하는 사람은 저와 이건, 단둘뿐. 재영이 남기고 간 파장으로 인해 정신이 없어서인지 자각하지 못했다. 태영은 다시금 그를 힐끔거렸다.

"왜 그렇게 쳐다봐?"

이건이 묘한 눈웃음을 그리며 물었다. 태영은 흐응, 하고 빤히 그를 바라보았다.

"이거 조금 위험한 걸까요?"

"뭐가?"

"당신이랑 나, 우리 집에 단둘밖에 없는 거."

궁금증을 숨기지 않는 말에 이건이 눈을 한두 번 정도 깜빡거렸다. 그러나 이내 풋, 웃음을 터뜨린 그가 섬세한 손가락으로 턱 끝을 매만지며 수긍했다.

"어쩌면…… 그럴지도."

이건의 답변에 태영이 입술을 씰룩거렸다. 이건은 그런 그녀를 보고도 모르는 척 말을 이었다.

"일단은 보호자인 것 같은 남동생의 허락도 받았으니……."

「앞으로 제 앞에서 저희 집안 장녀와 키스든 뭐든, 마음대로 하십시오. 제가 있든 없든 전혀 개의치 마시고요!」

그랬다.

재영은 확고하고도 분명하게 외쳤다. 제 앞에서 무엇이든 하라고. 만약 태영과 다른 사람이 붙어 있었더라면 눈에 불을 켜도 달려들었을 그는, 그 상대가 '무명 선생'이라는 사실을 반겨도 너무 반겼다.

그러니 그가 없는 지금은 그보다 더한 짓을 해도 되는 거겠지?

"사귀게 된 첫날치고는 화려하네."

고심하는 태영의 귓가에 이건의 음성이 들려왔다.

"고작 이 정도 가지고 뭘. 본격적으로 저랑 사귀게 되면 아주 스펙터클할 거라고요. 각오하세요."

어깨를 슬쩍 으쓱이던 태영은 '얼마든지.' 하고 대답하는 이건을 향해 미소를 짓더니 닫혀 있던 제 방문을 흘긋거렸다. 그러고는 말했다.

"저기……. 내 방, 볼래요?"

놀란 이건을 마주한 태영의 눈꼬리가 음흉하게 휘어졌다.

"네 방?"

"네. 제 방이요. 은태영의 방! 안 궁금해요?"

히죽 웃은 태영이 몸을 배배 꼬며 이건의 대답을 기다렸다. 이 정도 말했으면 알아들을 것 같은데. 은근한 기대가 담긴 시선으로 이건을 바라보았지만, 이건은 이상하게 말이 없었다.

"이건 씨?"

"은태영의 방이라."

응?

"흐음."

이건은 그녀의 말을 듣고도 왠지 모를 표정을 지으며 망설이고 있었다. 올라가 있던 태영의 입꼬리가 파르르 흔들렸다.

'뭐야.'

대놓고 유혹하는데도 안 먹히는 거야? 그녀는 약간의 충격과 좌절을 느끼며 푹 고개를 숙이려 했다. 그리고 그때.

'……!'

이건의 커다란 손이 태영의 손목을 덥석 잡았다. 태영이 고개를 들어 그를 응시하자, 이건의 붉은 입술이 움직였다.

"안내해. 은태영의 방으로."

❖

이건은 눈꺼풀을 들어 올렸다.

가볍다.

분명 뻐근해야 할 몸이 한결 가벼워진 느낌이다. 지난 일주일 동안 이렇게 길게 잠을 잤던 적이 있었던가. 아마도 없었을 거다. 쉬지 않고 몰려오는 인사들에 인사를 하고, 그들의 말을 들었던 그였으니까.

형이나 형수에겐 내색하지 못했다. 그가 금방이라도 쓰러져 버리는 모습을 보이고 싶지 않았다.

이를 악물며 버텼다.

어떻게 돌아갔는지도 기억나지 않던 일주일. 그 일주일 동안 깊은 생각을 하지 않으려 애쓰던 그의 머릿속에 들어찬 사람은 오직 은태영, 단 한 사람이었다.

이 모든 게 끝나면 너를 만나러 가야지.

네 얼굴을 보고, 네 미소를 마주해야지.

끊임없이 생각했다. 그렇게 생각하니 한결 마음이 편해졌다. 버틸 수 있었다. 견딜 수 있었다.

「사랑해. 은태영.」

낯간지럽다 여겼던 말이 아무렇지 않게 흘러나왔다.

제가 뱉어 낸 말이었지만 이건은 그 말이 달콤하다고 생각했다. 그 말을 듣는 태영의 눈꺼풀이 파르르 떨리는 것이 더할 나위 없이 사랑스러웠다. 귀여웠다. 예뻤다.

그런 너를 계속 보고 싶은데.

자꾸만 쳐다보고 있고 싶은데, 그건 너무 커다란 꿈일까?

은석의 장례를 치른 지 일주일이 흘렀다. 태영과 사귄 지 벌써 하루를 지나, 사흘이 더 지나 버린 상황. 킹사이즈의 커다란 침대에 홀로 누워 있던 이건은 어디선가 들려오는 전화벨 소리에 고개를 돌렸다.

현재 시각, 오전 4시.

아무리 한여름의 동이 빨리 튼다고는 하나 이렇게 이른 시간 전화를 걸어 댈 예의 없는 이가 대체 누굴까.

미간을 좁히며 침대 옆 테이블에 놓아두었던 핸드폰이 요란스레 울려 대는 모습을 지켜보던 이건은 입을 열었다.

"여보세요."

— 접니다, 도련님.

새벽 4시에 전화를 건 사람은 다름 아닌 강 실장이었다.

그가 근래 늦게 기상한다는 것을 가장 잘 알고 있는 사람이 전화를 걸자, 이건은 조금 당황했다. 그런 이건을 향해 강 실장은 무언가 말을 뱉어 냈다. 그리고 그 말을 들은 이건의 눈동자가 급격하게 요동쳤다.

"오늘……입니까?"

까맣게 잊고 있었다. 근래 들어 느끼는 행복감에 젖어, 제가 감히 누릴 수 없는 행복에 젖어 버리는 바람에 까맣게. 이건이 떨리는 목소리를 흘리자, 그의 심경을 알아차린 강 실장이 말했다.

— 도련님께서 원하지 않으신다면, 제가 나가 보겠습니다. 아니, 제가 나가겠습니다. 그게 낫겠어요.

"……."

— 도련님.

"걱정해 주셔서 감사합니다, 강 실장님. 하지만 제가 나가는 게 좋을 것 같습니다."

— 하지만…….

"몇 시까지 가면 됩니까?"

단호한 이건의 말에, 쓰디쓴 숨을 흘리던 강 실장이 주저하다 입을 열었다.

— 보통은 오전 5시 이후인 듯한데 아마도 정리까지 하다 보면 오전 6시나 7시쯤은 되어야 할 것 같습니다.

"알겠습니다."

이건은 침대를 벗어나며 전화를 끊었다.

"야. 대담해도 너무 대담하다. 너 진짜 은태영 맞냐?"

예슬이 눈을 가늘게 뜨며 물었다. 태영은 말없이 어깨를 으쓱였다.

"이거 순 꼬리 숨긴 여우네. 나 의심돼. 내 친구 은태영은 완전 순진한 데다가 미련 곰탱이이기까지 한데……."

"안예슬. 넌 대체 나를 어떻게 보고 있는 거야? 나도 한다면 하는 여자라고!"

태영은 흥 콧방귀를 뀌며 소리쳤다. 그러자 예슬이 못 들을 말이라도 들었는지, 배꼽을 잡고 깔깔 웃었다. 태영은 얼굴이 화끈거리는 것을 느끼며 입술을 삐죽였다.

경주로 돌아온 뒤 처음으로 만나게 된 예슬과 함께 점심을 먹었다. 그간 제게 벌어진 일에 대해 이야기도 할 겸, 그리고 예슬이 그토록 궁금해하던 이건과의 일을 아주 살짝 흘려주기까지 하며. 그러자 예슬이 제 일인 것처럼 큰 눈을 일렁이더니 히죽 웃었다.

"그래서. 어떻디?"

"뭐가?"

괜히 음흉한 표정을 짓는 예슬의 모습이 심상찮다. 태영은 흠칫 놀라며 그녀에게 되물었다.

"그 남자랑 사귀니까, 좋아?"

……어?

"아주 죽고 못 살 정도로 행복해? 그런 거야?"

노골적으로 묻는 예슬을 보고 태영은 대답하지 못했다. 죽고 못 살 정도라. 태영의 입꼬리가 스르륵 올라갔다.

"어머? 얘 봐. 지금 너, 나랑 얘기 도중에 그 남자 떠올린 거지?"

"흠흠!"

"이야. 왕자한테 빠져도 엄청 빠져 버렸네. 너 진짜 어떡해?"

"뭐, 뭘 어떡해! 너한테도 말했지만, 아직은 보류 기간이라고. 완벽하게 마음 연 거 아니야."

"웃기네. 지금 네 얼굴, 완전 못 봐 줄 지경이거든? 그 사람이랑 행복하다고, 너무 행복하다고 말하고 있거든?"

……그랬나.

그러고 보니 입꼬리가 씰룩거리는 것을 견딜 수가 없다. 태영은 붉어진 두 뺨을 착착, 때리며 머쓱한 표정을 지었다. 예슬은 쯧쯧 혀를 찼다.

"은재영은?"

"어?"

"그 빌어먹을 시스콤 녀석은 네 왕자 가만히 둬?"

'아마 죽여 버리겠다고, 난리 났겠지?' 하고 예슬이 물었다. 태영은 불현듯 떠오른 며칠 전의 기억으로 인해 풋 웃음을 터뜨렸다. 예슬이 의아한 표정을 짓자 태영은 말했다.

"마침 말 잘 꺼냈다. 예슬아. 너 내가 은재영의 태도 전환에 얼마나 놀랬는지 알아?"

"어?"

"나 참. 그렇게 빨리 흐물흐물해지는 은재영은 처음…… 아, 잠깐만."

괜스레 실실 미소가 흐르는 것을 느끼며 대답을 하던 태영은 갑자기 걸려 오는 전화에 예슬에게 양해를 구했다. 호기심을 가득 표출하던 예슬이 '편집장님.' 하고 입을 뻐끔거리는 태영을 보고 고개를 주억여 주었다.

"네. 편집……."

— 은 기자! 너 지금 어디야?

"예? 저 오늘 외근이라고 말씀드렸었는⋯⋯."

— 그만두고, 지금 당장 사무실로 들어와!

태영은 황당한 숨을 터뜨렸다.

"왜 그러세요?"

왠지 다급해 보이는 음성이었다. 이렇게 놀란 중혁의 목소리를 들은 적이 있었던가. 태영이 미간을 좁히며 조심스럽게 묻자, 중혁이 외쳤다.

— 이번에 무명 선생님이 우리한테 주신 신작, 그거 무명 선생님 신작 맞는 거지? 우리한테만 공개하시려 했던 거 맞지?

신작?

"뜬금없이 무슨 소리세요. 당연히 무명 선생님 거죠. 선생님께서 직접 들고 오시기까지 했잖아요. 그리고 우리 쪽에만 공개하려 하신 것도 맞죠. 창간 기념호에 맞춰서 선보일 계획이었잖아요?"

지금으로부터 일주일 전, 이건은 직접 안암동에 위치한 〈월간 묵향〉의 사무실로 들러 작품을 넘겼다. 그 작품을 직접 받아 들었던 사람은 분명 중혁이지 않았나.

태영은 도통 영문을 알 수 없는 중혁의 말을 듣고 인상을 썼다. 그러자 '제길!' 하고 욕지거리를 흘리던 중혁이 소리쳤다.

— 그런데 그 무명 선생님 신작이 지금 〈아침의 서예〉 쪽에 먼

저 공개됐어.

……뭐?

― 지금 그거 때문에 사무실 발칵 뒤집어졌으니까, 당장 튀어
와!

"……."

"왜? 무슨 일 있어?"

중혁의 말을 듣고 가슴이 철렁거려 입을 다문 태영을 향해 예슬
이 걱정스런 목소리를 흘렸다. 태영은 아무 말도 할 수 없었다.

푸르른 하늘.

오늘따라 맑기만 한 하늘에 '그녀'의 눈동자가 크게 일렁였다.

길었다.

정말로 길었던 시간들이다.

그녀는 하아, 크게 숨을 들이켰다 다시 내쉬고는 힘껏 앞으로
발을 내디뎠다.

또각또각.

그간 신지 못했던 구두 소리가 경쾌하게 주변을 울린다. 괜히
미소가 지어지는 것을 느끼며 그녀는 힘차게 앞으로 걸어 나갔다.

무표정한 얼굴로 문을 열어 주는 교도관들에게 함박웃음을 지어 준 후, 살랑살랑 머리카락을 흔들며 걷고 또 걸었다.

'……!'

이른 아침 나올 수 있을 거라던 말과는 달리, 정오가 지나서야 밖으로 나올 수 있었다. 무엇을 그리 처리해야 할 서류들이 많은 건지.

하여간 굼뜨다니까.

눈부신 태양이 고개를 든 상황.

안과 밖의 공기가 이렇게 다르구나, 하고 입꼬리를 올리던 그녀의 눈에 누군가가 들어왔다. 굳은 얼굴로 저를 빤히 바라보고 있는 검은 눈동자의 남자다. 그녀는 짙은 미소를 지으며 성큼성큼 다리를 뻗었다.

차가운 땅바닥과 부딪친 구두 굽의 소리가 귓전을 두드렸다. 그녀는 자신이 코앞까지 다가올 때까지, 그 어떤 행동도 하지 않는 그의 앞에서 뚝 걸음을 멈추었다.

그의 검은 눈동자에 비친 제 모습이 꽤나 처량해 보였지만, 그녀는 미소를 잃지 않았다. 오히려 아래로 내렸던 손을 들어 올려 그의 뺨 위로 제 손을 얹고선 말했다.

"오랜만이다, 아들?"

그녀의 살갑고, 다정한 말에 상대의 눈동자가 거칠게 요동쳤다.

상대는 자신이 이렇게 반갑게 말을 걸 줄은 몰랐다는 표정이었다. 그녀, 세영은 딱딱하게 굳어 있는 그의 아들의 뺨을 쓸며 중얼거렸다.

"우리 아들, 얼굴이 왜 이렇게 거칠어졌어? 속이 많이 상했구나?"

"……."

"왜 그런 표정이야? 이 엄마가 반갑지 않니?"

그는 아무 말도 하지 않는다.

대화를 나누면, 적어도 제 의도를 드러내는 딸과는 달리 도통 무슨 생각을 하는 건지 알 수 없는 그녀의 아들은 여전히, 그대로다.

하긴. 그래서 그렇게 제 뒤통수를 친 거겠지.

세영은 속으로 흥 콧방귀를 뀌었다. 그러다 소리를 내뱉지 못하는 그의 허리를 힘껏 감싸 안으며 그의 등을 톡톡, 두드려 주었다.

"우리 아들…… 고생 많았지? 엄마가 바보 같은 일을 저지르는 바람에, 네가 고생이 많았어. 하지만 이제 걱정 말렴. 이 엄마, 정말 많이 뉘우쳤단다. 안에서 많이 반성했어. 네 아버지 죽고…… 더 깨달았다. 엄마가 얼마나 바보 같았던 건지. 어리석었던 건지."

세영은 자신이 끌어안고 있는 아들의 숨결이 조금은 거칠어지는 것을 인지했다. 그녀는 검게 가라앉은 아들의 얼굴을 올려다보며 빙긋 웃었다.

"그러니 이건아."

"……."

"엄마, 용서해 줄 수 있겠어?"

— 가석방…… 됐다고 들었다.

핸드폰 너머로 들려오는 목소리에 걱정이 가득하다. 희미하게라도 미소를 짓고 싶은데 입꼬리가 올라가지 않는다. 이건은 대답 대신 눈을 낮게 내리깔았다.

「어쩌면 생각보다 빨리 나오실 수도 있습니다.」

강 실장에게서 그 소식을 들은 것은 아버지 은석이 입원을 하고 있을 무렵이었다.

주가 조작 혐의로 복역 중이었던 어머니 세영이 적어도 교도관들 앞에서는 모범수의 모습을 보이고 있다는 말을 들었을 땐 그저 그러려니, 하고 넘어갔던 이건은 짐짓 놀란 표정을 지었다.

강 실장은 어두운 얼굴로 다음 말을 이었다. 그녀가 이건에게 건넨 말은, 만기 출소를 앞두고 가석방 조건을 만족시킨 세영이 남편의 불의의 사고까지 겹쳐 여러 정상 참작을 받을지도 모른다는 이야기였다.

그래도 그렇지. 이렇게 빨리 일이 처리될 줄은 몰랐는데.

이건은 길게 호흡을 내뱉는 상대의 숨소리에 쓴웃음을 흘렸다.

— 자중해야 할 시점이라는 거 알고 있지?

"예."

— 조심해. 무슨 일 있으면 바로 연락하고. 나도…… 지켜보고 있을게.

"감사합니다."

— 뭘. 그럼 또 연락할게.

세영과 가장 마주치기 싫어하는 사람이 그임에도 불구하고, 저를 염려하는 형 진건의 말에 이건은 고개를 끄덕였다.

"……!"

그렇게 잠깐 동안 이어진 통화를 끝내고 몸을 돌리던 이건은 제 앞에서 생글생글 웃고 있는 중년 여성을 발견했다. 60대라고는 믿어지지 않을 정도로 동안인 여성이 이건에게 호기심 어린 눈빛을 보내고 있었다. 이건의 표정이 딱딱하게 굳어졌다.

"네 형이니?"

그녀가 아무 말도 잇지 않는 이건에게 물었다. 형. 이렇게 살갑게 '그'를 칭할 줄은 몰랐기에, 이건은 말없이 그를 응시했다. 그러자 세영은 오히려 가라앉은 눈을 제게 고정시키고 있는 이건에게 고개를 갸웃거렸다.

"이건아. 왜 그렇게 봐?"

「엄마, 용서해 줄 수 있겠어?」

"이건아?"

이건은 흐리게 웃었다. 의아해하던 세영이 다시 한 번 그를 부르자, 그의 닫혀 있던 입술이 열렸다.

"이틀 정도 드리겠습니다."

이건은 달력을 응시했다. 그녀의 추진력이라면 오늘 하루에도 가능하겠지만, 그래도 이틀은 주는 게 낫겠지. 이건은 냉랭한 눈을 거두지 않고 말했다.

"머물 곳을 찾을 때까지만입니다. 그때까지만 지내세요. 그리고 그 이후로는 나가 주셨으면 합니다."

이건의 매정한 발언에 세영의 얼굴이 흙빛으로 물들었다. 그녀가 다음으로 뱉어 낼 말이 무엇인지 예상이 되어 벌써부터 머리가 지끈거린다. 이건은 말없이 몸을 돌리려다, 다시 말했다.

"어머니께서도 아시다시피…… 저는 더 이상 어머니를 보살필 여력이 없습니다. 제 한 몸 건사하기도 힘들고요."

"……."

"아시다시피 형님께 제 모든 권한을 넘겨주고 남은 건 경주 집밖에 없습니다. 여기도 한 달 정도만 빌린 거고."

"그래서. 나랑 같이 지내기 싫다, 이거니?"

'어쩜 그리 잔인할 수가 있어!' 라는 표정을 지으며 세영이 그를 노려봤다. 두통이 심해진다. 이건은 흐린 한숨을 내쉬었다.

"함께 지내기 싫은 게 아니라, 지내지 않는 편이 좋을 것 같다는 생각입니다."

"장이건!"

"부탁드립니다."

이건은 머리를 숙였다. 고개가 아래로 향하기 전, 세영이 입술을 악물며 저를 죽일 듯 노려보는 것을 본 것 같았지만 이건은 내색하지 않았다. 그녀로서도 충분히 당혹스러울 수 있는 반응이었다.

오랜만에 본 아들이 저를 냉대할 줄은 생각하지 못했던 거겠지. 지난 몇 번의 면회에서, 그를 향해 온갖 욕설과 저주를 퍼부었음에도 말이다. 이건은 한 번 아래로 내린 시선을 들지 않았다.

"이건아."

세영이 부드러운 목소리를 흘렸다. 화를 낼 것이라 여겼던 이건은 조금 놀랐다. 고개 들어 봐, 하고 그에게 속삭이는 그녀의 음성에 슬며시 얼굴을 든 이건의 시야로 빙긋 웃는 세영이 들어왔다. 이건은 눈썹을 꿈틀거렸다.

"너 여태껏 엄마 말을 어떻게 들은 거야?"

뱀 같은 혀가 움직였다. 그녀의 밑바닥까지 본 상태였던지라, 이건은 답할 수 없었다. 세영은 길게 호흡을 뱉어 냈다.

"엄마, 안에서 반성 많이 하고 왔다니까?"

"어머니."

"정말 정신 차렸어. 나 이제 나쁜 짓 안 해!"

"……."

"그리고."

세영은 자신과 거리를 두고 있던 이건의 곁으로 한 발자국 다가왔다. 이건이 미간을 좁히자, 어느덧 네 발자국 정도로 가까워진 세영이 걸음을 멈추었다. 그녀는 짙은 미소를 그리며 이건을 올려다봤다.

"네가 가진 것이 왜 없어? 너는 날 충분히 거둘 수 있는 여력이 되는 아이야."

"무슨 말씀이신지……."

일부러 숨기려는 게 아니라, 정말로 그녀가 무슨 말을 하는 건지 몰랐다. 이건이 인상을 쓰며 묻자, 세영이 보조개를 깊게 파며 말했다.

"넌, 그 유명한 무명 선생이잖니!"

"……!"

심장이 뜀박질한 것은 바로 그 말을 들은 직후였다. 이건은 무슨 소리를 들었나 싶어 두 눈을 크게 떴다. 그녀의 앞에서는 동요하는 모습을 보여서는 안 되건만, 그것이 뜻대로 되지 않는다.

쿵쿵. 가슴이 거세게 요동치는 바람에 숨이 컥컥 막혔다. 이건의 흔들리는 동공을 확인한 세영의 입꼬리가 올라갔다.

"네 얘기가 얼마나 유명한지, 안에서도 정체를 알고 싶다고 난리였다는 거 알고 있어? 호호. 정말 대단하지. 난 우리 이건이가 그런 쪽에 재능이 있을 줄은 또 몰랐어. 진작 알았더라면, 네게 억지로 유단 일을 시키진 않는 건데."

후회하는 건지, 아니면 거짓으로 그러는 건지.

후자 쪽에 더 가까워 보이는 세영의 말이 가슴에 비수를 박았다. 이건은 서늘하게 굳어 간 얼굴을 펴지 못한 채, 한참을 서 있었다. 세영은 쉴 새 없이 말을 늘어놓았다. 이건이 무명 선생이라는 것을 짐작하게 된 것부터 시작하여, 그가 무려 10년 만에 새 작품을 선보이려 한다는 것까지 줄줄이 꿰고 있었다. 이건은 냉정하게 그녀에게 말하려 했다.

[도련님. 사건이 터졌습니다. 〈월간 묵향〉으로 가셔야 할 것 같습니다.]

그가 막 입을 열려는 순간 때마침 도착한 문자는 이건과 세영을 위해 잠시 자리를 피해 준 강 실장이 보내온 것이었다.

사건?

이건은 이해할 수 없는 문자의 내용에 세영에게서 몸을 돌려 전화를 걸었다. 이내 강 실장에게 자세한 사건의 내용을 전해 들은 이건이 입술을 잘근, 짓눌렀다.

"어머니…… 짓입니까?"

통화를 끊자마자 홱 몸을 돌려 세영을 바라봤다. 유려한 미소를 지으며 오히려 되묻는 세영을 보자니, 구역질이 치밀었다. 이건은 이를 악물며 한 번 더 물었다.

"어머니."

"아아. 혹시 네가 이번에 선보일 거라던 새 작품 말이니?"

놀라는 이건을 보며 세영은 싱긋 웃었다. 그러고는 날카로운 눈을 빛내며 말했다.

"이건이 너는 예전부터 그랬지만, 나이가 든 지금까지도 너무 물러. 순진한 거니, 아니면 멍청한 거니? 무려 10년 만의 새 작품을 공짜로 주는 게 어디 말이나 돼? 절대 안 되지."

가슴이 철렁 내려앉았다. 세영은 굳어 버린 이건에게 말했다.

"요즘 유명 서예가들은 부르는 게 값이라더라. 게다가 너같이 한 번 잠적했다가 다시 세상에 나타나는 사람들은 더 그래. 공짜가 아니라, 비싼 값에 넘겨야 하지 않겠니?"

"어머니!"

"그리고 생각해 보렴. 그 무명 선생이 유단 오너 일가의 사람이라는 게 밝혀지면, 가치가 얼마나 상승할까? 호호. 내가 계산을 해 봤는데……."

구역질이 난다.

치솟는 역겨움에 현기증이 일었다. 이건은 멈추지 않는 세영에게서 몸을 돌렸다. 그는 강 실장이 급하게 구해 준 집 안을 냉랭하게 둘러보더니 눈을 깜빡이고 있는 세영을 응시했다. 그의 다물어진 입술이 열렸다.

"말씀드렸던 것처럼, 이틀 드리겠습니다. 다시 돌아왔을 땐 여기 안 계셨으면 좋겠습니다."

"뭐?"

"그럼."

이건은 당황하는 옥 여사를 내버려 둔 채 밖으로 벗어났다.

제길.

그녀의 등장으로 인해 감당하게 될 무게가, 꽤나 무겁게 느껴졌다.

❖

　"아니, 이봐요, 백 실장님. 그게 말이 됩니까? 아무리 정식 발표를 하지 않아도 그렇지, 이번 건 저희가…… 잠깐. 잠깐, 내 말도 좀 들어 봐요. 당신들이 한 짓은 명백한 절도라고요! 알고 있습…… 이봐요!"

　성북구 안암동에 위치한 〈월간 묵향〉의 사무실.

　태영이 사무실 안으로 들어오자마자 고요하던 잡지사 안이 들끓는 것이 보였다. 다들 하얗게 질린 얼굴로 전화기를 붙잡고 있거나, 발만 동동 굴러 대고 있는 모습이, 이런 일은 처음 겪어 본다는 티를 팍팍 내고 있었다.

　태영은 어두워진 얼굴로 구석진 곳에서 통화를 이어 가고 있는 중혁에게 다가가려 했다.

　"기다려."

　성큼성큼 걸음을 옮기던 태영은 중혁으로 향하는 길목에 서 있는 재영의 손길에 의해 걸음을 멈추었다. 재영이 고개를 가로저으며 그녀의 팔을 꽉 붙들었다. 행동을 저지당한 태영은 얼굴을 찌푸리며 재영에게 눈을 부라렸다.

　"대체 이게 어떻게 된 거야!"

　"……후우."

"은재영!"

"태민이 기억나?"

태민이?

뜬금없이 두 달 전 〈월간 묵향〉으로 들어온 인턴 학생에 대한 이야기를 꺼내는 재영을 보고 태영이 인상을 썼다. 재영은 무슨 소리를 하냐는 표정의 태영에게 말해 주었다.

"20주년 기념호 표지 커버에 대해서는 편집장님이 비밀 유지해 온 거 알고 있지?"

"당연하지! 그거 안 밝힌다고 말도 많았잖아. 비밀 유지하는 데도 적잖이 힘들었고……."

보통 다음 달 커버스토리에 대해서는 전월에 미리 언질을 주는 것이 관례였건만, '창간 20주년 기념호'라는 것 외에는 아무 정보도 흘리지 않았다. 20년이나 되는 세월을 기념하고 싶다며, 중혁으로부터 비밀 엄수에 대한 명이 내려왔기 때문이었다.

그로 인해 이번 20주년 기념호의 표지 디자인이나, 누구의 인터뷰가 실리는 건지, 어떤 내용을 담았는지는 전부 비밀스럽게 진행됐다. 중혁은 단 한 번도 세상에 모습을 드러낸 적이 없었던 장무명 선생의 인터뷰와 그의 작품 공개에 대해서 모두에게 충격을 주기를 원했었으니까.

태영이 투덜거리듯 말을 흘리자, 재영이 굳은 얼굴로 대꾸해 주었다.

"그 자식이야."

"……어?"

"어디서 알게 된 건지는 모르겠지만, 그 자식이 어젯밤에 그거 들고 튀었다는군. 〈아침의 서예〉 쪽에서는 간밤에 그거 보자마자 옳다구나 싶어서 바로 발간한 거고."

태영은 황당한 숨을 터뜨렸다. 달마다 잡지를 발행하는 〈월간 묵향〉과는 다르게, 주간으로 잡지를 발행하는 〈아침의 서예〉의 발간일이 마침 오늘 아침이었다.

"잡지에 싣는 건 무리였나 싶었는지, 부록으로 넣었더군. 머리를 잘 썼어. 오늘 아침 배포됐는데, 우리가 가지고 있던 선생님 작품이랑 똑같아서 이렇게 난리가 난 거고. 태민이 그 자식이 청소 담당이었잖아. 그래서 열쇠로……."

더 이상 말을 듣지 않아도 대충 어떻게 된 건지 파악이 가능했다. 고작 하루 만에 일어난 거라고 하기에는 너무나 일사천리로 부속물이 찍혀 나왔고, 배포되었으며, 발간까지 됐다. 누군가 미리 계획해 두지 않았다면 이토록 빠르게는 진행되지 않았을 거다.

이번 창간 20주년 기념호를 위해 얼마나 많은 사람들이 노력을 했던 건지, 눈앞을 스친다.

밤낮없이 편집과 교정을 해 오던 편집팀부터 시작하여, 보다 좋은 퀄리티로 독자들을 만나기 위해 이른 아침부터 퇴근할 때까지 컴퓨터 앞에만 앉아 있던 디자인 팀, 그리고 재미있는 소식을 싣기 위해 직접 발로 뛰었던 저와 재영과 같은 행동파 기자들까지.

태영은 갑자기 찾아온 현기증에 비틀거렸다.

"엿 같은 상황이군, 진짜."

머리를 벅벅 긁으며 중얼거리는 재영의 음성에 난처함이 가득했다. 태영은 대답하지 못했다.

"무명 선생님은 우리 인터뷰도 사진 없이 진행하셨잖아."

분명 인터뷰와 작품을 주고받았지만, 포토그래퍼와 동행하지 않은 것은 10년이 지난 지금도 얼굴만은 공개하지 않겠다는 그의 의사를 존중해서였다. 이건이 〈월간 묵향〉에 맡겼던 작품 하나만으로, 그가 누구인지 충분히 증명 가능해서였다. 작품 하나만으로도 족한데, 지난 10년간 잠적했던 무명 선생이 그들 잡지사와 인터뷰까지 해 주었다.

만약 계획대로만 되었다면, 〈월간 묵향 창간 20주년 기념호〉가 불티나게 팔릴 것은 자명했다.

"이 개자식이 진짜!"

신경질적인 음성이 사무실을 가득 채웠다. 씩씩거리며 전화를 끊는 중혁에게로 모든 시선이 집중됐다. 이번 사건으로 인해 가장 난처해진 것은 다름 아닌 중혁이었다. 20주년 기념호에 대한 계획을 전반적으로 엎어야 할 지경까지 이른 걸로도 모자라, 사건을 저지른 태민을 데려온 건 전적으로 그였기에 모든 일을 감당해야 할지도 모른다.

물론 태민을 절도죄로 집어넣을 수도 있지만, 편집장이 직접 관리하던 서예가의 작품이 도난을 당해 다른 곳에서 출간이 되었다는 것이 서단에 밝혀진다면, 다른 서예가들이 〈월간 묵향〉에 작품을 기고하거나, 제시할 이유는 없었다. 안 그래도 고요하던 서단에서 〈월간 묵향〉이 도태되는 것은 순식간일 터.

하지만 지금 이 순간, 태영의 머릿속에 떠오른 가장 큰 걱정은 아무래도—

"선생님껜…… 선생님께는 연락드렸어?"

태영은 재영에게 물었다.

온갖 욕설과 고성이 사무실 안을 오갔지만, 고요한 태영의 말에 재영이 고개를 내저었다.

"새벽부터 전화드렸는데 아직 연락 없으셔. 일단 급한 대로 강실장님께는 연락했고."

"아."

"미치겠군, 진짜. 태민이 그 자식 콩밥 먹이는 건 일도 아니겠지만, 이제 우린 어떡해."

"……."

"선생님께 뭐라고 말씀드려야 하는 거지……."

눈에 띄게 낙담한 재영의 말이 속을 울렁였다. 태영은 대답하지 못했다. 눈앞이 캄캄해졌다.

'응?'

그 순간.

태영은 저를 향한 수많은 이들의 눈길을 인지했다. 태영은 뒤늦게 저를 발견하고 '아!' 하고 탄성을 흘린 중혁이 그녀를 손가락질하고 있는 것을 목격했다. 태영이 의아한 표정을 짓자, 중혁이 그녀에게 성큼성큼 다가왔다.

"저기, 은 기자. 아니, 큰 은 기자!"

태영은 멈추지 않고 걸어와 그녀의 손을 덥석 잡는 중혁을 보고 움찔거렸다.

불길하다.

'뭔가 불길한 예감이 들어.'

머뭇거리는 태영에게 눈을 부라리는 중혁이 예사롭지 않았다. 태영이 눈만 깜빡이자, 중혁이 한참을 주저하다 입술을 열었다.

"부탁 좀…… 해도 될까?"

"네?"

"혹시 말이야. 혹시…… 우리 큰 은 기자가 무명 선생님한테 이번 사정 설명해 주면…… 어떨까?"

"예?"

귀를 의심했다. 기겁하는 티를 내고 있는 태영을 보고 쓴웃음을 흘리던 중혁이 말했다.

"알아. 큰 은 기자 입장이 난처한 거. 하지만…… 하지만 너무 절박해서 그래."

"편집장님!"

"왜. 무명 선생님…… 우리 큰 은 기자 말이라면, 그래도 들어주시잖아! 그러니까 이번 일 설명하고, 가급적이면 무명 선생님이 직접 기자회견이라도 하시는 것이 어떻겠냐고…… 한번 말이라도. 아, 안 그래?"

주위를 휘휘 둘러보며 뱉어 내는 중혁의 말에 상황을 주시하고 있던 몇몇 기자들이 고개를 끄덕였다. 태영은 헛웃음을 흘렸다. 공은 공이고, 사는 사라는 태도를 보이던 중혁이 창간 20년 만에 처음으로 맞이한 위기에 갈대처럼 흔들리는 것이 보였다.

태영은 '제발, 응?' 하고 그녀에게 눈빛을 쏘아 대다가도, '여, 역시 안 되겠지? 하아. 그래, 안 되겠어.'라며 고개를 숙였다가도, 또 그녀의 손목을 덥석 잡고 눈빛을 쏘아 대기를 반복하고 있는 중혁을 응시했다.

'미치겠네.'

대충 사람들의 눈빛을 마주했을 때 이런 일이 있을 거라는 것을 예상했어야 했다. 태영이 공개적으로 이건과의 사이를 정확히 밝힌 적은 없었지만, 그녀와 이건이 담당 기자와 인터뷰이의 관계보다는 짙다는 것은 모두가 어렴풋이 짐작하고 있는 듯했다.

태영은 중혁의 간절한 시선에 미간을 좁혔다.

"큰 은 기자……."

"……."

"응?"

제기랄.

"죄송해요, 편집장님."

"……!"

"이번 일 사정 설명하는 건 어떻게든 될 것 같은데…… 그렇다고 기자회견까지 요구할 수는 없을 것 같아요."

태영의 단호한 대답에 중혁의 얼굴이 흑색으로 물들었다. 그를 돕고 싶은 마음은 굴뚝같지만, 안 되는 건 안 되는 거다. 태영은 다음 말을 잇지 못했다.

「직접적으로 얼굴을 공개하지 않는 것은 편견을 갖지 않기를 바라기 때문입니다.」

「편견이요?」

「작품을 있는 그대로 바라봐 주기를 원하거든요.」

그와 이어진 여러 날의 인터뷰 과정 도중 얼굴 공개를 할 생각이 있냐는 태영의 질문에 이건은 옅은 미소를 그리며 고개를 내저었었다. 그의 얼굴이 모두가 알 만큼 유명한 것도 아닌데—라고 생각하다가, 태영은 속으로 웃어 버렸다. 그런 얼굴을 지닌 사람이 정체를 숨기고 있었던 무명 선생이라는 것이 밝혀진다면, 심할 경우 연예계 제안까지 쏟아지겠지.

태영은 충분히 이건을 이해했었다.

"하……긴. 그렇……겠지? 아, 아무리 가까워도, 우리 회사를 위해서 얼굴까지 공개해 달란 건 너무…… 욕심일 거야."

긴 한숨과 함께 고개를 푹 숙이는 중혁의 말이 들려왔다. 태영은 대답하지 못했다. 저도 중혁이 바라는 것처럼 행동하고 싶지만, 그것이 제 마음대로 되지 않는다. 회사 쪽 입장도 중요하기는 했으나, 이건의 의사를 지켜 주고 싶었으니까.

"야, 은태."

그때였다.

태영과 중혁의 대화를 지켜보고 있던 재영이 그녀를 불렀다. 놀라 고개를 돌린 태영은 재영이 사무실 출입구 쪽을 가리키고 있는 것을 인지했다. 재영은 중얼거렸다.

"저 남자…… 선생님 아니냐?"

'뭐가 어떻게 된 거지?'

설마하니 이건이 직접 사무실로 찾아올 줄은 몰랐다. 연락이 안
된다고 했었기에 사무실의 모두가 놀랐다. 이건은 저를 보고 창백
하게 군은 〈월간 묵향〉의 일원들에게 작게 머리를 까딱이며 인사
를 한 뒤, 중혁과 편집장실로 들어가 버렸다.

태영은 유리창 너머로 보이는 이건의 모습을 말없이 주시했다.

'좋지 않아 보여.'

만약 갑작스레 회사로 들이닥친다면 그가 버럭 화를 낼 것이라
는 예상도 있었다.

그러나 이건은 어떻게 된 셈인지, 어두운 얼굴을 펴지 않은 채
중혁과 대화만 나누고 있었다. 괜히 불안한 마음이 들어 태영의
심장이 벌렁거린다. 이번 일과는 별개로, 연락이 안 된다던 이건
이 괜히 걸렸다. 태영은 이건의 붉은 입술이 차분하게 움직이는
것을 창문 너머로 지켜봤다.

대략 30여 분 정도.

편집장실 안에서 중혁과 대화를 나누던 이건이 달칵, 문고리를
잡아 돌리며 밖으로 나왔다. 태영을 비롯한 기자들이 기다렸다는

듯 편집장실을 쳐다봤다. 그들은 모두 미어캣 무리처럼 목을 빳빳하게 든 채, 한숨을 푹 내쉬는 중혁을 응시했다.

"정말 괜찮으시겠습니까?"

"상황이 이러니 어쩔 수 없죠. 게다가 이렇게 된 건 제 탓도 있습니다."

"어휴, 선생님. 그게 어떻게 선생님 탓입니까? 이건 철저히 저희 쪽 실수입니다. 아니, 정확히 말해서는 제 실수예요. 정말, 정말 너무 죄송합니다. 너무 죄송⋯⋯."

"괜찮습니다, 편집장님. 그리고 제 탓이 더 큽니다. 그날 설명해 드리죠."

"⋯⋯예?"

"어쨌든 그리 알고 진행해 주시길 바랍니다. 그럼."

"아, 예, 옙! 아, 알겠습니다!"

흐리게 미소 짓던 이건이 어리둥절해하는 중혁에게 말하고선 몸을 돌렸다.

'⋯⋯!'

태영은 바닥과 구두 굽으로 인해 발생된 소리가 제게로 들려옴을 느꼈다. 그녀는 중혁에게 몰려드는 기자들과는 달리, 사무실을 벗어난 이건에게 달려가려 했다.

"어떻게 됐습니까!"

"선생님이 뭐라고 하세요?"

"화 많이 내시죠?"

〈월간 묵향〉의 식구들이 머쓱한 표정을 짓고 있는 중혁에게 쉬지 않고 질문을 던졌다. 그러자 흠흠, 하고 호흡을 고르던 중혁이 저조차도 이해가 가지 않는다는 표정을 지었다.

"기자회견…… 하시겠다는군."

……뭐?

"잠깐만요. 잠깐…… 기다려요!"

하아, 하아.

중혁의 말을 듣자마자 밖으로 달려 나왔다. 헉헉, 거칠게 숨까지 흘리며 계단을 내려온 태영의 이마에 송골송골 땀방울이 흘러내렸다. 그녀가 올 것이라 예상하고 있었는지, 아니면 평소보다 느린 걸음을 걷고 있었던 건지. 거짓말처럼 이건이 뚝 걸음을 멈추었다.

태영은 이를 살짝 악문 뒤, 그에게로 다가갔다. 그러고는 '왔어?' 하고 웃는 이건에게 물었다.

"어째서……예요?"

"뭘?"

"당신, 무슨 일이 있어도 얼굴 드러내고 싶어 하지 않았잖아!"

단도직입적으로 외치는 태영을 보고 이건이 난처하다는 표정을 지었다. 그의 얼굴에 서린 미소가 가슴을 콕콕 찔러 와 미간을 찌푸린 태영은 중얼거렸다.

"뭔가 이상해. 당신, 지금 엄청 이상하다고."

소리치는 태영을, 이건은 가만히 내려다보았다.

"태영아."

그가 호흡을 골랐다.

"가끔은…… 가끔은 말이야, 사람은 하기 싫은 일도 해야 할 때가 있어."

태영은 귀를 의심했다. 잘못한 쪽은 분명히 그들 쪽인데, 어째서 그가 이리 죄지은 표정을 짓고 있는 거지? 이해가 가지 않았다. 태영은 의심을 거두지 못하고 그를 올려다봤다. 이건의 얼굴이 더욱 흐려졌다.

"소중한 사람들한테 폐를 끼치고 싶지 않아."

"네?"

"이번 일, 너희가 잘못한 게 아니니까. 책임도 내가 지기로 했어."

"이건 씨!"

"이번 일은 전적으로 나랑 관련되어서 일어났어. 그러니, 더 이상의 폐는 싫다. 게다가…… 내 정체가 뭐 큰 대수라고 숨기고 있어."

그의 말이 무슨 소린지 모르겠다.

하나부터 열까지, 도통 알 수 없는 소리만 뱉어 내는 그가 이상하다.

태영은 어둠이 내려앉은 것이 분명한 이건을 빤히 들여다봤다. 쿵쿵. 불길한 기운이 폐부를 찔렀다. 숨이 막혀 와서 태영은 저도 모르게 손을 들어 올렸다.

"이건 씨."

그는 대답하지 않았다. 태영은 어쩐지 파르르 떨리는 그의 뺨을 손가락으로 쓸며 중얼거렸다.

"무슨 일…… 있어요?"

"있잖아."

아니, 이 일 말고.

태영은 쉽게 대답하는 그를 올려다보더니 다시 입술을 열었다.

"당신. 왜 그렇게…… 아파 보여?"

작품이 다른 곳에서 먼저 공개됐다는 건 둘째 치고서라도, 그의 얼굴을 보아하니 뭔가 심상찮은 일이 일어난 느낌이다. 근래 들어 조금씩, 그에게서 근심의 기운이 사라지는 것을 느끼고 있던 태영이었던지라 뱉어 내는 목소리가 떨렸다.

묻고 싶다.

알고 싶어.

당신이 왜 그리 슬픈 표정을 짓는 건지, 궁금……!

순간적으로 차오른 수만 가지의 생각으로 인해 말을 잇지 못하고 있을 때, 이건이 기다란 팔을 뻗어 그녀를 껴안았다. 그의 숨결이 귀를 어지럽힌다. 태영은 쿵쿵, 정신없이 뛰고 있는 이건의 고동 소리를 느끼며 한참을 안겨 있었다.

"태영아."

그가 그녀를 불렀다. 태영은 응, 하고 낮게 대답했다. 그때 이건의 음성이 작게 들려왔다.

"나 오늘 집에 가기 싫다."

"……."

"그래서 그러는데…… 나랑 같이 있어 줄래?"

태영은 지나칠 정도로 간절한 그의 눈빛을 빤히 응시하다 풉, 웃음을 터트렸다. 그녀의 반응이 예상외였는지 이건이 눈을 흘기자 태영은 어깨를 으쓱였다.

"아니. 당신이 무슨 어린애야? 갑자기 집에 가기 싫다니."

귀여워도 너무 귀엽잖아.

"그것보다 이건 씨, 서울에 집도 있어요?"

호텔에서 머물던 거 아니었어?

태영이 그를 스윽 올려다보며 묻자, 이건이 중얼거렸다.

"……형님께서 마련해 주셨어. 일 끝날 때지만 잠깐 머물다 내려가려 했는데 일이 연이어 터지는 바람에 한동안 못 내려가고 있었지. 그런데 오늘은…… 오늘은 왠지 거기도 돌아가기 싫군."

쓸쓸한 기운이 감도는 그의 눈동자에서 시선을 뗄 수가 없었다. 기분이 나쁠 만큼 고요히 심장이 뛰는 바람에, 태영은 불안하게 그를 응시했다.

오늘 밤, 만약 태영이 그의 손을 놓아 버린다면 위태로운 남자는 그대로 주저앉을 것 같았다.

어쩌지.

태영은 '안 돼?' 하고 묻는 이건의 검은 눈을 올려다봤다. 그러다 소리를 내뱉었다.

"이유를…… 물어도 돼요?"

태영은 눈을 내리감았다.

빛이라곤 없는, 새카맣게 칠해진 그녀의 세상에서 빛나는 것은 오로지 그의 맑은 눈동자였다. 제 질문에 쉽게 말하지 않던, 그의 흔들리던 눈동자의 움직임이 약간의 망설임을 이어 간 끝에 제자리를 찾았다.

이건은 말했다.

"집에는…… 어머니가 계셔서."

어머니?

"어머니라면…… 당신 어머니?"

어렵게 말을 꺼낸 그의 대답에 태영은 눈을 휘둥그레 떴다.

태영이 알고 있기로는 이건의 가족들은 무슨 이유에선지는 모르겠지만, 전부 다 좋지 않은 일로 감옥에 갇혀 있다고 했다. 자세한 것을 물어도, 그저 쓰게 웃기만 할 뿐이었던 이건이었던지라 더는 물을 수가 없었다.

놀라는 태영을 보고 '걱정할 건 없어.' 하고 그가 작게 미소를 지었지만 벌렁거리는 심장을 감추지 못했다.

그래서였구나.

'그래서였어.'

지나칠 정도로 어두운 그의 표정이 마음에 걸렸던 것은, 그의 앞에 드리워진 무게가 태영에게도 느껴졌기 때문이다. 태영은 입술을 악물며 그의 손목을 덥석 잡았었다.

"태영아?"

"가요."

"……."

"같이 있어 줄 테니까. 얼른."

멈추지 않는 물소리에 가슴이 요동쳤다. 쏴아아, 눈을 감자 더욱더 선명해지는 샤워기의 물줄기 소리가 심장을 쿵쾅거리게 했다. 태영은 후우 길게 숨을 내쉬며 여전히 들려오고 있는 욕실의 물줄기 소리에 귀를 기울였다.

뚝뚝. 먼저 샤워를 마친 그녀의 머리카락에서는 물방울이 떨어졌다. 에어컨의 찬바람이 온몸을 차갑게 식히고 있음에도 불구하고, 펄펄 끓는 열기가 도통 가시질 않는다. 태영은 쓰게 웃었다.

'처음도 아니면서, 긴장하기는.'

분명 그와 몸을 섞은 것은 열 손가락을 넘어가지만, 어찌 된 셈인지 이건을 기다리는 이 시간은 심장이 벌렁거려 주체할 수가 없다. 먼저 그를 끌고 이곳까지 들어온 것은 자신이면서도, 안절부절못하게 된달까.

"……!"

한참 동안 침대에 걸터앉은 채 열리지 않는 문과 벽에 걸린 시계만 번갈아 보고 있던 태영의 귀에 달칵하고 욕실의 문소리가 들려왔다. 태영이 토끼 눈을 뜨며 뿌연 수증기와 함께 밖으로 나오는 그를 발견했다.

더운 여름이어서 그런지, 아니면 전신이 달아올라서였는지.

수증기 사이로 나타나는 그의 검은 눈을 보자니 괜히 숨이 막혔다.

'안 되겠어.'

도저히, 못 참겠다.

태영은 부드럽게 미소 짓는 그를 향해 성큼성큼 다가갔다.

"은……!"

머리를 말리려 하던 이건의 목소리가 갑자기 그에게로 걸어와 입술을 틀어막는 태영으로 인해 멎었다. 태영은 입안에서 맴도는 그의 음성을 삼키며 작게 웃었다.

보드라운 그의 윗입술 위로 제 입술을 덮자, 짜릿한 열기가 느껴졌다.

왜 나는 이 남자의 흔들리는 모습에 약한 걸까. 별로 좋은 습관은 아닌 것 같은데.

상처 받은 그를 감싸고 싶은 충동을 이기지 못한 태영은 미간을 좁히는 그를 보고서도 모른 척했다. 윗입술을 물어 놓아주지 않는 태영으로 인해, 그가 살짝 입을 벌리자 기다렸다는 듯 그녀의 혀가 안쪽으로 밀려들어 갔다.

하아.

고른 치열을 쓸며 그녀는 진진했다. 그가 믹지 잃있기에, 두 사람을 감싸던 열기는 점점 더 뜨거워진다. 그의 검고 아름다운 눈이 제 얼굴을 뚫어져라 바라보고 있었다. 오른손으로 그의 뒷머리를 감싸고, 또 다른 한손으로는 그의 가슴을 밀쳤다. 이건이 비틀거리며 벽에 등을 부딪치자, 태영의 눈동자가 반짝였다. 태영은 슬그머니 고개를 들어 이건의 눈을 쳐다봤다.

'아.'

그녀를 내려다보는 남자의 검은 눈동자가 거칠게 흔들린다. 짙은 욕망을 감추지 못하는 눈빛이었던지라, 웃음이 났다. 태영은 쿵쾅거리는 심장 박동의 주인이 자신이 아닌 그라는 사실을 알아차릴 수 있었다.

제 것을 물고 옭아매어 놓아주지 않던 그가 파르르, 눈꺼풀을 떨었다. 달콤한 타액이 그와 제 입안을 넘나들며 섞여 들자, 태영은 겨우 그를 놓아주었다. 짧게 호흡을 내쉬던 이건이, 여전히 아쉽다는 듯 그녀를 직시하고 있었다. 눈앞이 어지러웠다.

"여기서?"

"응."

"급하네."

"아주."

너무 급해.

지금 당장, 당신을 가지고 싶어 미쳐 버릴 것 같아.

태영은 작게 웃는 그의 입술을 손끝으로 쓸며 발꿈치를 들었다. 가슴에 대고 있던 그녀의 손에 의해 제대로 서지도, 그렇다고 그녀에게 다가오지도 못하던 이건이 짧게 대답하는 태영을 보고 입꼬리를 올렸다. 그 모습이 너무 아찔해서 가슴이 떨렸다.

그녀는 붉은 입술을 그의 쇄골로, 그리고 어깨 위로 가져다 댔다. 차례로 움직이는 혀끝의 촉감에 이건이 이를 악무는 게 보였다. 태영은 멈추지 않았다.

보드라운 그녀의 손이 그의 탄탄한 가슴 근육을 쓸었다. 제 손가락이 움직일 때마다 그의 속눈썹이 떨렸다. 그 미세한 변화가 좋아서, 태영은 계속해서 그를 자극했다. 이건의 딱딱하고 경직된 얼굴이 점점 흔들려 무너지는 것이 보였다. 태영은 민감한 그의 유두 위로 얼굴을 파묻었다. 그러자, 이건이 낮게 신음을 흘렸다.

태영은 자신의 가지런한 치아로, 돋아난 유두를 살짝 깨물었다. 이건의 검은 눈이 거세게 요동쳤다. 그리고 그와 동시에 반쯤 벗겨진 샤워 가운으로 가려져 있던 그의 앞섶이 부풀어 오르는 게 느껴졌다.

뜨겁다.

태영은 그의 아랫배 위로 제 손을 얹었다. 원을 그리며 부드럽게 배를 쓰다듬는 태영의 움직임에 이건의 동공 색이 흐려졌다. 태영은 와르르 무너지기 직전인 그의 마지막 모습을 보기 위해 무릎을 살짝 굽히려 했다.

"……!"

하지만 그런 그녀의 움직임은 이어지지 않았다. 젠장, 하고 짧게 욕설을 흘린 이건이 그녀의 허리를 잡아채어 어깨에 들쳐 멨던 것이다. 태영은 깜짝 놀라 눈을 깜빡거렸다.

공중으로 붕 뜬 그녀의 몸은 순식간에 폭신한 침대 위로 뉘어졌다. 등이 침대에 닿는 순간 고개를 들자 검은 그림자가 보였다. 그것의 정체가 이건이라는 것은, 어렵지 않게 눈치챘다.

"이건 씨."

태영이 훑고 지나간 흔적이 가득한 그의 상체가 시야로 들어왔다. 두근두근, 목에 갈증이 일 만큼 강한 심장 박동 소리에 태영이 그를 불렀다. 그러나 이건의 눈동자에는 이성이라곤 보이지 않는다. 주체할 수 없는 열망의 흔적만이 가득할 뿐.

태영은 허리까지 내려온 샤워 가운을 벗어 던지는 이건을 발견했다.

곧게 솟은 그의 단단한 페니스가 보였다. 태영은 숨을 크게 들이켰다.

"왜 그래요?"

실오라기 하나 걸치지 않고 금방이라도 그녀를 집어삼킬 것 같았던 이건이 침대에 드러누운 그녀를 그저 바라보기만 하자, 태영은 결국 물음을 던졌다. 그러자 이건이 난처하다는 듯 미간을 좁히며 중얼거렸다.

"준비, 안 했어."

"준비?"

아아.

"괜찮아요."

태영이 빙긋 웃으며 손을 까딱였다. 이건의 눈이 동그래졌다. 여태껏 단 한 번도 피임을 하지 않은 적은 없었다. 아무리 급하더라도 그것은 잊어서는 안 되는 일이니까. 하지만 오늘은, 왠지. 이상하게도, 왠지. 온전한 그를 느끼고 싶었다.

태영은 놀라는 그를 향해 후우, 숨을 크게 내쉰 뒤 미소 지었다.

"나, 준비됐으니까."

그러고는 머뭇거리고 있는 그를 끌어당기기 위해 허리를 들었다. 몸을 일으켜 그의 어깨를 감싸 안는 태영의 움직임에, 이건의 신체가 그녀에게로 쏟아졌다. 그의 살과 그녀의 살이 부딪쳤다. 태영의 입술 사이로 윽, 하고 탄성이 터져 나왔다.

"하윽."

주저하던 자신을 제게로 이끈 태영을 보고, 이건 역시 몸을 움직였다. 그기 그녀의 매끄러운 두 다리를 좌우로 벌리자 축축이 젖은 그녀의 여성이 드러났다. 이건의 검은 눈에 비친 제 모습이 어떻게 보일지, 상상이 되지 않아 태영은 눈꺼풀을 아래로 내렸다.

그녀의 입술 사이로 쾌감에 젖은 음성이 흐른 것은 이건의 말랑한 혀가 은밀한 여성의 살점을 쓸어 버리는 순간이었다.

말로는 표현할 수 없는 전율이 전신을 휘감았다. 도톰하게 솟은 부위를 건드리는 그의 혀놀림이 그녀를 가만있지 못하게 만들어 버린다. 몸을 비틀며 쉬지 않고 꿀물을 쏟아 내던 태영은 그가 제 두 다리를 강인한 손으로 지탱하고 있다는 것을 인지했다.

하아, 하아.

점점 더 신음은 거칠어졌다. 호흡이 어려워질 만큼 가빠 왔다. 숨이 막혔다.

얼른.

얼른, 당신을…….

"으읍!"

그의 기둥이 흠뻑 젖은 여성을 비집고 들어오자, 태영은 입술을 닫았다. 차마 입 밖으로 뱉어 내지 못한 신음들이 목구멍을 맴돌았다. 온몸이, 그의 살이 스치는 모든 부위가, 불에 지진 듯 타들어 갔다.

원해.

당신을.

완전히 원해.

태영은 내벽 끝까지 남성을 밀어 넣는 그를 받아들이기 위해 노력했다. 매번 이 순간이 쉽지는 않았지만, 괜찮았다. 견딜 수 있었다. 점점 더 익숙해져 갔다. 태영은 폭신한 침대 위에서 마구 흔들렸다. 아래위로 반동을 주는 그의 움직임에 따라, 사정없이 휘둘렸다. 몸을 관통하는 그의 뿌리가 제게 닿을 때마다 짙은 희열에 젖어 갔다.

"태영아."

"하아, 하아……."

"은태영."

으응.

송골송골 맺힌 땀방울은 주르륵, 뺨을 타고 턱에서 뚝뚝 흘러내렸다. 그것을 닦지도 못한 채, 태영은 좁혔던 미간을 억지로 폈다. 그러고는 가느다란 숨결을 흘리며 그를 올려다봤다. 그녀의 위에서 검은 눈동자로 태영을 바라보고 있던 남자가 속삭였다.

"태영아."

그의 붉고 탐스러운 입술 사이로 흘러나오는 제 이름이 듣기 좋았다. 그의 품 안에서 끊임없이 흔들리는 자신이 보기 좋았다. 태영은 손을 뻗어 그의 목을 끌어안았다. 이건의 입술 밖으로 흘러나오는 숨결이 그녀의 쇄골 근처에서 흐트러졌다.

좋아.

'당신과 함께하는 시간이.'

멈추어 버렸으면 하는 시간.

흐르지 않았으면 하는 시간.

그 시간이, 계속되었으면 했다.

'영원히.'

"아무래도 나는 당신이 우는 게 좋은가 봐."

툭, 던져 낸 태영의 말에 이건이 황당하다는 표정을 지었다.

"내가 우는…… 게?"

"응."

태영은 쿡쿡 웃으며 그의 검은 눈썹을 손끝으로 쓸었다.

"당신이 울고 있으면 이상하게 심장이 요동치거든요."

"그래서? 날 울리기라도 하겠다는 건가?"

"내가 기분 나쁠 때면. 그럼, 기분이 좋아질지도 모르잖아요."

"……악취미군."

"그럴지도. 그런데 장이건 씨."

픽 실소를 터뜨리는 그를 하염없이 응시하던 태영이 옆으로 드러누워 턱을 괴며 이건을 불렀다. 정자세로 천장을 바라보고 있던 이건의 눈동자가, 그녀에게 돌아갔다. 태영은 씩 웃으며 말했다.

"나랑 결혼할래요?"

"……뭐?"

툭 던진 그의 말에 이건이 자리에서 벌떡 일어났다. 어찌나 커다란 움직임이었는지, 옆으로 누워 있던 태영의 몸이 흐트러질 지경이었다. 태영은 '너 그게 무슨 소리야!' 하고 외치는 이건을 향해 키득거리며 입술을 움직였다.

"뭘 그리 놀라고 그래? 내가 뭐 못 할 말이라도 했나."

"은태영!"

"아니. 그냥, 갑자기 그런 생각이 들어서."

태영은 거칠게 숨을 내쉬고 있는 이건의 탄탄한 가슴을 슥슥 문지르며 중얼거렸다.

"우리가 비록 사귄 지는 얼마 되지 않았지만……."

정확히 따져 보자면, 한 달도 채 되지 않지만.

"나는 당신이 너무 좋아서. 더 이상 밤마다 헤어지고 싶지 않아요."

태영은 눈을 내리감았다. 이건이 무슨 표정을 짓고 있는지는 대충 상상이 됐으므로, 그녀는 말을 이었다.

"그럴 바엔, 연인보다는 부부로서 묶여 있는 게 더 좋을 것 같기도 하고."

"……."

"물론 가족들의 동의도 구해야겠죠. 뭐, 제 쪽은 허락을 구할 녀석이 하나밖에 없고, 그 마저도 얼른 가 버리라고 등 떠미는 녀석이어서 그런지 꽤나 수월할 것 같지만……."

당신 쪽은, 모르겠네.

그러고 보니 그의 가족 구성이 정확히 어떻게 되는 건지 모르겠다.

일단 아버지는 돌아가신 게 분명하고, 어머니와 여동생이 있다는 건 알겠다. 형님 이야기를 하는 것을 보니 형도 있는 것 같고. 그럼 인사를 드려야 할 사람이 총 셋 정도 되는 건가. 아아, 형님이 결혼을 했다고 했었지. 그렇다면 넷…… 아니다. 참. 여동생은 안 좋은 일로 '그곳'에 들어가 있다고 했으니, 총…… 잠깐.

"그 전에 이건 씨가 내 프러포즈에 대한 승낙을 해 줘야……흡!"

손가락을 접으며 그의 가족관계에 대해 머릿속으로 그려 보던 태영의 말이 멈췄다. 아니, 정확하게는 멈춰졌다. 충격을 받은 얼굴로 그녀를 바라보고 있던 이건이 그녀의 입술을 덮어 버렸기 때문이다. 태영은 갑자기 밀려드는 뜨거운 열기에 눈을 깜빡거렸다.

이건의 입술은 그녀의 윗입술을 강하게 빨아 당긴 후, 다시 아래로 내려왔다. 거칠게 전진하는 그의 혀끝에 온몸이 떨렸다.

겨우 잠잠해졌는데 또 한 번 달아오르려는 건가.

태영은 웃음이 나오려는 것을 꾹 참고, 그를 받아들였다.

❖

"어이, 은 기자!"

왁자지껄한 연회장을 빠져나와 로비 쪽으로 걸어가던 태영의 귓가에 익숙한 음성이 들렸다. 언젠가 한 번, 인터뷰를 나누었던 서예협회 서울지회에 속한 서예가가 태영에게 손을 흔들고 있었다. 그녀는 걸음을 멈추어 빙긋 미소를 그린 뒤, 제게로 다가오는 중년 남성을 향해 머리를 숙였다.

"청운 선생님."

"오랜만이네?"

"잘 지내셨죠?"

"나야 언제나 그렇듯. 우리 은 기자는?"

태영은 옅은 웃음으로 대답을 대신했다. 청운(靑雲)이라는 아호(雅號)를 지닌 김준경 선생이 연회장으로 향하는 수많은 사람들을 흘긋거리더니 눈을 가늘게 떴다.

"그런데, 정말 사실이야?"

"네?"

"〈월간 묵향〉쪽에서 그 무명인지 뭔지 하는 놈을 데려온다 해서 와 보긴 했는데…… 진짜 오늘 그 녀석이 오는 게 맞는 건지."

청운 선생은 꽤나 의심스럽다는 표정을 지으며 턱 끝을 슥슥 매만졌다. 태영은 말없이 웃었다.

"뭘 그리 웃기만 해. 남 편집장 그 녀석도 그래. 그놈 얼굴이 뭐 그리 감출 일이라고 여태껏 우리한테 꽁꽁 숨겼나 몰라."

"편집장님도 그분 얼굴을 뵌 지는 얼마 안 됐어요. 게다가…… 사정이 있으셨겠죠. 그간 종적을 감추셨던 분이시잖아요."

"흠. 이봐, 은 기자."

"예?"

"어째 은 기자 말이, 그 녀석을 감싸는 것처럼 들리는 게, 내 착각인가?"

"하하, 선생님도 참."

"그럼 은 기자도 봤어?"

"무명 선생님이요?"

청운 선생이 고개를 까딱이자 태영은 빙그레 입꼬리를 올렸다.

"어떻게 생겼어?"

"음."

"곧 보긴 하겠지만, 그래도 궁금해서 말이지."

구레나룻 쪽을 만지작거리며 청운 선생이 중얼거렸다. 뭐라고 말을 해야 할까. 태영은 잠깐 고심했다.

먹색 한복을 입고, 붓을 들고 있는 그를 보면 눈을 뗄 수 없다고 해 주어야 하나. 그저 바라보고 있기만 해도 심장이 터져 버릴 것처럼 부풀어 올라, 견디기 힘들다고 말해 주어야 하나. 그에게서 은은하게 풍겨 오는 묵향이 시야를 어지럽힐지도 모른다고 경고를 해 주어야 하나.

"은 기자?"

태영은 은근한 기대에 찬 표정을 짓고 있는 청운 선생에게 '곧 오실 거예요.'라고 속삭여 주었다. 청운 선생은 우회적으로 대답해 주지 않는 태영에게 '섭섭해!' 하고 투덜거리더니 곧 몸을 돌려 연회장 안으로 들어갔다. 태영은 그가 사라질 때까지 고개를 숙이고 서 있었다.

「하자.」

「뭐를요?」

「결혼.」

「……!」

「왜. 네가 꺼낸 말인데, 후회돼?」

유려한 미소가 그의 입가에 살포시 내려앉았다. 놀라는 태영을 보고, 짓궂게 묻는 그가 얄미웠지만 태영은 얄밉다는 대답 대신, 그의 목을 끌어안는 것으로 답변을 대신했다.

「마음 같아서는 지금 당장 너랑 혼인 신고라도 하고 싶은데, 처리해야 할 일이 남았네. 기자회견만 끝낸 뒤, 바로 가자.」

이건이 그녀의 콧등을 쓸며 속삭이는 말에 태영은 말없이 고개를 끄덕였다. 제가 먼저 제안했고, 그가 승낙했지만 이렇게 충동적으로 결론을 내려도 되나 싶었다. 인륜지대사라는 것이 하루아침에 이루어지는 것도 아니고. 그와 영원을 함께하기로 마음먹은 뒤, 재영에게 상의도 하지 않은 것이 약간 걸리기도 했다. 그러나 곧.

'괜찮을 거야.'

태영은 걱정을 덜어 냈다.

겨우 만나게 된 사람이었다. 겨우 마음을 나누기도 했다. 그런 사람과 평생을 함께하는 것에는 의심이 없었다. 쇠뿔도 단김에 빼랬다고, 말이 나온 김에 일사천리로 진행해야 했다. 태영은 후회하지 않았다.

'오늘만 지나면……'

오늘, 이 기자회견의 고비만 넘긴다면.

태영은 멋대로 올라가는 입꼬리를 도저히 주체할 수 없었다.

그날, 이건이 태영의 프러포즈를 받아들이고 난 사흘 뒤.

이건은 〈월간 묵향〉의 창립 기념호에 대한 간담회 겸, 대중들 앞에 처음으로 모습을 드러내는 무명 선생의 기자회견을 가지기로 했다. 수년 동안 이름조차 알려지지 않았던 무명 선생이 직접 나타나 〈아침의 서예〉에 노출되었던 작품과 관련된 이야기도 나누고, 또 기자들이 보는 앞에서 일필휘지할 것이란 소식에, 기자들은 물론이거니와 서단의 관계자들, 많은 서예가들, 심지어 서예에 관심이 있던 일반인들마저 모여들었다.

무명 선생에 대한 궁금증이 이 정도였냐는 말이 오갈 만큼, 관심이 일고 있었던 터라 태영을 비롯한 〈월간 묵향〉의 식구들은 꽤나 긴장한 상태였다.

'여기에 있을까?'

째깍째깍, 흘러가는 시계를 흘긋거리던 태영이 미간을 좁혔다. 곧 있으면 시작될 간담회 겸 기자회견에서 주인공은 〈월간 묵향〉이 아니라 무명 선생이 될 것이므로, 그의 등장이 더할 나위 없이 중요했다.

「선생님 곧 도착하신다니까, 은 기자가 가서 마중하고 와!」

사람들로 빼곡한 연회장을 둘러보던 중혁이 그녀에게 말하지 않았더라면, 태영 역시 다른 식구들과 마찬가지로 뒤편에 우두커니 서 있었을지도 모르겠다. 태영은 회전문으로 된 출입구 근처에 서서는 사람들로 인해 바쁘게 돌아가는 문을 하염없이 들여다보고 있었다.

"아가씨."

그때였다.

분명 '곧' 도착한다던 이건이 모습을 드러내지 않고 있었다. 차가 좀 막히는 건가. 태영은 저도 몇 번 타보았던 강 실장의 차를 떠올리며 눈을 내리깔고 있다, 등 뒤에서 들리는 목소리에 고개를 돌렸다. 그러자.

"여기서 무명 선생 기자회견이 열리는 거 맞죠?"

웬 중년 여성이 제게 말을 거는 게 보였다. 관계자인가. 그녀의 얼굴을 제대로 마주하지 못했던 태영은 회전문 쪽으로 향했던 눈길을 천천히 그녀에게로 돌리면서 짙은 미소를 그렸다.

"예. 저기, 대연회장 보이시죠? 앞으로 30분 뒤에 저기서……."

생글생글 웃던 태영의 얼굴이 그녀의 얼굴을 발견한 순간, 창백하게 질려 갔다.

돌이켜 보면 그날은, 내내 위태로운 상태를 유지하던 도화선에 불이 붙어 버린 날이었다.

2권에서 계속…

SUMMER ROAD
썸 · 머 · 로 · 드